SHERLOCK HOLMES'S LONDON

ヴィジュアル版

シャーロック・ホームズの
ロンドン探究

ヴィクトリア朝時代から現代まで

Rose Shepherd

ローズ・シェパード

日暮雅通 訳

原書房

上：テムズ川南岸から見た、新造のタワー・ブリッジ。
下：雨の日のロンドン。1903年頃。

上左：英国新聞界のホームグラウンドだった頃のフリート・ストリート。
上右：ロンドンの貧困層が多いイースト・エンドに新しくできた家々。
下：ジェレミー・ブレットによるホームズとデイヴィッド・バークによるワトスン。

はじめに
006

第1章
19世紀末ロンドンの"神秘的な外套"
霧、辻馬車、そして4本足の友人たち
020

第2章
ウェスト・エンドからウェストミンスターへ
ホームズ物語の中心地
コラム◉ヤードによる捜査
038

第3章
ブルームズベリーからバーツへ
死の気配がする
コラム◉"異端児"の活躍
078

第4章
チャリング・クロスからセント・ポール大聖堂へ
名探偵の足跡をたどって
コラム◉劣悪な環境
100

第5章
ソーホーとコヴェント・ガーデン
食べて、飲んで、笑おう
コラム◉街へ出かける
130

第**6**章

さあ、西へ向かうぞ！
ウェストワード・ホー

緑地帯ケンジントンへ

コラム◉心霊と幽霊
ゴースト　グーリー

154

第**7**章

ミステリアス・イースト

"スクウェア・マイル"と、その先

コラム◉電信電話と郵便

184

第**8**章

霧の向こうへ

ホームズとともに街を出る

220

あとがき

不滅のシャーロック・ホームズ

246

訳者あとがき　260

参考文献　262

プリンターズ・デヴィル　263

「現場」リスト　265

索引　272

図版クレジット　285

【訳者注記】
　本書の原書は2018年にコンパクトサイズの新装版が刊行されていますが、今回の訳出には初版である2015年刊のものを使いました。コンパクト版では、画像をすべて現代のカラー写真に換え、各章のうしろにある当時の警察やカルチャーに関する（魅力的な）記事をすべてカットし、街歩きの部分だけにしてあるからです。本書では、コンパクト版でカットされた著者による「お遊び」の部分もそのまま訳出してあります。
　また、本書の刊行後、現在までに建物や店舗、およびその内容が変わっている可能性はありますが、現地取材による細かな確認はしていないことをお断りしておきます。ある程度の現状確認はしておりますが、イベントや建物内のツアーなどについても2015年当時の情報が基本ですので、実際に訪問される際は別途ご確認ください。
　なお、ホームズ物語からの引用は基本的に光文社文庫の拙訳を使っていますが、数字と漢字表記、および文末の処理などを本書に合わせてアレンジしていることを、お断りしておきます。

はじめに

「そういう状況に置かれた私が、大英帝国であらゆる無為徒食の輩が押し流されてゆく先、あの巨大な汚水溜めのような大都市ロンドンに吸い寄せられていったのも、当然と言えば当然だろう」
——ワトスン博士【〈緋色の研究〉より】

ロンドンの賑やかなドックランズのフレッシュ・ワーフに、小型船やはしけがひしめいている。

シャーロック・ホームズのロンドンは、想像上の都市である。アーサー・コナン・ドイルは、ロンドンを描写するために格別の努力をしたわけではなかったが、ペンを巧みに走らせるだけで、霧とガス灯、二輪辻馬車(ハンサム・キャブ)、紳士クラブやオペラ、質屋やジン酒場や抜け目のないストリートチルドレン、頭の鈍いスコットランド・ヤードの警官たちなどを描き出した。熱心な読者である私たちにとっては、それだけで充分だろう。それだけで私たちは、1890年代のロンドン、すなわちヴィクトリア朝時代の末期にあった大英帝国の首都ロンドンを、知ることができる。活気あふれる大通り、馬が荷車を引く姿、四輪のランドー馬車やブルーム馬車、店先の窓から漏れるぼんやりとした光、渦巻く黄色の濃霧などが、目に浮かぶ。蹄鉄の音や石畳を走る車輪の音、街頭のオルガン弾きの音楽、万能薬やマッチ、花束、

ワトスンがホームズとの面会前に滞在したプライベートホテルのある、交通渋滞のひどいストランド。

1860年代半ばに導入され、トレードマークとなったヘルメットを被り、群衆整理をする"ボビー"こと警察官たち。

食用の貝を売る声が聞こえてくるようだ。少しばかり荒々しい声もあり、汚かったり臭かったりするが、いつもわくわくするような、呼び売り商人たちの声。

　今、そうしたものがすべて消え去ってしまったわけではない。それどころか、現在のロンドンの街並みの多くがホームズとワトスンがいた頃を思い出させるのは、驚くべきことだろう。中世からの遺構は、そこかしこに残っている。ローマ時代の遺構さえあるし、チューダー朝の白黒の建物が、ジェイムズ1世時代の豪華で複雑な装飾とジョージ王朝様式の優雅な建物と並び立ち、1950年代に流行した建築様式であるブルータリズムと共存しているのだ。

　ガラスと鉄骨の超高層ビルのかげには、時代後れになった公共施設の建物や、古くからある教会、印象的なモニュメント、由緒あるホテルやレストラン、店舗が並んでい

る。ガラスや蛍光灯のかたまりの上——ネイルサロンや日焼けサロン、ハンバーガーショップや携帯電話ショップの上に視線を移せば、歴史あるロンドンの街が21世紀をいかに見事に受け入れているかが、わかるだろう。

　統一感のなさが、かえって無限の魅力を生み出しているとも言える。1666年のロンドン大火により中世の"シティ"の中心部が焼け野原と化したとき、まだ燃えかすが飛び交い、足元の地面が焼けただれている中、パウダー・ウィッグ［髪粉をつけたかつら］をかぶった偉人たちが、パリのようなバロックの壮麗さに対抗する大通りや並木道、広場を備えた都市の再建計画を練りはじめた。だが、そうした計画が実現されることはなかった。代わりに現代の私たちが目にしているのは、見事な寄せ集めとも言える驚きに満ちた建築物たちであり、この街への旅行者は、次の角を曲がった先に何があるのかまったく予想できないほどなのだ。

　一方、ホームズの時代である19世紀後半には、ロンドンを象徴するランドマークの多くが人々の記憶に新しいうちに登場したことも、忘れてはならない。実際、中にはけばけばしいほど新しく、周囲に溶け込めないものもあった。人口の急増、広い道路、大胆な建築物、都市のスプロール現象により、ロンドン市民には、まるで新しい都市が種をまき、自分たちのまわりに次々と芽を出しているように見えたことだろう。

　1840年にはトラファルガー広場が整備され、その3年後にはネルソン記念柱が建てられた（当時の《タイムズ》紙は「国民にとっての大きな目の上のこぶ」と不満を漏らしている）。30年がかりで建設されたウェストミンスター宮殿は、1860年になってようやく完成した。また、1894年に開通したタワー・ブリッジは賛否両論を呼んだ。《ペルメル・ガゼット》紙は、「微妙なぎこちなさ、さまざまな醜

はじめに　011

1886年に着工され、1894年にプリンス・オブ・ウェールズによって開通したタワー・ブリッジの、工事中のようす。当時としては驚異的な建造物であったが、すべての評論家が感銘を受けたわけではなく、「安っぽい」、「大げさすぎる」、「ばかげている」と酷評する者もいた。

アカンサス（ハアザミ）の葉をモチーフにした頭部をもつJ・W・ペンフォールド作の六角形柱状ポストは、1866年に導入された。これは1990年にシャド・テムズのタワー・ブリッジ南端の階段下に設置されたレプリカ。

さ」があり、「最も醜い公共事業」だと評した。この橋をひと目見ようと観光客が押し寄せ、橋の上でこぞって自撮りをするようになるなどと、当時の誰が予想できただろう。

　この本は、その「シャーロック・ホームズのロンドン」を旅するためのガイドブックである。本書の中で私たちは、ホームズがよく出入りした場所を訪れ、彼の足跡をたどって通りを歩き、すばらしい建造物を鑑賞し、路地や裏通りを探索する。彼がそうしたように、嗅ぎタバコや狩

はじめに　013

ヴィクトリア朝時代の花売り娘たちの生活は、決してバラ色ではなかった。そのほとんどはアイルランド人で、多くはまだ子供だった。ボタン穴にさす飾り花や花束を売って生計を立て、コヴェント・ガーデン周辺のスラム街で寝泊まりし、警察に追い立てられるのだった。

　猟用ステッキ［頂上部が開いて腰掛けになる］、ライチョウやキジなどの狩猟鳥、高級ワイン、シルクハット、剣、ツイードの服といった品のショッピングを楽しむこともできる。ホームズお気に入りのレストランや犯罪現場にも足を踏み入れ、ホームズによって悪漢が捕まえられた場所を訪れることもできるだろう。

　鋭い観察眼をもつ人であれば、19世紀の街角そのままの風景を見つけることもできる。今でも5人の点灯夫によって火がともされ、古くからの裏道や公立公園を照らす、1,500本ほどのガス灯。当時の装飾がほどこされた手すり。ヴィクトリア女王のロイヤル・サイファー［王を意味する組み合わせ文字によるシンボルマーク］「VR」が刻まれた、六角形の郵便ポスト。ロンドンの働き者である馬が水を飲める、石造りの水槽。そして、ヴィクトリア時代の人が「1ペンス

を使いに行く」というスラングで利用した公衆トイレ（ただしほとんどは閉鎖されているか転用されている）などだ。

　だが、都市とは建造物のことだけを指すわけではない。都市とは環境であり、そこにいる人々である——つまりは人間こそがその活力源なのだ。19世紀後半のロンドンには、400万以上の人々が暮らしており、富裕層と貧困層の極端な差が存在していた。リージェンシー様式の邸宅に住み、自家用馬車を持つ人たちがいる一方、救貧院やスラム街に住む貧困層、衣食にも事を欠く人たちがいた。さらには、現在の住宅の大部分を占めるヴィクトリア朝赤レンガ造りのテラスハウスに住む、新興中流階級もいた。

　主人と使用人たち、波止場管理人や荷舟の船頭、商店主、洗濯女、花売り娘、事務員、パブの主人、呼び売り商人、辻馬車の御者、馬屋番の少年、舞台役者、浮浪者、物乞い、娼婦、押し売り……あらゆる人間の営みがここにあり、テニスンが「中心街の轟音」、ロバート・ルイス・スティーヴンスンが「低いうなり声」と呼んだロンドンの声を体現していたのだ。

　もちろん、ドイルに豊富な題材を提供した犯罪者たちもここにいた。中でも最も悪名高いのは、ホワイトチャペルの薄汚い通りを徘徊した殺人鬼「切り裂きジャック」だろう。今もなお、その正体を突き止めようとする捜査官たちの頭を悩ませている一方、顔のない人物であり、ほとんど架空の存在でもある。

　逆に、小説中のキャラクターであるシャーロック・ホームズこそ、むしろ現実の人物であり、今も存在していると言える。その彼の事件を追って、ロンドンの街を歩いてみよう。

●このガイドの使い方——初歩的なヒントとコツ

「ロンドンについて正確な知識をもつのが、ぼくの趣味の
ひとつなのさ」とホームズは言った【〈赤毛組合〉より】。
馬車のスピードと霧のせいでワトスンが方向感覚を失った
ときでさえ、ホームズは間違えなかった——「馬車が広場
を走り抜けたり、曲がりくねった裏通りを出入りするたび
に、小声でその通りの名を教えてくれた」【〈四つの署名〉
より】。

　しかし、エディンバラ生まれのコナン・ドイルは、この
大都市についてそれほど詳しいわけではなかった。学生時
代にロンドンの親戚を訪れたことはあったが、その記憶は
断片的で不正確なものだったのだ。何年かあと、彼はベイ
カー・ストリートを訪れたことは一度もないと語っている
が、単に忘れていただけかもしれない。

　エディンバラ大学で医学を学び、在学中に船医として働
いたあと、ドイルはハンプシャーで診療所を開業する。そ
の後ウィーンで2カ月間眼科の研修を受け、帰国した1891
年に大英博物館の裏手にあるモンタギュー・プレイス2番
地に住みはじめた。一方、アッパー・ウィンポール・ス
トリート2番地の診療室を共有の待合室とともに借り、眼
科医として開業した。毎日家から職場まで歩いて通った
が、「私の平穏を乱す呼び鈴の音は一度も鳴らなかった」
【自伝『わが思い出と冒険』より】ため、シャーロック・
ホームズの初期作品を驚異的なスピードで書き上げたの
だった。その年の後半には、開業医をあきらめて執筆活動
に専念するため診療所と住居の両方を手放し、妻のルイー
ザ（トゥーイー）と幼い娘メアリ・ルイーズとともにサウ
ス・ノーウッドの郊外へと転居した。翌1892年には息子の
アーサー・アレイン・キングズリーが誕生したが、2人の

016

1909年、コナン・ドイルの2人目の妻ジーンが息子デニスを出産した年、50歳近かった彼は、「赤ん坊はすばらしい姿をしています」と母親への手紙に書いた。「非の打ち所がない形をした頭の持ち主です」

　子供に恵まれた結婚生活はトゥーイーが健康を損ねたことで暗転する。1893年に彼女は結核と診断され、1906年7月に命を落とすことになるのだ。
　ドイルがロンドンの住所録である『ポストオフィス・ディレクトリ』や、ロンドンの街路地図を使ってホームズの活躍を描いていたことは、すでに知られている。彼はそうやって、テムズ川南側の治安の悪い地域に架かる橋を颯爽と渡るホームズや、遠方への列車に乗り込んで卑劣なグルーナー男爵の屋敷や恐喝王ミルヴァートンが射殺された

はじめに　017

アップルドア・タワーズに向かうホームズを、克明に描いていたのである。

本書では、ドイルが実際に知っていたロンドン、すなわちホームズのホームグラウンドであるウェスト・エンドにまず焦点を当て、その後、西や東へと足を延ばし、ロンドン周辺の魅力的な目的地へと繰り出していくことにする。

第2章から第5章までは、実際に歩ける距離の散策コースを紹介しているが、1日中歩き回ることを勧めているわけではない。チャリング・クロスからセント・ポール大聖堂までのような歩きやすいコースは別として、自分の体力に合わせて歩くことをお勧めする。

たとえば、第3章のブルームズベリーから"バーツ"ことセント・バーソロミュー病院までのルートでは、国内屈指の博物館に入って数時間後に頭がくらくらしながら出てくることになると思う

BBC『SHERLOCK／シャーロック』の1エピソード「三の兆候」で、「ベイカー・ストリート221B」の隣にあるカフェから出てくるシャーロック（ベネディクト・カンバーバッチ）。世界中のファンがこのカフェ《スピーディーズ》を訪れ、写真を撮ったり朝食を食べたり、記念品を購入したりしている。

ので、そのあとは由緒あるパブやサンドイッチ・バーで
リフレッシュしたり、気持ちのいい緑地で日光浴を楽し
んだほうがいいだろう。BBCテレビで大人気を得たドラ
マ『SHERLOCK／シャーロック』のファンなら、まずは
シャーロックお気に入りのカフェで朝食をとり、ラッセ
ル・スクウェアまで散策し、地下鉄に乗ってバーツを訪れ
るといいかもしれない。ホームズのような科学的探究心と
冷静さを備えた人なら、ハンタリアン博物館とバーツ病理
学博物館は見逃せないはずだ。

　各章の地図をざっと見れば、それぞれのスポットが互い
に近い場所にあることがわかるので、自分の旅程を簡単に
計画することができる（たとえば、セント・ポール大聖堂
からオールド・ベイリー、そしてバーツへ。あるいはベイ
カー・ストリートからバーツへ地下鉄で移動するなど）。
正確な位置と距離については、「現場」リスト（265ペー
ジ）に記載されている郵便番号とウェブサイトをご覧いた
だきたい。これでロンドンはあなたのものだ。楽しまれん
ことを！

◉編集者からの注意事項

　本書に記す内容については正確性を期すようあらゆる努力をしましたが、文章にある種の間違いが混ざってしまったようです。かつて"プリンターズ・デヴィル"とはミスをする見習い印刷工のことを指しましたが、今回は本当に悪魔がいたずらをしたようで、ホームズ物語への間違った言及が32箇所ちりばめられています。巧妙に隠されていて意図的に誤解を招くものもありますが、それらすべてを見つけ出せる鋭い観察力の持ち主もいらっしゃるかもしれません。残念ながら何も賞品は用意されていないので、ホームズ自身がそうであったように、静かな満足感に浸って満足していただくことになります。ただし、答えは263ページに記載されています。

　そうです、獲物が飛び出したのです！

第1章

19世紀末ロンドンの "神秘的な外套"
霧、辻馬車、そして4本足の友人たち

「その朝は霧がたちこめてどんより曇っていた。家々の屋根に、街
路の泥の色が映ったような灰色のベールが重くたれこめている」
——ワトスン博士【〈緋色の研究〉より】

1903年ごろ、曇り空のロン
ドンの街中を走るハンサム馬
車。御者と馬は、どんな天候で
も働かなければならなかった。

暗く寒々とした夜明け、目を覚ましたロンドン市民は、
もう4日連続で霧に包まれた街を目にすることになる。
ウェストミンスター宮殿にあるネオゴシック様式の時計
塔、通称ビッグ・ベン。1861年以来ずっとロンドンに荘厳
な鐘の音を響かせてきたその時計塔が、今また6時を告げ
る音で大気を震わせている。ホワイトチャペル釣鐘鋳造所
で鋳造された、重さ14トン近くもあるこの大きな鐘は、
時を告げる装置としてはロンドンで最も重要な装置であ
る。塔の4つの時計の文字盤を正確に同期させる駆動装置
は、時計職人の技術の勝利であり、誤差1秒以内という精
度を誇っている。ちょうど夜勤の辻馬車が帰ってきたとこ
ろだ。疲れ果てた馬たちは餌を与えられ、ピートモス［苔
などの植物が腐植・蓄積した泥炭を乾燥させたもの］を使った寝床で
心地よく休むことになる。だが昼夜兼行の勤務の場合、清
掃された馬車は日勤の御者と、天気が良ければ新しい馬と
で、通りへ出ることになる。街中の裕福な家庭では、メイ
ドたちがキッチンストーブに火を入れて湯を沸かす。ベイ
カー・ストリート221Bの居心地のいい居間では、石炭入
れが満たされ、火格子が掃除され、暖炉に石炭がくべられ
る。ハドスン夫人の下宿人たちは、《デイリー・テレグラ
フ》紙を読みながら暖炉のそばの椅子に座って談笑するの
が好きだからだ。そして、家々の煙突から煙が立ち上るこ
とになる。そうしてひとたび産業の歯車が回りはじめる
と、工場の巨大なレンガ煙突から汚物が噴き出し、蒸気機
関車や蒸気船が動き出して、"黄色い濃霧"が生み出される
のに最適な状況となるのだ。
　19世紀のひどい霧について、気象学者のL・C・W・ボ
ナチーナはこう記している。「それは朝早く、田舎の霧の
ような白くて濃い、しかし汚れた霞として現れる。家々
の暖炉に火が入れられると、すぐに黄色く刺激的な霧とな

第1章　19世紀末ロンドンの"神秘的な外套"　023

クロード・モネはサヴォイ・ホテルの上階の部屋から、霧の立ち込めるチャリング・クロス橋の連作風景画を描いた。金属製の頑丈な構造物の上を列車が走り、背景には国会議事堂が霞んで見える。

り、喉や目を刺激し、正午までには煙突から排出されるものが混ざることで、すすけて茶色がかった黒色の霧となって、あたりに夜のような闇をもたらすのだ」

　コナン・ドイルのホームズ物語では、このロンドン特有の有害な現象である濃霧について書かれている作品は、驚くほど少ない。とはいえ、〈緋色の研究〉では非常に濃い霧を登場させているし、〈四つの署名〉ではさらに、〈馬車に乗せられたワトスンが視界の悪さとスピードのために方

向感覚を失ったとき）、レンガ造りの陰気な家々を覆い隠すような、広範囲にわたる薄暗い街の光景を私たちの心に刻み込ませた。それは世界最大の、最も勢力のある大都市を覆い尽くす有毒スモッグであり、〈バスカヴィル家の犬〉でホームズたちが遭遇したダートムアの「白いウールのような」霧とはまったく違うという現実を、はっきりと描いていたのである。

　一方、〈ブルース・パーティントン型設計書〉では、どんよりとした茶色の霧の幕がずっしりと垂れ込め、その重苦しい圧迫感は単調な日々を嫌うホームズの神経を逆なでした。そして、辻馬車が使えないような濃い霧の中を、フィアンセのヴァイオレット・ウェストベリーと劇場に向かって歩いていたアーサー・カドガン・ウェストは、突然その霧の中に突っこんで行き、戻らなかったのだった。

　毎朝目覚めるたびに視界が悪く、乗合馬車の前を明かりを持った男たちが歩かねばならない ── そんな状況に、人々はどれほど落胆させられたことだろう。ドアの下や隙間からは、息苦しくて悪臭を放つ霧が入り込んでくる。ロンドンの霧は建物を汚し、街路樹の葉を黒くし、視界を遮り、空を覆い隠し、星を消し去ってしまう。それはまた、さまざまな意味で人の命を奪うものでもある。肺に入り込んで身体の弱い人に影響するだけでなく、視界がきかないせいで運悪く運河に落ちたり、馬車に轢かれたりする。辻馬車や乗合馬車が道路から歩道に入ってしまうこともあるだろう。一方、濃い霧は殺人者や強盗、ひったくり、たかり屋などにとって、犯行後にすばやく霧の中へ姿をくらますことのできる、歓迎すべきものだった。同時にそれは、ヴィクトリア朝時代のミステリー小説や怪奇小説にとっても歓迎すべきものだった。ロンドンの濃霧を邪悪な存在として描くにせよ、ダンテの『神曲』地獄篇の状況として描

くにせよ、脅威に満ちた雰囲気を醸し出せるからだ。

　当時、ロンドン・スモッグの原因や本質はあまり理解されていなかった。1884年、美術評論家のジョン・ラスキンは、「まるで毒の煙でできているかのようにも思える」と述べている。「おそらくそのとおりだろう。私の周囲2マイル四方の範囲には、少なくとも200基の煙突があるのだから。しかし、単なる煙がそんなふうに乱暴に吹き荒れることはないだろう。どちらかというと、まだ旅立っていない死者の魂が漂っているように思える」

　アメリカの作家ナサニエル・ホーソーンにとって、ロンドンの霧は「まるで泥の蒸留液としか思えない、泥の亡霊、去りゆく泥の霊媒とでもいうようなもの」だった。

　泥の亡霊？　迷える魂？　だが、霧が荒々しい都市景観を和らげ、幽玄な雰囲気を醸し出していることに気づいた画家たちの目には、そう映らなかった。アメリカの画家ジェイムズ・マクニール・ホイッスラーは、こう言っているのだ。「［霧は］詩情をたたえ、ヴェールのようにすべてを包み込む。貧弱な建物は薄暗い空に溶け込み、背の高い煙突は鐘楼のように感じられ、倉庫は夜の宮殿のように見えるのだ」

　印象派の画家クロード・モネが1899年にサヴォイ・ホテルに滞在し、上階の窓からテムズ川の眺めを描いたのは、工業化され、汚染された都市を描きたいという明確な願望があったからだった。「ロンドンで私が何よりも愛するのは、霧だ。霧はロンドンという街に荘厳な広がりを与えている。霧があれば、どっしりとした何の変哲もない建物群が、神秘的な外套をまとって雄大なものとなるのだ」と彼は語っている。

　ワトスンのような一般的感覚の人物がロンドンの濃霧を「黄色」と見たのに対し、こうした画家たちは、もっと繊

細な色の変化を感じ取っていた。「ロンドン・スモーク」
という色が『美術家用百科事典』に追加された際の記述で
は、バーントアンバー 2、イエロー 1、レッド 1 の割合で混
ぜ合わせるようにとアドバイスされている。

　市民の中には、このロンドン特有の現象に滑稽な要
素を感じ取る人たちもいた。ロンドン市の公式標語は
「主よ、我らを導きたまえ」だが、イースト・エンドの住
民たちによる非公式標語は「笑うしかないね」なのだ。
1880年、著書『ロンドンの霧』の中でR・ラッセルは、濃
霧が健康とモラルにとっての脅威であると嘆きつつ、「[ス
モッグは]漠然として不可解な機知、大規模の国民的ユー
モア、大がかりな悪ふざけとみなすことができるかもしれ
ない。そして、通りすがりの人にとっては、楽しむための
ネタであるという主張に、異論はない」と書いている。

　この英国特有の災厄を逆手に取り、誇りに思う人々さえ
いた。チャールズ・ディケンズは、この霧を「ロンドンの
ツタ」と呼んだし、作家のブランチャード・ジェロルド
は、画家のギュスターヴ・ドレとともにロンドンを「巡
礼」した際、次のように報告している。「私は同行の連れ
に対し、君はついにこの地の有名な闇を目にしたのだと告
げた。ここを訪れるすべての人にとって、この闇はほぼ毎
日のようにすばらしい奇跡を起こす、バビロン産の美しい
外套 [ヨシュア記7章21節] のようなものなのだ、と」

　すばらしい奇跡を起こすバビロンの外套。シャーロッ
ク・ホームズのロンドン。

◉私を「ハンサム」と呼んで

ホームズの物語の舞台にはつねに霧が蔓延しているように
思えるかもしれないが、一方で二輪辻馬車は、間違いなく

第1章　19世紀末ロンドンの"神秘的な外套"　027

ヨークシャー出身の建築家ジョゼフ・ハンサムが設計したハンサム馬車は、後部に御者用のバネ付き座席があり、その前方内部に2人、あるいは3人が乗車するという構造だった。軽量なため、1頭の馬で引くことができた。

至るところに存在している。当時は2種類の辻馬車が、さまざまなスタイルでロンドンの街なかを走っていた。ひとつは二人乗り二輪のハンサム馬車、もうひとつは四人乗り四輪で、後者は石畳を走る際に大きな音を立てることから「グラウラー」（うなるもの）という愛称で呼ばれたクラレンス馬車だ。首都圏警察総監の報告書によると、ロンドンでは3,500人の御者が12,000台弱の辻馬車の年間ライセンスを保有しており、そのうち実際に道路を走っているのはごく一部であった。

一方、W・J・ゴードン著書『ロンドンにおける馬の社会』（1893年発行。オンラインで閲覧可能）によると、認可を受けた辻馬車の御者は15,336人おり、そのうち「約14パーセントが、徘徊や妨害など軽犯罪のほか、残虐行為から酩酊といったさまざまな犯罪により、その年に有罪判決を受けた人たちであった。その大半は、信頼できないことが証明されたとして親方の帳簿に記載されている」という。辻馬車そのものは毎年検査を受けるが、御者のほうは最初の試験のみで、市内の地理に関する知識を証明すればよかった。外見や誠実さ、性格は個人的なことがらだとされたのである。

　こうしたことから、ホームズとワトスンがいつも辻馬車に乗っていたのは、御者に自分たちの身の安全を託すという一種の賭けだったことがわかる。その一方で、〈バスカヴィル家の犬〉に出てくる御者——ウォータールー駅近くのシプリー馬車置き場を本拠とするバラ地区タービー・ストリート3番地のジョン・クレイトン——が、ホームズのところに来て自己防衛的な態度をとった理由も、はっきりする。彼は「あまり品の良くない」外見にもかかわらず、自分の仕事の評判を大切にしていた。そして、「あたしは馬車を走らせて七年、いまだかつて苦情をいただいちまったことなぞありゃしません。どんな文句がおありなのか、じかにうかがおうと、馬車だまりからまっすぐまいりやしたぜ」とホームズに言ったのである。

　W・J・ゴードンによると、当時のロンドンでは辻馬車の業界は衰退しつつあり、一方で鉄道や、馬車鉄道、乗合馬車の利用は増加していた。1888年にはハンサム馬車が7,396台、四輪辻馬車が4,013台あったが、4年後にはハンサムが20台、四輪辻馬車は92台減少した。劇的な減少ではないが、この先を暗示する動きと言える。そして、一般

ハンサム馬車の小回りの良さは、ロンドンの交通渋滞の中では大きな利点だったが、乗客は料金の不透明さから、その利用をためらっていた。ここでは、乗り合い馬車が鉄道料金1ペニーの広告を掲げている。

　市民にとっての問題のひとつは、辻馬車の料金の不透明さであった。鉄道や馬車鉄道、乗合馬車では料金が事前にわかっているし、チップをめぐる気まずさもなかったのだ。
　ホームズが情報提供の見返りとしてクレイトンに約束した半ソヴリン（1ポンドの半分である10シリング）は、馬車置き場の元締めに馬と馬車の借り賃（繁忙期には1週間で18シリング、閑散期でも9シリングを下らない）を支払うことを考えると、彼にとって非常にありがたいものだったに違いない。
　ロンドンには600の馬車置き場があり、それぞれに11台ほどの辻馬車が収容できるスペースがあった。四輪辻馬車は鉄道駅で利用客を乗せた。馬車置き場に停車していないときの辻馬車は、荷物を積んでいようと空のままだろうと

大通りや小道をふさいで走り回っていた。空の辻馬車、い
わゆる「クローラー」（這うもの）は、ホームズのように
辻馬車をいつでも呼び止めたいと思う人でないかぎり、
じゃまな存在であった。

◉美しい馬たち

　辻馬車に使われる馬は茶色（鹿毛または栗毛）が好ま
れ、ほとんどが雌馬であった。 馬が最も状態の良い4歳頃
に、30シリングほどの値で取り引きされ、そのほとんどが
アイルランドから輸送された。ウォーターフォードの緑の
芝生から、砕石とタールの舗装道路へ、憎むべきアスファ
ルト道路へ、花崗岩のつるつるした玉石の道へ、そして木
材で舗装したロンドンの道路へと輸送されていく。海を渡
るという、トラウマになりそうな経験をしたあと、数カ月
間を回復と雇用に向けた訓練に費やし、その後3年間ほど
りっぱに働いたあとは、職人たちの荷車を引くために売ら
れていくのだ。

　辻馬車用の馬は充分に餌と水を与えられていたが、そう
しなければならない理由があった。忙しい日には、馬車と
御者とを合わせて半トンもの重量を引っ張り、40マイル
（64km）を走ることもあったからだ。もちろん、馬車に乗
り込むヴィクトリア朝の紳士たちが、丸々と太っている可
能性も忘れてはならない。

　だが御者にとって、感傷的になったり愛着を抱いたり
するのは無駄なことだった。馬車置き場の元締めたちの
中には、馬に番号を割り当てるだけの者もいたが、たい
ていはいいかげんな名前が付けられていた。前出のW・
J・ゴードンは、道路がぬかるんだ朝に購入した3頭の
馬が「どろ」、「ぬかるみ」、「水たまり」と名づけられ、

1859年、ロンドンの人と動物
が乾きを癒やせるようにと、ロ
ンドン水槽協会（首都水飲場
および家畜用水桶協会）が慈
善家サミュエル・ガーニー庶民
院議員と法廷弁護士エドワー
ド・トマス・ウェイクフィールドに
よって設立された。

第1章　19世紀末ロンドンの"神秘的な外套"　031

雨降りの日に購入された4頭の馬が「オイルスキン」、「暴風雨帽(サウウェスター)」、「防水靴カバー(ゲイター)」、「カサ(アンブレラ)」、暑い夏に購入された3頭が「焼け焦げ(スコーチ)」、「火ぶくれ(ブリスター)」、「シルヴァー・ブレイズ」という名になったという例を挙げている。「一部の親方はみずから御者として働き、当然ながら自分の所有物を大切に扱っていたが、ほとんどの雇われ御者にとって馬は機械であり、三輪自転車を借りるのと同じなのであった。特に問題にならない程度の、充分に健全な状態で返却すればいいと考えていたのである」

　もちろん、こうした15,000頭あまりの馬は、ロンドンの街を駆け回っていた4本足の同胞のごく一部にすぎなかった。1891年には24時間あたりで平均92,372台の馬車が、1平方マイルしかないシティ（シティ・オブ・ロンドン）の区域に入ってきていたと、ゴードンは伝えている。その一部は辻馬車や乗合馬車であったから、重複してカウントされている可能性もあるが、それでも往来の規模を示すには充分だろう。

　ゴードンは次のように生き生きと表現している。「ロンドン中の道路で馬車を動かすには、30万頭以上の"馬力"が必要だ。そんな数の馬を一列に並べたら、セントポール大聖堂からジョン・オ・グローツ（スコットランドのハイランド地方にある村）まで、690マイル（1,110km）の乗馬道になるだろう」

　馬車鉄道の馬、乗合馬車の馬、荷馬車の馬、辻馬車の馬、郵便馬車の馬、運送屋の馬、クズ拾いの痩せ馬、葬儀屋の馬、馬力船(ばりきせん)［運河に沿った曳舟道を歩く馬によって牽引される船］の馬、そして軍馬など、さまざまな馬がいた。公共交通機関だけでも毎日5万頭の馬が、人々を移動させるために必要とされたのだ。

　こうしたことから、交通渋滞の可能性に加え、無謀な御

第1章　19世紀末ロンドンの"神秘的な外套"　033

宣伝用の馬車。乗合馬車の会社は、製品広告で1日1シリングを稼ぐことができた。つねに平均して14人の乗客が乗り、ご覧の通りベイカー・ストリートも走っていたが、ホームズとワトスンが乗るシーンはホームズ物語にない。

者や酒酔い御者による運行、馬の暴走や落馬、優先権をめぐる争いなど、事故や負傷、死亡事故につながる危険性があった。年間平均200人が死亡し、負傷者やケガ人はその10倍に上ったのだ。〈バスカヴィル家の犬〉で、ジョン・クレイトンの辻馬車がステイプルトンを乗せて「ものすごいスピードでリージェント・ストリートを駆け抜けていった」ことを思い出してほしい。ホームズは行きかう馬車のただ中を猛然と走り出したが、馬車のナンバーを確認することしかできなかった。クレイトンは逮捕されるべきだっ

たのではないか？　今も昔も、本当に必要なとき警察官が
そこにいることは、決してないのだ。

　それだけではない。道路に大量に堆積した馬糞が、雨天
で泥状になったり、乾燥した夏の暑さでホコリとなって舞
い上がったり、ハエの大群を引き寄せたりすることで、公
衆衛生にどれほどのリスクをもたらしたか。特に、糞尿が
飛び散ると——馬にとっては好ましいことだが——木材で
舗装した道路が崩壊し、悪臭を放つという問題があった。

　ロンドンの空気は、ホームズがいたおかげでずいぶんと
きれいになったわけだが（〈最後の事件〉より）、馬の糞を
きれいにして歩行者のために道を確保するのは、市街掃除
人や、シャベルを持った少年たちの役目だった。ギリシャ
神話の「アウゲイアス王の牛舎」は3,000頭の牛を飼いな
がら30年間掃除しなかったというが、ヴィクトリア朝後
期のロンドンと比べれば、それもたいしたことがないと言
えよう。馬糞は鉄道や船、馬車によって郊外の農場へと運
ばれたが、すぐにまたいっぱいになった。かつてはこの肥
料に対し、馬一頭につき3ペンスの料金を支払っていた農
家の人々は、あまりにも大量に供給されることにより、4
分の1ペニーの支払いすら渋るようになった。溜まった馬
糞の除去に金を使うことを余儀なくされる農家も、数多く
あったのだった。

　1894年は、「大糞尿危機」が叫ばれた年だった。当時は
世界中の都市が同じ懸念を抱いており、1898年にニュー
ヨーク市で開催された初の国際都市計画会議で議論された
が、誰も答えを出せなかった。

　しかし、解決の時期はまもなくやってきた。すばらしい
ことに、自動車が登場したのだ。路面電車や乗合バスも登
場した。

　1903年、すでにかなりの資産家となっていたコナン・ド

イルは、ホームズをよみがえらせるとともに、紺色の車体と光沢のある赤い車輪を備えた新車のウーズレーを購入した。サリー州の自宅の私道で、自分と弟のイネスを乗せた車を転倒させて死にかけたが、それでもめげずに、1905年4月にはタイムトライアル形式のレースに出場。2マイル1,500ヤード（4.6km）の距離を10分以内で走破して優勝した。

　ドイルが自動車熱にとりつかれていたのは、明らかだった。その年の9月、彼はケント州のチェリトン・ロードを時速26マイル（42キロ）で走り、同州フォークストーン治安判事裁判所で、スピード違反切符（10ポンド）を切られた最初期のドライバーとなった。また、サリー州ギルフォードでの過去の違反も認めた。いてほしくないときに限って、警官は現れるものだ。

●そして今

　現代のロンドンを訪れる旅行者がロンドン特有のもの<ruby>パティキュラー</ruby>——ロンドンの微粒子状物質<ruby>パティキュラット</ruby>——に出くわす可能性は、極めて低い。今のロンドンでは、有害な車両排出ガスを削減するための、さまざまな施策が実施されているからだ。交通量が多い場所でも安心して移動できるよう、市内のあちこちにあるドッキングステーションで自転車を借りたり返したりできるようになっている。

　現代ロンドンの馬社会は、人に優しい快適なものとなった。騎馬警官、近衛騎兵、それにハイドパークのロットン・ロウを散歩する乗馬愛好家は、見る者に心地よい光景を提供する。

　ハンサム馬車の御者の後継者である、ブラック・キャブのタクシー・ドライバーたちは、公共車両事務所の規制下

コヴェント・ガーデン市場の清掃。腐ったキャベツの葉などは、馬に頼り切っていた都市が排出する糞尿に比べれば大したことはない。馬糞その他の害は1894年の「大糞尿危機」で頂点に達したが、変化の兆しはあった。

にあり、最近ではほとんどが礼儀正しく、効率的で、頭脳は「知識」で膨れ上がっている。「知識」とは、道路のルートや訪問先の目的地に関する詳細なデータであり、これが彼らにライセンスを与えているのだ。合格までに平均12回の試験と34カ月の期間を要する、世界でも最も厳しいタクシー運転手の養成コースだ。テムズ川を渡りたいと頼んだときに、規則に反して「南には行かない」とぶっきらぼうに答えるような頑固なドライバーは、もういない。ホームズの時代、テムズ川の南に行くことはたいていトラブルを意味していたが、今の南ロンドンはますます高級化し、流行のエリアとなっている。

　公共交通機関を利用する予定であれば、プラスチック製のICカード「オイスターカード」に料金をチャージして、バス、地下鉄、路面電車、DLR（ドックランズ・ライト・レイルウェイ）、ロンドン・オーバーグラウンド鉄道で利用することができる。まさに「世界はあなたの思いのまま」なのだ。

内燃機関は交通手段に革命をもたらし、都市を変貌させた。裕福なコナン・ドイルは、自動車の誇り高きオーナーとなった最初の人物のひとりであり、スピード違反で罰金を科せられた最初の人物でもあった。

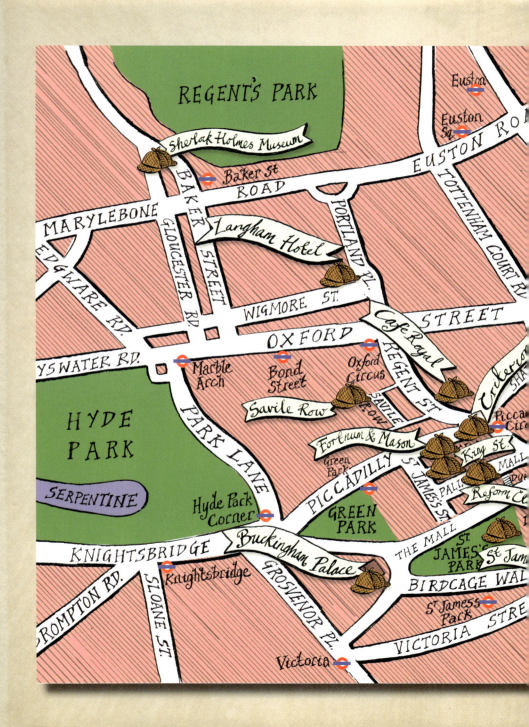

第2章
ウェスト・エンドからウェストミンスターへ
ホームズ物語の中心地

「翌日、わたしたちは約束どおり実験室で落ち合い、ベイカー・ストリート221番地Bの部屋を見に出かけた。居心地のよさそうな寝室2つと、広々とした風通しのよい居間がある下宿だった。居間には明るい感じの家具がしつらえてあり、大きな窓が2つあって明るさも充分だ」

————ワトスン博士【〈緋色の研究〉より】

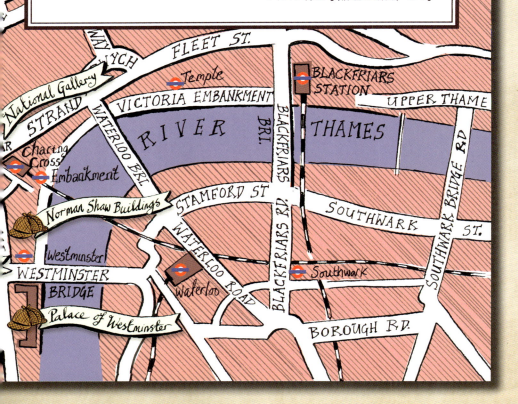

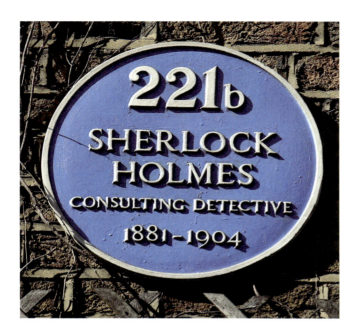

左：1990年に除幕された《シャーロック・ホームズ博物館》のブルー・プラーク（記念銘板）。かの名探偵が世界一有名な住所に住んだ年を記念するものだ。ジョージ王朝様式のタウンハウスは、19世紀には実際に下宿だった。

1874年、14歳の少年がクリスマス休暇に初めてロンドンを訪れ、アールズ・コートとマイダ・ヴェールの親戚宅に順次滞在した。めまぐるしい3週間のうちにアーサー・イグナチウス・コナン・ドイルは、リージェンツ・パークのロンドン動物園や水晶宮（クリスタル・パレス）、ロンドン塔、セントポール大聖堂、ウェストミンスター寺院へと連れていってもらった。ライシーアム劇場で『ハムレット』に出演したシェイクスピア役者ヘンリー・アーヴィングも見た——だが、いちばんあとまで思い出に残っていたのは、《マダム・タッソーの蠟人形館》、とりわけ《恐怖の部屋》の人形たちだった。「恐怖の部屋や殺人者たちの人形はすごくおもしろかったです」と、母メアリへの手紙に書いている【『コナン・ドイル書簡集』より】。現在はマールバン・ロードの角あたりにあるが、1870年代当時、蠟人形館はドイルがやがて不朽の名声を与えることになる通りにあった——ベ

次ページ：シャーロック・ホームズを創造したことによって、アーサー・コナン・ドイルはベイカー・ストリートを有名にした。少年時代の彼は、当時ベイカー・ストリートにあった《マダム・タッソー蠟人形館》のほか、リージェンツ・パーク北端のロンドン動物園も訪れている。

第2章　ウェスト・エンドからウェストミンスターへ　041

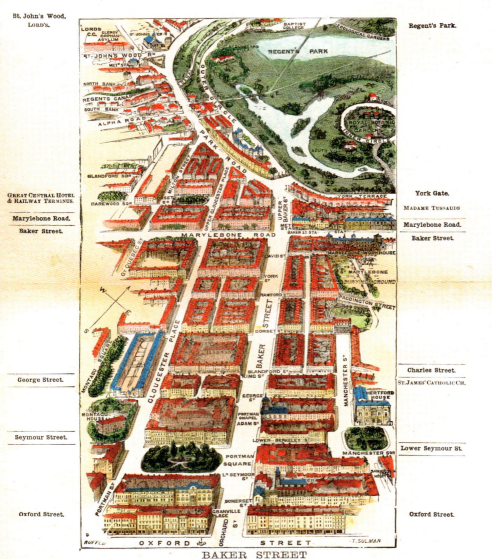

イカー・ストリートだ。

　シャーロック・ホームズのロンドンを巡るどんなツアーもまずは、1881年から1903年までホームズが住んでいた、伝説的な**ベイカー・ストリート221番地B**を起点とする。当時、そんな住所は存在しなかった——もちろん“B”と記された（呼び鈴の引き紐のそばの控えめな真鍮板に「シャーロック・ホームズ、諮問探偵／ジョン・ワトスン、王立外科医師会員と書かれた）表戸口もなかったが、私たちはホームズほどささいなことにこだわらないことにしよう。

　ベイカー・ストリート駅に乗り入れる5つの路線のひとつは、1863年に開業した世界最古の地下鉄メトロポリタン線だ。タイル張りの駅の壁には、シャーロック・ホームズのシルエットが描かれている。駅からベイカー・ストリートに出れば、アビィ・ナショナル・ビル協会の尽力によってできたケープ姿の名探偵像に対面する。1930年代に通りの番地が再割り当てされたあと、アッパー・ベイカー・ストリート215 〜 229番地に建っていたアビィ・ナショナル・ビル［現在は高級マンション］には、世界中から押し寄せるシャーロック・ホームズ宛ての手紙に対応する、専任の秘書が雇われていた。

　像を背にして右折して通りを渡ったところ、237番地と241番地のあいだには、**シャーロック・ホームズ博物館**がある。221Bという表示があるが、本来の住所は239番地だ。2階の展示室には、ホームズの所持品——パイプ、拡大鏡、ヴァイオリン、書物、実験器具類——で散らかった、ヴィクトリア時代の独身者の住まいが再現されているかたわら、愉快な衣装のキャラクターたちが客を喜ばせよう、質問に答えようと、控えている。時代がかったものも豊富にある——装飾的な陶製の洗面台と便器があるバスルー

第2章　ウェスト・エンドからウェストミンスターへ　　043

独身者の住まい。《シャーロック・ホームズ博物館》が想像力を働かせて、ホームズとワトスンがシェアした居心地のいい居間を再現した。この部屋で2人は暖炉のそばに椅子を引き寄せ、脅迫状や殺人事件、ホームズがそのとき手がけている珍しくもない犯罪について、気のおけない話をする。

ム、読み古してページの隅が折れた教本の置かれたワトスン博士の部屋、そして、炉辺の椅子や独身暮らしの装具と対照的にひときわ女性らしい、きれいな暖炉のあるハドスン夫人の部屋。

　ベイカー・ストリートの北側にはリージェンツ・パークがあり、少年時代のコナン・ドイルが「動物が餌をもらうところや、アザラシが飼育係とキスするところも」見たという、ロンドン動物園がある【『コナン・ドイル書簡集』より】——だが、私たちは反対側へ向かおう。

　日中13路線のバスが走るベイカー・ストリートの交通は渋滞している——まあ、それがロンドンというものだ。南下し、左折してウィグモア・ストリートへ。〈青いガーネッ

ト〉でホームズとワトスンが《アルファ・イン》という
パブへ行くときに通った道だ。〈最後の事件〉でホームズ
が、突進してくる2頭立ての荷馬車から間一髪身をかわし
た、ウェルベック・ストリートを横断する（その南に、屋
根から落ちてきたレンガがホームズの足もとで粉々に砕け
たヴィア・ストリートがある）。ウィンポール・ストリー
トやハーリー・ストリートを、また、〈入院患者〉のパー
シー・トレヴェリアンが、そこで専門医が開業するには
家賃や設備費に莫大な金が必要になるうえ、ある程度りっ
ぱな馬車や馬も用意しなければならないとこぼした、キャ
ヴェンディッシュ・スクウェアあたりの「医者の多く住む
界隈」を抜けていく。その状況は今日も変わらない——馬
車や馬は別として。

ポートランド・プレイスへつながるランガム・プレイス
の左手に、**ランガム・ホテル**（1C番地）が見えてくる。
1863〜65年建造、皇太子エドワード7世が創業した、600
の部屋と300のトイレ、36のバスルーム、大英帝国初の水
圧リフトを備えたロンドン最大にして最先端のホテルだっ
た。したがって、〈ボヘミアの醜聞〉でボヘミア国王がフォ
ン・クラム伯爵の名でそのホテルに泊まっていたのも、う
なずける。6フィート6インチ（約2メートル）はありそう
な長身の、「ヘラクレスのようにがっしりした体格」で、
裏地が燃えるように赤い絹の、濃いブルーの袖なしマント
をはおり、上端に毛皮をあしらったブーツ、顔の上半分を
隠す黒い仮面といういでたちながら、忍びでやってきた国
王が人目を引きたくないのは当然だ。

1889年、ドイルはオスカー・ワイルドとともに、フィ
ラデルフィアを本拠とする月刊誌《リピンコッツ》の役
員だったジョゼフ・マーシャル・スタッダードからランガ
ム・ホテルに招かれ、会食した。激励を受けた2人の作家

第2章 ウェスト・エンドからウェストミンスターへ　045

王者の風格。ランガム・ホテルは1865年の開業当時、ロンドンで最先端の高級ホテルだった。ホームズの助力を求めてきたマント姿で覆面をつけた長身の男性は、母国ボヘミアでの醜聞を避けたいがため、フォン・クラム伯爵という名でここに宿泊していた。

はそれぞれ執筆にかかり、ドイルが〈四つの署名〉（作中、モースタン大尉はランガム・ホテルに泊まり、衣類と本、アンダマン諸島の珍しい品物をあとに残して消息を絶つ）を、ワイルドが『ドリアン・グレイの肖像』を書いた。アフタヌーン・ティーという喫茶習慣がランガムのパーム・コートで生まれたという主張は、通説では1840年代にその英国社交文化を"発明"したというベドフォード公爵夫人アナ・ラッセルには心外だろう。

　さて、〈バスカヴィル家の犬〉で、ホームズとワトスンが変装したステイプルトンのあとを追いながら、ハンサム馬車に乗った相手にまかれてしまったのは、リージェント・ストリートだった。この通りを南へ向かおう。右に曲がってコンデュイット・ストリートに入ると、高級紳士服仕立ての代名詞たるサヴィル・ロウの上端に至る。

◉身なりが人品を表す

「彼の服装は落ち着きのある慎ましやかな種類の」ものだったというワトスンのコメント【〈マスグレイヴ家の儀式書〉より】以外、ドイルはホームズの服の着こなしについてはっきりしたことを書いていない。彼が鹿撃ち帽（ディアストーカー）をかぶった姿を、私たちは知っているつもりでいる――それどころか、固く思い込んでいる。物語のどこにも書かれていないのに、である。ただし、かぶっていないとも書かれていない。《ストランド》誌の挿絵画家シドニー・パジット（弟のウォルターをホームズのモデルにしたとされる）が、彼にディアストーカーをかぶらせたのだ。俳優のウィリアム・ジレットも、ディアストーカーをかぶったホームズを舞台とサイレント映画で演じ（p.152、p.250）、痩せて鷲鼻のホームズの横顔に、その帽子が載っていないところなどほとんど思い描けなくなっている。また、ホームズがキャラバッシュ・パイプを吸うのも、ジレットの考案だという。曲がったパイプならくわえたまましゃべることができるからだ（まっすぐだとパイプが上下に動いてじゃまになる）。実際にわかっているのは、ホームズもワトスンも、"アルスター・コート"というケープ付きの日中用外套にネクタイを着用していたことだ。また〈赤毛組合〉には、"ピー・ジャケット"という水夫用ジャケットを着たホームズが登場する。手を温めるスラッシュポケットと、冷たい突風から耳を守る大きな折り襟の付いた、8ボタンのボックス型防寒着だ。このジャケットが標準支給される英国海軍では、"リーファー"と呼ばれる。実用一点張りであって、おしゃれには向かない。

　ベイカー・ストリートの部屋など室内にいるときのホー

ムズは、たいていドレッシングガウン——青や紫、あるいは"ねずみ色"の——に、ペルシャ・スリッパ履きという格好だったらしい。とはいえ、変装という目的のために着る非国教会牧師のつば広の黒い帽子やだぶだぶのズボン、白ネクタイまで、持ち衣装は多かった。

　ホームズが衣類をどこで買っていたのかは、推測するしかないが、紳士服の流行を追うには**サヴィル・ロウ**から始めるのがよさそうだ。ホームズあるいはワトスンが私たちと一緒にここを通りかかったとしたら、15番地にある"サヴィル・ロウ最古のテイラー"、**ヘンリー・プール・アンド・カンパニー**を見つけるだろう。軍服の仕立てを専門に1806年に創業した同族経営店で、ヘンリー・プールはタキシードを初めて製作したといわれる。同社は1858年にナポレオン3世の、1976年には女王エリザベス2世の御用達認定を受けている。店の歴代顧客台帳には、チャールズ・ディケンズ、ウィルキー・コリンズ、サー・エドワード・ブルワー・リットン、ブラム・ストーカーらヴィクトリア時代の小説家や、もと首相の（小説家でもある）ベンジャミン・ディズレイリ、俳優のサー・ヘンリー・アーヴィング、ルーマニア国王フェルディナント1世、エチオピア皇帝ハイレ＝セラシエ、スペイン国王アルフォンソ13世、そしてボヘミア国王にしてカッセル・ファルシュタイン大公ヴィルヘルム・ゴッツライヒ・ジギスモント・フォン・オルムシュタインといった名も並ぶ。

　ホームズがサヴィル・ロウ贔屓でなかったとしても、政府の要職にあった兄マイクロフトは、いかにも贔屓にしそうだ。私たちがBBCテレビ『SHERLOCK／シャーロック』のシーズン1・エピソード1「ピンク色の研究」で初めて見たときの彼は、サヴィル・ロウ1番地の**ギーヴズ・アンド・ホークス**であつらえた三つ揃いスーツを着ていた。店

の創業者のひとり、ジェイムズ・ギーヴは、クリミア戦争中、仕立て屋に改造したヨットでセヴァストポリ［ウクライナ南部の港湾都市］まで航海して、激戦地で海軍の軍服の仕立てサービスを提供した人物だ。その後1880年代にギーヴズ・アンド・カンパニーという会社の単独所有者となった。一方、陸軍の帽子屋トマス・ホークス商会が20世紀初頭、サヴィル・ロウ1番地に小売店を出し、ギーヴズ社とホークス商会は1974年に合併した。ミリタリー・テーラーとしてすばらしい刀剣やさやも製作している。

　つきあたりのヴィゴ・ストリートを曲がってリージェント・ストリートへ戻り、優雅にカーブする通り沿いに行くと、道の向かい側68番地に**カフェ・ロイヤル**がある。忘れもしない、〈高名な依頼人〉では、その店のおもてでホームズがステッキを武器にした2人の男に襲われ、襲撃者たちは店内を通り抜けて裏手にあるグラスハウス・ストリートへ逃げたのだった。「棒術、ボクシング、剣術の達人」であるホームズが、ギーヴズ・アンド・ホークスで武器を調達していなかったのが残念でたまらない。

　フランスのワイン商が1865年に開業した《カフェ・ロイヤル》は、1890年代、金箔を施した合わせ鏡が美しさを無限に映し返す空間でヴーヴ・クリコのシャンパンを浴びるように飲むという、流行の先端を行く人々の集いの場になっていた。まさか暴漢がステッキを振りかざして走り抜けるなどとは、店内の人たちは予想もしなかったろう。金箔の天井とモールディングでルイ16世様式にしつらえた伝説的なグリル・ルームは、今ではオスカー・ワイルド・

一分の隙もない。BBCテレビ『SHERLOCK／シャーロック』シリーズの制作者でもあるマーク・ゲイティスは、シャーロックの兄マイクロフトを演じて、スマートなオーダーメイドのスーツを次々と着こなす。この写真の彼は、英国政府のもとで働きにいくための、いや英国政府そのものになりにいくための服装のようだ。

バーという名になっている。ワイルドが1891年、彼が“ボジー”ことアルフレッド・ダグラス卿と恋に落ちたのが、この場所だったのだ。ダグラスは「あえて口にすることのできぬ愛」という最後の行で知られる詩の作者である。そんな“上流社会のアフタヌーン・ティー”からほんの4年後、ワイルドはレディング監獄で懲役刑に服するという、天と地ほどにも遠い境遇に陥ることになる。

　ピカデリー・サーカスの**クライテリオン**には、もっといい思い出がある。〈緋色の研究〉で、クライテリオン・バーに立っていたワトスンが肩をたたかれて振り向くと、昔なじみのスタンフォード青年だったという、あの出会いだ。1874年に開業したクライテリオンは、目をみはるほど豪華絢爛なネオビザンチン様式の劇場だった。ロング・バーでシャンパンを1杯注文すると、1杯だけではすまなくなる。思いがけない出会いから“すべての始まり”となった場所だからだ。

◉シャーロックとショッピングを

〈独身の貴族〉で、ホームズは豪勢なごちそうのデリバリーを頼む。「下宿の粗末なマホガニーのテーブルに、やけに贅沢な冷肉の夜食料理が、あれよあれよという間にならんだのだ」と、ワトスンは書いている。「ヤマシギがひとつがい、キジが一羽、フォアグラのパテのパイが一皿、それに、クモの巣だらけの年代もののワインが何本か」

　昼食や夕食をレストランでとろうと提案することが多いものの、ホームズは大食漢ではない。〈黄色い顔〉には「……ふだんの食事はじつに質素なもので、生活習慣は禁欲的と言っていいほど簡素だった」とあるし、食欲不振がほのめかされることさえあるのだ。ところがこの〈独身の

クライテリオンのロング・バー。不遇をかこつワトスンが、ここで旧知のスタンフォードにひょっこり出くわしたのがきっかけとなり、シャーロック・ホームズを紹介され、新しい住まい、新しい人生がもたらされることになる。

貴族〉では、花嫁のハティ・ドーランに逃げられていたく傷ついているセント・サイモン卿の来訪に備えて、親睦の夜食を奮発したのだった。

　では、そんなごちそうをホームズはどこから取り寄せたのだろう？　まず思いつく**フォートナム・アンド・メイソン**、通称《フォートナムズ》は、右へ曲がってピカデリーに入り、西へ進むと見えてくる。国際的にも有名なこの高級食品店は、ホームズの時代から現在地と同じ場所にある、1926 〜 28年に建てられたネオ・ジョージアン様式の店舗で営業してきた。アン女王の宮廷で王室付き従僕〔フットマン〕だったウィリアム・フォートナムが1707年にヒュー・メイソンと共同で創業し、19世紀なかばには最新流行の行楽用詰め合わせ食品店となっていた。チャールズ・ディケンズがダービー競馬の日のことをこう書いている。「見てごらん！　ほら、フォートナム・アンド・メイソンの詰め合わせバスケットが緑の芝生のあちこちで大きく広げられて、ロブスター・サラダの花盛りじゃないか！」。スコッチエッグ（固ゆで卵をソーセージ肉で包み、パン粉をまぶして揚げた携行食）を考案したことでも知られる《フォートナムズ》は、1886年にはハインツの缶詰ベイクドビーンズを英国で初めて仕入れた。引退したホームズの養蜂場からも、はちみつを仕入れてくれそうだ。

　ピカデリーをさらに西へ行って左へ曲がり、セント・ジェイムズ・ストリートに入ると、ホームズも知っていただろう高級店がさらにいくつか、ひっそりと佇んでいる。マイクロフトはきっと知っていたはずだ。

　ホームズは〈四つの署名〉の中で、「いくつか拙作の小論があるのさ」と認め、そのひとつ「各種煙草の灰の識別について」に、140種類の葉巻、紙巻き煙草、パイプ煙草をとりあげて、灰がどう違うかをカラー図版で示したと

言っている。ホームズは気晴らしにパイプや葉巻を吸い、きつい黒煙草をふかしたりする愛煙家ではあるが、煙草の灰を研究するために140種類もの葉巻、紙巻き煙草、刻み煙草——フレークカット、リボンカット、ネイビーカット、シャグ——を吸うにはたいへんな労力を要したはずだ。そして、その煙草をどこで調達したのだろうか？　おそらく、オスカー・ワイルドも行きつけだった店、19番地の**ジェイムズ・J・フォックス**ではなかったろうか。〈ギリシャ語通訳〉でマイクロフトを訪ねていくホームズとワトスンは、この店のすぐそばを通り過ぎて、「セント・ジェイムズ・ストリートの側から」パルマルに着いたのだった。

ロバート・ルイスが1787年に店を構えて以来、煙草、葉巻、喫煙道具を商ってきて、1881年からはジェイムズ・J・フォックスが経営している。店舗地下の《フレディ・フォックス博物館》（入場無料）には、1898年に製造されたルイス・マルクス製葉巻の「おそらく最後の1箱」や、現存する世界最古のハバナ・シガーボックスのほか、未払い金が7シリング3ペンス残っていると示す高等法院からオスカー・ワイルドへの手紙なども展示されている。

ホームズの頼みで危険な任務に赴くとき、ワトスンは軍用リヴォルヴァーを携帯するが、探偵自身、少なくともピストルを1挺は所有し、犯罪学的興味からベイカー・ストリートの部屋の壁に弾を撃ち込んだりしている。小火器や弾薬が必要になって、当時パルマルにあった（現在はセント・ジェイムズ・ストリート67番地Aにある）ライフル銃と拳銃、狩猟服の専門店、**ウィリアム・エヴァンズ**へ急いだこともあっただろう。

中国陶磁器のこととなれば、ホームズには洪武時代や永楽時代の陶器を見る目があった。〈高名な依頼人〉では、明朝のうす手焼き磁器の価値を造作なく見抜いて、「てい

世界最古の帽子店《ジェイムズ・ロック》は、ホームズにディアストーカーを提供し、ワトスンに山高帽をあつらえたかもしれない。1676年に創業したロックは、1765年以来、セント・ジェイムズ・ストリートの同じ場所に店舗を構えていた。

第2章　ウェスト・エンドからウェストミンスターへ　053

ねいに扱ってくれなくちゃいけないよ、ワトスン。……競売商の**クリスティーズ**が取り扱ったうちで最高のものなんだ」と言っている。左へ曲がってキング・ストリートへ入ると、その名高いオークションハウス（美術品競売場）がある。ジェイムズ・クリスティーがパルマルで1766年創業し、1823年からはキング・ストリート8番地のルネサンス様式ポートランド石造りのビルに店を構えているのだ。〈三人のガリデブ〉に登場する筋金入りのコレクター、ネイサン・ガリデブは、たまにサザビーズやらクリスティーズのオークションに行くが、それ以外ではめったに部屋を出ないと言う。今ではWebサイトchristies.comで出品されているものをすべて閲覧できるが、競売が公開されれば、気になる例の明朝のうす手焼き磁器の小皿を見に競売場を訪れるのもいいだろう。オークションの現場で繰り広げられる駆け引きに、神経のすり減る経験ができる（IDが必要だが）。さあ、ほかにはいませんか？　締め切りますよ？……落札！

「この帽子は、買ってから3年はたっている」と、〈青いガーネット〉のホームズは言う。「鍔が平たくて、先のほ

うで巻きあがっているのは、あの頃の流行だよ。しかも最高級品だ。ほら、リボンは畝織りの絹だし、裏地も上等だろう？　3年前にこれほど高い帽子を買えて、しかもそれ以後は新しい帽子を買っていないとすれば、落ちぶれたと思うほかない」

　拡大鏡の助けも借りて、誰のものともわからないおんぼろ黒帽子ひとつから、探偵は持ち主についてさまざまなことを推理してみせる——脳の容積が大きく、髪には白いものがまじっていて、ヘアクリームを使っている、と。意外なのが、彼に流行りのファッションに関する知識があることだ。流行を追うためではなくて、そこから明らかになることのためにだが。当時は男性ファッション誌などなかったから、店をひやかして流行を知ったのかもしれない。帽子なら、セント・ジェイムズ・ストリート6番地の**ジェイムズ・ロック**あたりだろうか。1676年創業の、世界最古の帽子店だ。店舗はもともと《ザ・フェザーズ》という居酒屋だったが、その後時計屋に、次には石膏像製作者の住宅になってから、1765年にジェイムズ・ロックが借りると、通りを渡って西側から東側へ店を移した。文句なしに上等なツイードのディアストーカーや、シルクハットなり山高帽なりが欲しかったら、この店にある——相当な値段だが。店で固い帽子を買う際にはコンフォルマテュールという形態測定器で頭部を測定することになるが、もちろん脳の大きさを推定しようというわけではない。

　また、ホームズが足跡の調査について論じるために靴を研究するとしたら、9番地に1866年に開業した**ジョン・ロブ**という靴店（《エスクァイア》誌によると「世界一美しい店」）がある。

　ホームズの飲むワインは上等なものに限られていた。〈ヴェールの下宿人〉では、ヤマウズラの冷肉と、モン

ラッシェ［ブルゴーニュ産辛口白ワイン］がひと瓶。〈ボール箱〉では、ワトスンと「手ごろなホテル」で昼食をとりながら、クラレット1本で粘る。〈アビィ屋敷〉では、年代物のいいワインの澱やコルク栓の抜き方について知識を披露する——とはいえ、〈最後の挨拶〉で彼がフォン・ボルクの屋敷で飲んだ、ウィーンのフランツ・ヨゼフ帝の特別なセラーにあったものらしいインペリアル・トカイ以上の美酒は、ないだろう。……「もう一杯どうだい、ワトスン！……手をわずらわせてすまないんだが、窓を開けてくれないかな。クロロホルムのにおいで、せっかくの味がだいなしだからね」

　ホームズは煙草や喫煙道具を買ったついでに、ヘンリー8世のセント・ジェイムズ宮殿門塔の真向かい、3番地の**ベリー・ブラザーズ・アンド・ラッド**で酒類を補充したかもしれない。1698年にボーンという名の未亡人が食料雑貨を商いはじめて以来の、老舗店だ。ボーンの娘の結婚相手、コーヒー商ウィリアム・ピカリングが、1734年、店舗とその裏の、現在ピカリング・プレイスと改名されて残る広場、ストラウド・コートも再建した。細い路地が入り口のその裏庭は、ロンドンでいちばん小さな公共広場となっていて、かつては決闘の場所として人気があった。また、1845年に「一つ星州」がアメリカ合衆国に加盟する前の3年間、テキサス共和国の公使館があった場所でもある。

　1765年から、このベリー・ブラザーズの店で体重をはかるのが上流社会で大流行した。業務用の秤にのった顧客の中には、詩人のバイロン卿や、摂政時代のダンディでのちのジョージ4世の友人だったジョージ・"ボー"・ブランメルもいた。

　1787年、ベリーというエクセターのワイン商が結婚で一族に加わり、1810年までには店のおもてにベリーの名が加

わるとともにワイン中心の商売に移っていたが、今も店先にコーヒーミルの看板がかかっている。ベリー・ブラザーズはあのタイタニック号にもワインを提供していたという。地下の"ナポレオン・セラー"には、のちのナポレオン3世が亡命中に密談の場にしていたといういわくがある。

　さて、セント・ジェイムズ・ストリートから左に曲がって、ロンドンの超一流紳士たちのクラブが集まる**パルマル**へ向かおう。シャーロックの7歳上の兄マイクロフトは、そこに発起人のひとりとなって創立した《ディオゲネス・クラブ》の会員である。犬儒学派(キニク)哲学者ディオゲネスにちなんで名づけたのだろう、シャーロックによると、内気だったり人間嫌いだったりという理由で人とつきあいたくないけれども、安楽椅子や最新の新聞雑誌はぜひともほしいという人間のためのクラブだという。来客用の面会室以外では、何があっても口をきいてはいけない。一方、104番地にある、コナン・ドイルも会員だったクラブ**ザ・リフォーム**は、2009年のワーナー映画『シャーロック・ホームズ』(ロバート・ダウニー・Jr主演)で、《ロワイヤル・レストラン》として撮影に使われた。

左:靴屋の《ジョン・ロブ》がセント・ジェイムズ・ストリートに開業したのは、1866年。木材の羽目板張りの店舗が、《エスクァイア》誌に「世界一美しい店」と紹介された。エディンバラ公の御用達認定を受けている。

右:ワイン商《ベリー・ブラザーズ・アンド・ラッド》の店舗脇にある細い路地を抜けると、そこはロンドンでいちばん小さな公共広場、ピカリング・プレイスだ。たびたび決闘の場となり、1845年までテキサス共和国の公使館があった場所でもある。

第2章　ウェスト・エンドからウェストミンスターへ　057

1836年に創立された、パルマルの《ザ・リフォーム・クラブ》。広壮なパラーツォ様式の建物は、ウェストミンスター宮殿を再建した建築家のチャールズ・バリーが設計した。過去の会員に、サー・アーサー・コナン・ドイル、J・M・バリー、H・G・ウェルズ、ウィンストン・チャーチルがいる。

　パルマルの1本南、カールトン・ハウス・テラスには、BBCテレビ『SHERLOCK／シャーロック』に《ディオゲネス・クラブ》として登場した英国学士院(ブリティッシュ・アカデミー)がある。〈プライアリ・スクール〉では、ホールダネス公爵のロンドンの住まいが、この袋小路の高級住宅地にあった。〈最後の挨拶〉のフォン・ヘルリング男爵によれば、フォン・ボルクが「その暗号簿をもって**ヨーク公記念塔の階段**(デューク・オブ・ヨーク)に面した小さなドアから」入ることになっているという、ドイツ公使館の近くかもしれない。もちろん、ドイツ皇帝に仕えるスパイのフォン・ボルクは、アイルランド系アメリカ人の裏

切り者を装っているホームズに出し抜かれ、暗号簿などではない、S・ホームズ著『養蜂実用ハンドブック』という本の包みを渡されるのだが。

ジョージ3世の次男、ヨーク公爵フレドリックを記念するヨーク公記念塔は、カールトン・ハウス・テラスを二分する広い階段の頂上に建つ。塔を見上げれば、展望台が見える。1831〜33年に塔が建造され、1834年、上に公爵のブロンズ像が載せられた。中にらせん階段のある花崗岩の塔は15年ほどのあいだ一般公開されていたので、料金を払ってのぼればすばらしい眺めを楽しめた。しかし、飾り鋲を打ちつけた入り口扉はもう140年ばかり閉ざされたままだ。

ヨーク公の階段のふもとは、西端の**バッキンガム宮殿**から続く儀式用道路、ザ・マルだ。英国王室を象徴する、この見慣れた屋外風景は、BBCテレビ『SHERLOCK／シャーロック』のシーズン2・エピソード1「ベルグレービアの醜聞」にも登場した。1902年、もし拒否していなかったらナイトに叙されたホームズが、この道を宮殿へ向かったことだろう。同年にコナン・ドイルは、国王エドワード7世の戴冠叙勲者名簿に載ったひとりとしてナイトに叙された。理由はボーア戦争における功績だ。ちなみに、〈ボヘミアの醜聞〉のアイリーン・アドラーのモデルは、その新国王のもと愛人でコナン・ドイルの友人だったアメリカ人女優、リリー・ラングトリーではないかと言われている。

宮殿に向かい合う緑地は、ヘンリー8世が鹿狩りのために囲い込んだのが始まりという、ロンドンの王立公園のうちで最古のセント・ジェイムズ・パークだ。BBC『SHERLOCK／シャーロック』のシーズン3・エピソード2「三の兆候」には、ホームズとワトスンが湖にかかるブルー・ブリッジを渡るシーンがある。

第2章　ウェスト・エンドからウェストミンスターへ　059

パブ《シャーロック・ホームズ》（103ページ）の展示品の一部。トレードマークのパイプ、国家機密の包みと称してドイツのスパイ、フォン・ボルクに手渡された『養蜂実用ハンドブック』などがある。

　東へ向かって、サー・アストン・ウェッブが設計した、ポートランド石のアドミラルティ・アーチをくぐる。1912年に完成し、亡きヴィクトリア女王に捧げられたが、凱旋門と政府庁舎を組み合わせて海軍高級将校の公邸を上に載せたような、悪趣味な建築だと不評を買った。本書が上梓される頃には、五つ星ホテルに生まれ変わっている予定だ［2026年からウォルドルフ・ホテルが入る予定］。

◉大都市の中心部

　さあ、**トラファルガー広場**へ出た。ロンドンの絵葉書になる風景といえばここ、首都の中心部である。〈バスカヴィル家の犬〉では、トラファルガー広場でステイプルトンがジョン・クレイトンのハンサム馬車を呼び止め、シャー

ロック・ホームズという探偵だと名乗って御者に2ギニーを払い、一日中馬車を走り回らせた——何も質問させずに。

　広場の北東の角に、セント・マーティン・イン・ザ・フィールズという、王室やダウニング・ストリートとつながる英国国教会の教区教会がある。現在の尖塔はジェイムズ・ギブズが1720年代に設計したもので、在りし日のキングズ・ミューズ（厩舎）を見下ろしていた頃は、その名のとおり野中の教会だった。

　北側には、**ナショナル・ギャラリー**の正面が見える。ウィリアム・ウィルキンズの設計で、厩舎の跡地に1838年に完成した建物だ。予想にたがわず、建築には批判的な反応もあり、ウィリアム4世は「汚らわしいちっぽけな穴ぐら」とまで言ってのけた。ギャラリーがふたたび論争の的になった1984年、当時のチャールズ皇太子は増築の提案に対し、「愛され親しまれている友人の優雅な顔に、ばかでかいざくろ石を飾るようなものだ」と表現した。皇太子の意見が通って青いガーネットははずされ、もっとお似合いの設計に取り替えられた。

　ナショナル・ギャラリーのうしろ、セント・マーティンズ・プレイスにあるナショナル・ポートレート・ギャラリー（国立肖像画美術館）には、〈高名な依頼人〉でホームズが「たいした芸術家」と言う、トマス・グリフィス・ウェインライト（1794〜1847年）の作品も収蔵されている。ただし、当然ながらホームズが言及したのは犯罪者としてのウェインライトにであって、彼がウェインライトの芸術に惹かれていたわけではない。ウェインライトは署名を偽造して金をだまし取ったとして1837年に現在のタスマニアへ流刑になったほか、遺産目当てでおじと義母、義妹を毒殺した容疑もかかっていた。コナン・ドイルはその名を"Wainwright"と書き、真ん中のeを抜かしているが、こ

のウェインライト（Wainewright）のことをほのめかしているのは明らかだ。オスカー・ワイルドは、ウェインライトのことを「あなどりがたい、あるいはそこそこの能力がある偽造者で、巧妙で隠密な毒殺者としてはどんな時代にも並ぶ者なしと言えよう」と評した。

　BBC『SHERLOCK／シャーロック』のファンなら、シーズン1・エピソード2「死を呼ぶ暗号」で、ジョンとシャーロックがトラファルガー広場を横切り、ロンドンのアイコンとも言える記念碑が影を落とすナショナル・ギャラリーの階段を上るシーンを目にしたことだろう。**ネルソン記念柱**を設計したウィリアム・レイルトンは、「彫像を頂く柱という伝統的で普通のアイデア」を買われてコンペに優勝した（ほかの応募者の設計はどんなものだったのだろう）。コリント式の柱はダートムア産の花崗岩製だ。実は、トラファルガー広場の配置計画を頼まれたチャールズ・バリーは、ネルソン記念柱を建てることには反対だった。170フィート（51.6メートル）近い高さの柱は景観に不釣り合いであり、ギャラリーに7つの展示室とドーム屋根を備えた翼棟を増築して前面にテラスを設けるという彼の計画の効果が、台なしになってしまうからだ。だが基礎工事はすでに始まっており、1843年にはエドワード・ホッジズ・ベイリーによる砂岩のネルソン像が載せられた柱が建った。当然ながらロンドン市民は、柱が高すぎて英雄の像を鑑賞できないと不平をこぼした。身長5フィート6インチ（1.7メートル）の提督が、高さ17フィート（5.2メートル）、重さ16トンの像になっていたが、それでも位置が高すぎて見えにくいのだ。

　台座のまわりで記念柱を守る4頭のライオン像の作者は、サー・エドウィン・ランドシーア。彼はヴィクトリア時代の人気動物画家だが（鹿の絵『グレン地方の君主』

ロンドンのまさに中心部にある、トラファルガー広場。1897年のトラファルガー記念日［トラファルガーの海戦で英国海軍がフランス・スペイン連合艦隊に勝利したことを祝う日］のようす。重さ16トンのネルソン卿像を頂くネルソン記念柱が、高くそびえる。うしろにナショナル・ギャラリー、北東の角にセント・マーティン・イン・ザ・フィールズ教会。

は、ショートブレッドの缶に使われている）、それまで彫刻の経験はなかった。記念柱の完成から四半世紀もたった1868年になってやっとライオン像が台座に追加され、案の定さんざん物笑いのたねになった。ある著名な動物画家の意見によると、そのライオン像が暗黙のうちにけなされているのは、「ライオンらしい姿勢を彫刻にとらえそこなっているからだ」という。4年後、ランドシーアは精神異常と診断された。1873年に彼が亡くなると、群衆が広場に集まり、ライオン像に花輪が手向けられた。しかし現代の観光客は、ライオンの姿勢が真に迫っていようがいまいが気にせず、無邪気に像によじのぼって、ライオンのたてがみに座って楽しんでいる。

　広場の噴水は、1930年代後半にサー・エドウィン・ラッチェンスが設計し、1948年に稼働を始めた。ドイルが知っていたと思われる、1845年からあったチャールズ・バリーによる元の噴水は、現在カナダにある。

　広場の南側では、1633年に鋳造されたフランスの彫刻家ユベール・ル・スールによるチャールズ1世のブロンズ騎馬像が、1649年に王の処刑場となったイニゴー・ジョーンズ設計のバンケティング・ハウスのほうを向いて、ホワイトホールを見下ろしている。イングランド内戦（大内乱）後、この像は解体されることになり、ジョン・リヴェットという金属細工師に売却された。利に聡いリヴェットは、壊した「証拠」として真鍮のがらくたを提示しておき、像は解体せずに隠した（おそらく埋めたのだろう）。そして、真鍮の柄のナイフやフォークを、チャールズ1世像の遺物でつくったと称してちゃっかり商売したのだ。王政復古のあと、その像をポートランド伯が発見し、国王チャールズ2世が購入して1675年に現在の場所に設置された。

●政府の所在地

　ホワイトホールといえば、そう、兄マイクロフトの職場である。マイクロフトはレール上を走る馬車鉄道のように、自宅と《ディオゲネス・クラブ》とホワイトホールの役所を往復していた。ときたまいくつかの省で会計監査もするが、実のところ彼は英国政府そのもの、つまり全専門知識を総合する専門家なのだとシャーロックは打ち明ける。「この国の政策が彼のひとことで決まったことも一度や二度ではないんだよ」と、〈ブルース・パーティントン型設計書〉でワトスンに言っているのだ。

　左手にはグレイト・スコットランド・ヤード（105ページ）やホワイトホール・プレイスがある。ホワイトホール・プレイス3番地には、エネルギー・気候変動省の庁舎があり［この省は2023年に再編され「エネルギー安全保障・ネットゼロ省」となった］、BBC『SHERLOCK／シャーロック』で、ホームズはその屋上に立った。ホワイトホール・プレイス4番地には、1829年から1890年まで首都圏警察（ロンドン警視庁）の初代本部庁舎があり、裏口がグレイト・スコットランド・ヤードに面していた。ホームズが「へぼ刑事ぞろいのヤードのなかでは優秀なほう」【〈緋色の研究〉より】と評したレストレード（とグレグスン）の職場はここだ。ワトスンが「小柄で血色の悪い、ネズミみたいな顔をした黒い目の男」【〈緋色の研究〉】、「ずる賢いイタチみたいな顔つきのやせた男」【〈ボスコム谷の謎〉】と表現するレストレードが、夕方になるとベイカー・ストリートに立ち寄るおかげで、ホームズは本庁で進行中のことを逐一知ることができた。どうやら警察は、セキュリティをあまり重視していなかったらしい。

　ホワイトホールの右手、**海軍本部**複合施設の正面には、

第一次世界大戦の直前、このオールド・アドミラルティ・ビルには海軍大臣がいた。ドイツのスパイ、フォン・ボルクは、海軍省が暗号をことごとく変えてしまったと不平を言いながら、ちっとも気にしていなかった【〈最後の挨拶〉より】。

140フィート（72.2メートル）にわたって、ロバート・アダムが1759年に設計した列柱、アドミラルティ・スクリーンが建つ。側面にパビリオンが並び、中央アーチには海馬［海神の車を引く馬頭魚尾の怪物］の装飾があしらわれている。アドミラルティ・スクリーンの背後、左側にある1720年代のレンガ造りで化粧石材仕上げの建物は、かつて単にアドミラルティと呼ばれたが、今はオールド・アドミラルティ、あるいは設計者トマス・リプリーにちなんでリプリー・ビルディングと呼ばれる。ネルソン提督の国葬の前夜に遺体が安置されたビルであり、今は海軍本部会議室が入っている。この建物に隣には、黄色いレンガ造りのアドミラルティ・ハウスと、それより大きい、19世紀後半に建てられた赤レンガ造りで化粧石材仕上げのアドミラルティ・エクステンションがある。1964年まで海軍大臣の公邸だったアドミラルティ・ハウスは、〈プライアリ・スクー

ル〉のホールダネス公爵の住まいとなった。またウィンストン・チャーチルも、1911年から15年と1939年から40年の2回、海軍大臣の任期中にここに住んだ。

　ブルース・パーティントン型潜水艦の設計書が盗まれたとき、海軍省は「ハチの巣をつついたような騒ぎ」になった。また、海軍省は隠蔽工作のもとにもなった。海軍省当局が「囚人輸送船グロリア・スコット号は航海中に行方不明になったと判断したので、真相についての噂が洩れることもなかった」のだ。ただしこれは、『シャーロック・ホームズの回想』中の話である。

　その右手、海軍省施設の先に、首相官邸（10番地）と財務大臣官邸（11番地）のある**ダウニング・ストリート**が見えてくる。〈海軍条約文書〉では、ホームズが、ダウニング・ストリートの大臣室にいたホールドハースト卿に名刺を出すと、「すぐに面会を許された」のだった。

　ホワイトホールの突き当たりでヴィクトリア・エンバンクメント沿いを見ると、ノーマン・ショー・ビルが見える。ここは1890年にニュー・スコットランド・ヤードになったが、1967年に警察本部がまた移転すると、オールド・ニュー・スコットランド・ヤードと呼ばれるようになった。リチャード・ノーマン・ショーの設計によるこの赤レンガの建物2棟のうち1棟には、犯罪にゆかりのある品々が保管されていた。1874年に《スコットランド・ヤード犯罪博物館》［最近まで「ブラック・ミュージアム」とも呼ばれていた］ができて、絞首刑用の輪縄、犯罪者のデスマスク、兵器類から、珍しいところでは切り裂きジャックの手紙「地獄より」（77ページ）や、絞首刑に処された殺人犯チャールズ・ピースの所持品（77、125ページ）である一本弦のヴァイオリンと最後の弓など、不気味なコレクションを収蔵している。ただ、この博物館は一般公開されてい

第2章　ウェスト・エンドからウェストミンスターへ　067

1890年から1967年まで首都県警察の本部庁舎だった、ニュー・スコットランド・ヤードの入り口。設計した建築家にちなんでノーマン・ショー・ビルと呼ばれている。不気味な展示品を所蔵する、一般には公開されない《スコットランド・ヤード犯罪博物館》があった。

ない。いざというとき卒倒しかねない警察官の「研修目的」に設立されたもので、特別に許可された者にかぎって案内してもらえるのだ。たとえばローレル・アンド・ハーディ、ギルバート・アンド・サリヴァン、脱出芸の名人ハリー・フーディーニ、サー・アーサー・コナン・ドイル、そして——きっとシャーロック・ホームズもここを訪れただろう。〈空き家の冒険〉で彼は、モリアーティ教授がフォン・ヘルダーという盲目のドイツ人技術者につくらせた空気銃は、この博物館を飾ることになるだろうと言っているのだから。

コナン・ドイルは1892年12月、作家のジェローム・K・ジェロームや、妹コニーと婚約中だった未来の義弟ウィリアム・ホーナングとともに、入館許可を得た。ホーナングは1898年に、紳士泥棒A・J・ラッフルズと共犯者バニー・マンダーズという、ドイルの意見では探偵ホームズと相棒ワトスンを「対極に置くような」コンビを生み出しているが、この博物館から着想を得たのだろうか。ドイル自身は、この曲がった男(クルックト・マン)を美化する物語をよく思わなかった。「率直に言って、危険なものがあると考える。犯罪者を英雄にしてはならない」【自伝『わが思い出と冒険』（未訳部分）より】

　1802年に詩人ウィリアム・ワーズワースがその上にたたずんで畏敬の念に打たれたという、鉄と花崗岩造りの**ウェストミンスター・ブリッジ**は、ウェストミンスター宮殿に隣接する庶民院（下院）の、革張りの座席を思わせる緑色に塗装されている。川上のランベス・ブリッジの塗装は赤で、貴族院（上院）の座席の色だ。〈レディ・フランシス・カーファクスの失踪〉では、国会議事堂を過ぎてウェストミンスター・ブリッジを渡ろうと馬車を急がせるホームズとワトスンが、ビッグ・ベンの時計塔にちらっと目をやると、8時までに25分しか残されていなかった。

　橋の上からは、誰もが「ビッグ・ベン」と大時鐘の名で呼び習わす象徴的な時計塔や、**ウェストミンスター宮殿**が見える（ワーズワースは見ていないが）。ゴシック建築後期の垂直様式であるこの時計塔は、サー・チャールズ・バリーと、「神の恵みの建築家」と呼ばれる輝かしく汚れなきオーガスタス・ウェルビー・ピュージンが設計した。だが2人とも、1870年の完成を待たずに亡くなっている。ビッグ・ベンは1852年に40歳で没したピュージンの、生前最後の設計となったのだった（彼の死は精神疾患と梅毒が原

「ビッグ・ベン」として知れ渡る時計塔は、1859年からたゆまず時を刻みつづけてきた。英国在住者にかぎって見学可。ただし、らせん階段を334段上り、大時計の盤面の裏側で聞こえる、時を告げる鐘の大音声に耐えられればだ。

因だった可能性があると言われる)。チャールズ・バリーのほうは、1860年没だ。2009年のワーナー映画『シャーロック・ホームズ』で、第4修道会を支配下に置いたブラックウッド卿が英国政府転覆を画策したのが、このウェストミンスター宮殿だった。

ヤードによる捜査

"シャーロック・ホームズのロンドン"における犯罪捜査

「天才とは、無限に苦痛に耐えうる能力を言うそうだ。くだらん定義だが、
探偵の仕事にはまさにぴったりあてはまるね」
——シャーロック・ホームズ【〈緋色の研究〉より】

1888年、ロンドン東部のホワイトチャペルにあるスラム街で、6週間あまりのあいだに"夜の女性"が5人殺され、身体を切り刻まれるという事件が起きた。"革エプロン"あるいは"切り裂きジャック"と呼ばれるようになる謎のサイコパスによる一連の殺人事件は、あまりにも残酷だったため、人々の想像力を強くかき立てた。スコットランド・ヤードとシティ警察は、殺人犯を捕まえなければならないという強いプレッシャーを感じていたが、どうすればいいのかがわからなかった。

ほかの分野では目覚ましい進歩が続いている時代であったが、警察の捜査は依然として泥臭いもので、血のついたナイフや撃った形跡のある銃、目撃者の証言、容疑者の自白といったものに大きく依存していた。犯罪捜査を支える科学は未熟で、時

にはまったく科学的でなく、計り知れないほど多くの冤罪を生み出していたのだ。

プロの捜査官たちは、犯罪現場の検証において、死体の位置や血痕、車輪の跡、足跡などが重要であることを認識していた。したがって、現場の状態を乱すことの危険性に気づき始めていたのだが、群衆が重要な証拠を踏みつけたり触ったりすることがあまりにも多かった。犯罪現場の写真撮影も、日常的な業務に組み込まれていなかった。切り裂きジャックの被害者はみな死体安置所で写真撮影され、犯罪現場を警察官がスケッチしたものの、現場を撮影したのは5人の被害者のうちメアリ・ジェイン・ケリーのケースのみだった。

血液分析の科学は、まだ発展途上の段階にあった。血痕を錆や果物の

シミと区別するための信頼性の高い検出法は存在しなかったのだ。殺人事件の裁判において、汚れや斑点、液体の飛び散った跡が本当に血液であるかどうかは、医師や警察官の見解に依存していた。人間の血液と動物の血液を区別する方法は1901年にようやく開発され、ABO式の血液型が定義された。

何が危険で何が危険でないのか

当時は死体を冷蔵できなかったため、殺人事件の被害者の検視は迅速に行われた。ただ、ヒトの組織からヒ素やクロロホルム、特定の植物毒を検出する検査法はあったが、毒物学はそれほど進歩していなかった。しかも致死物質が容易に入手可能であったため、毒殺は殺人の方法として一般的だった。

ホームズ自身、堂々とコカインを注射しているのは、ご存知のとおりだ（それに賛成しないワトスンは「中毒者」と表現している【〈オレンジの種五つ〉】）。彼の寝室の暖炉の棚には、注射器が散らばっていたという描写もある【〈瀕死の探偵〉】。〈唇のねじれた男〉で《金の棒》というアヘン窟で出会ったワトスンに

ILLUSTRATED PAPER
AND ILLUSTRATED TIMES

タブロイド紙は、大衆の低俗な好奇心を刺激しようと、切り裂きジャックの被害者メアリ・ケリーの切断された死体が、ミラー・コートにある彼女の部屋の割れた窓から大家の若い助手によって目撃されたようすを報道した。

対しホームズは、「ぼくにはコカイン注射やそのほかいろいろと悪い癖があって、医者のきみに意見されてきたものだが、今度はまたアヘンまで吸いはじめたのかと思ったんじゃないかい？」と言っているが、アヘンもやはり当時は合法だった。

一方、医師であるワトスンは、鎮静剤としてストリキニーネを処方することができた。薬屋は、強壮剤としてのコカ・ワイン［ワインとコカアルカロイドの抽出物を組み合わせたアルコール飲料］や、咳を鎮めるためのヘロイ

ン錠剤を販売していた。過剰摂取は現実に差し迫った危険だったのだ。薬と毒の境界線は曖昧であり、すべての薬にはある程度の毒性がある。「用量が多ければどのようなものも有毒である」とパラケルススは言っているではないか。

19世紀、毒物を故意に摂取させた事件全体のうち、ヒ素を使ったものが3分の1にのぼっていた。ヴィクトリア朝後期の英国では、ヒ素がいたるところに存在していたのだ。当時流行していた合成緑色顔料"シェーレグリーン"による緑色の壁紙にもヒ素が含まれており、壁から染み出したヒ素が特に子供たちのあいだで病気を引き起こし、死に至らしめていた。アーツ・アンド・クラフツ運動の指導者であり、壁紙の製造者でもあったウィリアム・モリスは、有毒な装飾に対する懸念を「大きな愚行」とみなし、1885年の手紙の中で「医師たちは魔女狩りを行っている」と記した。

ヒ素は化粧品の成分でもあり、ストリキニーネとともに一般的な家庭用洗剤にも含まれていた。ネズミ捕り用としても広く使用されていたと言われ、誤飲や自家中毒は日常的な危険として存在したのである。

切り裂きジャックを追う

警察犬は、1860年頃からヨーロッパ大陸で使用されていた。当時、獰猛な犬種はボディガードや一種の抑止力として、あるいは群衆整理などに利用されていた。だが、それから20年ほど経つと、警察犬を嗅覚利用（ノーズワーク）のために訓練するようになっていった。切り裂きジャックの捜査にも、2頭のブラッド・ハウンド、バーゴとバーナビーが投入され

ブラッドハウンドのバーゴとバーナビーがハイド・パークの追跡テストで、警視総監サー・チャールズ・ウォーレンを追うよう。メアリ・ケリーが殺害された時点（前ページ）では、犬たちは飼い主のもとに戻っていた。

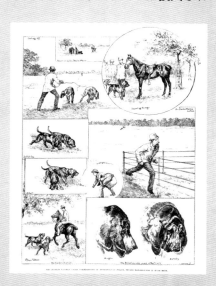

た。彼らは王立公園（ロイヤル・パーク）で、警視総監サー・チャールズ・ウォレンによる追跡テストを受けた。任務を立派に果たしたのだが、マスコミに嘲笑され、読者にあざけられて、尻尾を巻いて家に帰されることとなった。

花婿の正体（ケイス・オブ・アイデンティティ）

　パーシー・ルフロイ・メイプルトンは、全国紙に掲載された警察の「指名手配」用似顔絵が全国紙に掲載された初のケースになったという、皮肉な栄誉を得ることになった。彼の姿の描写による合成肖像画が、《デイリー・テレグラフ》紙に掲載されたのだ。メイプルトンは1881年6月、ブライトン行きの列車内で乗客を殺害し、強盗をはたらいた。その後ロンドン東部のステップニーに身を隠していたところを発見されたのだが、血のついた衣服は部屋に残されたままで、銃は質に入れられていた。1881年11月に絞首刑にされ、マダム・タッソーの《恐怖の部屋》で蠟人形としてつかの間の名声を得た。　この事件を担当したのはホームズという巡査部長だったが、われらがホームズとは無関係だ。

　目撃者がなく、犯人の特徴も不明という状況では、ジャックの正体に関する手がかりはまったくなく、こうした似顔絵を作成することは不可能だった。1888年10月に2枚の似顔絵が発表されたが、掲載されたのは大衆の低俗な好奇心をあおる新聞《イラストレイテッド・ポリス・ニュース》だった。その似顔絵はジャックに対して画家がもつイメージを表現したものにすぎなかったのだ。

足跡をたどる

　犯罪者は犯罪現場のどこかにいたはずだ。つまりブローグシューズ〔穴飾りのある頑丈な短靴〕でだろうがバレエシューズでだろうが、あるいは何も履いていなくても、現場に出入りしたはずである。靴には特徴があるし、足跡と靴を照合すれば、何らかの手がかりが得られるだろう。また、足跡は土や砂、粘土、カーペットの毛玉などの堆積物を残す。ヴィクトリア朝時代の警察は、身長（歩幅の長さ）、性別、職業の種類、社会的地位、その他多くのことを推測するために足跡を使用した。手形もまた、その大きさや特徴からさまざまなことを割り出すことができた。

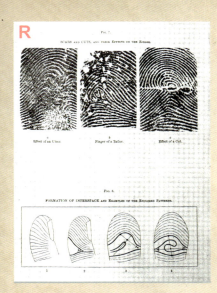

1892年に出版された著書『指紋』の中で、サー・フランシス・ゴルトンは指紋パターンは個人に特有のものであると論じた。しかし、最初にそれを提唱したのはヘンリー・フォールズで、1880年に学術誌《ネイチャー》に掲載された論文の中で発表した。彼は盗作されたということだろうか？

手段としての測定

警察は指紋について懐疑的だったが、「科学捜査の父」と呼ばれるアルフォンス・ベルティヨンが1879年に開発した"ベルティヨナージ"（ベルティヨン式個人識別法）と呼ばれるシステムには、熱心に取り組んだ。パリ警視庁の事務職についていたベルティヨンは、"顔写真"（マグショット）（標準的な照明条件下で撮影した正面および側面の肖像写真）を導入し、文書鑑定の手法や、足跡を保存するためのガルバノプラスティック化合物の使用、破壊や侵入に使用された力の度合いを測定する"ダイナモメーター"を考案した。

フランスにおける再犯率の高さに懸念を抱いた彼は、犯罪常習者を特定する方法を考案し、成人後も変化しない特徴を測定するためのゲージやノギスを設計した（54ページで言及されている帽子屋の測定器コンフォルマテュールに、新たな用途

しかし指紋鑑定については、まだ発展途上にあった。1888年、スコットランドの医師ヘンリー・フォールズが、「手の皮膚のしわ」の研究をスコットランド・ヤードに提案したが、却下された。1892年には、英国人遺伝学者サー・フランシス・ゴルトンが著書『指紋』を出版し、指紋のパターンを特徴づける弓状線、環状線、渦状線、くぼみなどを特定した。だが科学としての指紋検査法が知られるようになり、英国で指紋鑑識が導入されたのは、20世紀になってからのことだった。

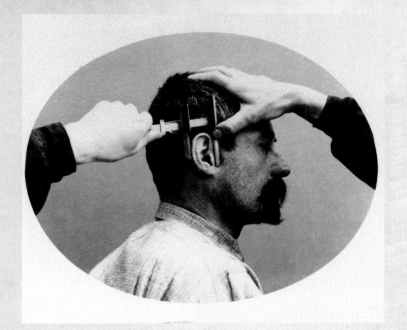

アルフォンス・ベルティヨンの識別法では、特別に設計されたゲージを使用して、微細な測定を行っていた。ベルティヨンは、2人の人間が同一のベルティヨン式数値を持つ可能性は2億8600万分の1であると信じていた。

があることがわかるだろう）。そして、2人の人物がまったく同じベルティヨン式数値をもつ可能性は2億8600万分の1であると主張した。ベルティヨナージには、身体測定、写真撮影、口述ポートレート（口頭による特徴把握）、そしてベルティヨンがあまり重要視しなかった指紋採取も含まれていた。愛国的な全国紙は、こう主張した。「フランスの天才のおかげで、身元識別の誤りは間もなく存在しなくなるだろう……偽の身元識別に基づく司法上の誤りも同様に消え去るだろう……ベルティヨン万歳！」

しかしベルティヨナージは、以前も逮捕され、写真撮影され、測定されたことがある既知の容疑者、つまり連続犯罪者にしか適用できなかった。この方法は、測定値が絶対的に正確であるという条件で成り立っており、記録に頼っていたため、人為的なミスや規則に従わない受刑者に

切り裂きジャックからのものとされる数多くの手紙の中で、文章のおかしい「地獄より」は本物であると考えられていた。この手紙は、ホワイトチャペル自警団の団長ジョージ・ラスクに送られたもので、腎臓の一部（現在は紛失）が同封されていた。

対しては脆弱だった。

　1878年10月、ロンドン南東部のブラックヒースの警察は、警官を殺したことのある、銃で武装した空き巣を捕まえた。「痩せ型で小柄の」唇のねじれた男で、名前を名乗ろうとしなかった。グリニッジ警察裁判

所では、60歳くらいで「嫌悪感を催す風貌」と描写された。囚人に焼き印を押す習慣が廃止されていなかったら、彼に前科があったことがわかっていただろう。また、すでにベルティヨナージが使用されていたら、この奇妙な人物が特別指名手配中の殺人犯チャールズ・ピース（44歳）であることが、すぐにわかったかもしれない。125ページでも紹介するが、彼は一種の人間カメレオンだったのだ。

　傷跡やあざ、入れ墨なども、同様に身元確認に役立つ可能性があった。だが当時はコンピュータによる検索などできなかったため、犯罪者が平均的な人物であった場合、ベルティヨナージでは完璧な一致を見つけるために膨大な量の書類作業が必要となっただろう。もちろん、指紋照合についても同じことが言えるはずだが、最終的に採用されたのは指紋採取法であった。

新聞への掲載

　ホワイトチャペルにおける残虐な事件でパニックが巻き起こる中、警察や報道機関には犯人からのものと称する何百もの偽の通信が寄せられた。その中で、「地獄より（フロム・ヘル）」と「親愛なるボスへ」と題する2通の手紙は本物だと思われた。では、捜査官たちが見逃したことが何かあったのだろうか？　5年後、《スコットランド・ヤード犯罪博物館》（66ページ）を訪れた際に「地獄より」の手紙を見せられたコナン・ドイルは、シャーロック・ホームズならやったであろうことを警察がしなかったのは驚きだと言った。つまり、その手紙をコピーして新聞に掲載し、誰かがそれに一致するものを見つけ出すことを期待したのだ。

　代わりに警察がとった行動は、筆跡鑑定の"専門家"に頼ることだった。筆跡鑑定は、偽造が疑われる場合などには有用な手段となり得るが、証拠として認められるとはいえ、不正確な科学であるため、誤認逮捕につながることも少なくない。

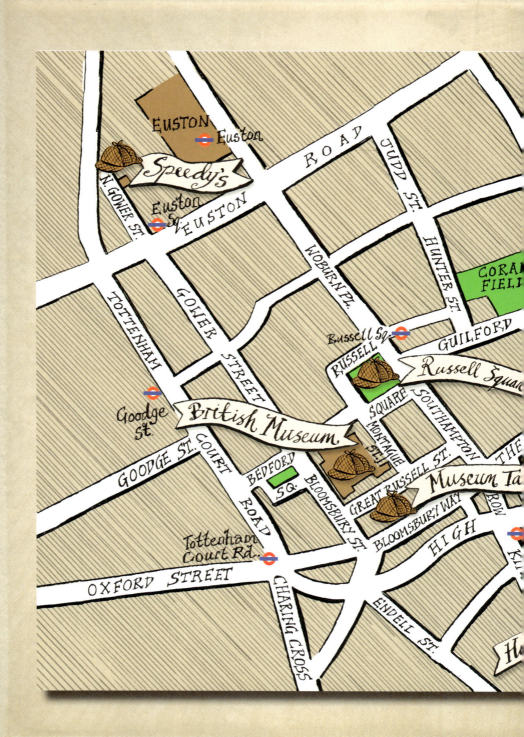

第3章
ブルームズベリーからバーツへ
死の気配がする

「ロンドンに出てきた最初のころ、ぼくはモンタギュー・ストリートに下宿していた。大英博物館からすぐの角を曲がったところだ。あり余るほどの暇な時間を使って、将来自分の仕事に役に立ちそうなさまざまな勉強をしながら、チャンスを待っていた」
——シャーロック・ホームズ【〈マスグレイヴ家の儀式書〉より】

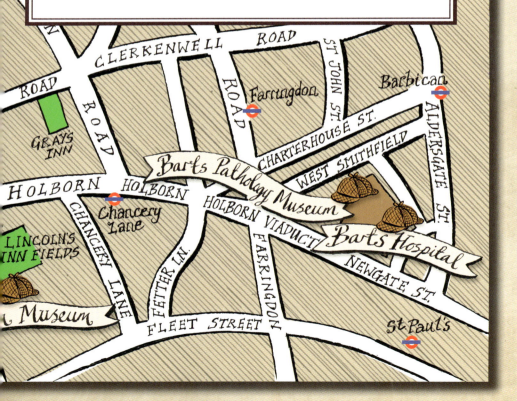

　ロンドンに出てきたばかりのころ、シャーロック・ホームズの住まい近くには勉強するにもってこいの知識供給源があった。グレイト・ラッセル・ストリートに面した**大英博物館**の円形閲覧室ともいう図書室——ローマの万神殿(パンテオン)にヒントを得たドーム型の設計——が、「世の中すべてに対して」無料で公開されていたのだ。ただし利用者は書面で、21歳以上であり、「勉学、調査、研究といった真面目な目的」のためだけに「きちんとした態度」で利用することを申請しなければならなかった。
　〈バスカヴィル家の犬〉でステイプルトンの学術上の業

第3章　ブルームズベリーからバーツへ　081

1857年に大英博物館に開設された円形閲覧室は、申請すれば誰でも利用できた。ただし「きちんとした服装や態度」で利用しなければならず、外套を質に入れたカール・マルクスは入場の権利を剝奪された。

績を調べ、〈ウィステリア荘〉ではブードゥー教に関するエッカーマンの論文を熟読したホームズは、『資本論』の最終巻を執筆中だったあごひげのカール・マルクスや、ウラジーミル・レーニン、『ドラキュラ』の作者ブラム・ストーカー、オスカー・ワイルド、そして──そう、もちろん──口ひげのサー・アーサー・コナン・ドイルと同じ部屋に、座っていたこともあっただろう。

　刊本部長だったアントニオ・パニッツィが発案し、その後シドニー・スマークが設計した大英博物館図書室が開設されたのは、1857年。140年後、大量の蔵書はセント・パンクラスに新設された図書館へ移され、図書室は改装、修復された。現在は展示スペースになっている。

　博物館では、時間を忘れて丸一日展示に見とれていられる。パルテノン神殿破風、ロゼッタ・ストーン、カテベトのミイラ、アグラの財宝……。見学してのどが渇いたら、いにしえのギリシャを思わせる列柱（コロネード）と「文明の進歩」を表す像がある切妻壁（ペディメント）の南側正面から出てグレイト・ラッセル・ストリートを渡ったすぐそこに、**ミュージアム・タヴァーン**というパブがある。18世紀に開店したころは《ドッグ・アンド・ダック》と呼ばれていたが、現在のいかにもヴィクトリア朝様式の建物は建築家ウィリアム・フィンチ・ヒルの作品だ。一杯のビールで休憩しようと閲覧室を出てきたマルクスやドイルも、今と同じ金縁の鏡に映る自分をちらりと見たり、今も変わらぬ彫刻がほどこされた木製の調度に見とれたりしたことだろう。〈青いガーネット〉のヘンリー・ベイカーが常連だった《アルファ・イン》のモデルとしては、このパブが第一候補となる。旅行者でない客も歓迎し、リアルエールや海外のビール、さまざまなワイン、心づくしの料理（フィッシュ・アンド・チップス、パイ、ロースト肉など）を供する店だ。

かの有名なベイカー・ストリートを闊歩する、マーティン・フリーマン（BBC『SHERLOCK／シャーロック』のワトスン役）。だが実際のロケ地はノース・ガワー・ストリートだった。うしろに見えるのは、爆発的な人気を得たカフェ《スピーディーズ》。パイロット版エピソードには《ミセス・ハドスンズ・スナックス》という店名で登場した。

　BBC『SHERLOCK／シャーロック』のファンなら、古代の遺物鑑賞をひとまずおいて、博物館の北側にある**スピーディーズ・サンドイッチ・バー・アンド・カフェ**（カフェ《スピーディーズ》、ノース・ガワー・ストリート187番地）の、カプチーノかフル・イングリッシュ・ブレックファストから一日を始めるほうがいいかもしれない。そしておみやげにマグカップなりTシャツなりを買ってから、ユーストン・ロードを渡り、南側のガワー・ストリートへ向かう。自然選択説に取り組んでいたころのチャールズ・ダーウィンは、この通りに家を借りていた（110番地）。

ガワー・ストリートにある学校に通っていた作家、フォード・マドックス・フォードにとってブルームズベリーは、「品が良いが陰気で、魅惑的だがみじめな広場だらけ」のところだった。そして彼は、「騒々しくて道徳的にうるさい」ヴィクトリア朝後期で、反感と不満をもちつつ育ったのだった。モンタギュー・プレイスの奥にある**ラッセル・スクウェア**を夏の日に訪ねてみれば、少しも陰気だと思えないのだが。〈踊る人形〉のヒルトン・キュービットが、アメリカ人の若いレディ、エルシー・パトリックに会って「深く愛するように」なったのは、ラッセル・スクウェアの宿に泊まったときだった。また、ここでマイク・スタンフォードがワトスンに再会し、ベネディクト・カンバーバッチ扮するシャーロックを紹介することになる。

ここでちょっと立ち止まって、サー・リチャード・ウェストマコットの1809年の作、第5代ベドフォード公爵フランシス・ラッセル像と、テラコッタで覆われたホテル・ラッセル［現在のキンプトン・フィッツロイ・ホテル］をじっくり見よう。このホテルは、チャールズ・フィッツロイ・ドールの設計により1898年に建てられたもので、かつてパリのブーローニュの森近くにあった16世紀のマドリード城がモデルになっている。彫刻家ヘンリー・チャールズ・フェールによる、4人の英国女王の等身大像も飾られている。

ラッセル・スクウェアの西の角に、庭先の物置か何かのような、緑色に塗装された小屋がある。以前のハンサム馬車の御者や、現在のタクシーの運転手たちに温かい食事と飲みもの（アルコールはなし）を提供するため、ロンドンに1875年以降60かそこら建てられたキャブマンズ・シェルターのうち、現存する13の小屋のひとつだ。新聞も提供され、ギャンブルや猥談は禁じられた。19世紀当時の記事には、こうある。「［こうしたシェルターは］辻馬車の御者

　たちの食事処であり、御者たちは概して、あまり酒を飲まない大食漢だ。最近のシェルターで人気の料理は、午前2時の茹でウサギ肉と塩漬けポーク。2週間にわたって、夜な夜な小さな飼育場ひとつぶんのオステンダー（梱包されたウサギ）が消費された」。シェルターは、外からの見た目よりもゆったりしている。詰めれば十数人の御者が入れた。暖かい季節には外に座ってベーコン・サンドイッチを食べた——茹でウサギ肉は戸外で食べられないが。
　ラッセル・スクウェアからサウサンプトン・ロウを南へ向かい、ハイ・ホウバンを越えてキングズウェイへ。今はもうないが、〈緋色の研究〉でワトスンがスタンフォード

ロンドンに13箇所現存するキャブマンズ・シェルターのひとつ。歩行者専用になったレスター・スクウェアからラッセル・スクウェアに移転して、今も多くのタクシー運転手の空腹を満たす。俳優でマネージャーのスクワイア・バンクロフトの贈与によるものだ。いっさいのギャンブル、カード・ゲーム、猥談を禁じるというルールは変わらない。

青年を（おそらく亀のスープとかラムのカツレツの）昼食に連れていった、大理石のキングズ・ホールと3つの柱廊がある豪華な《ホウバン・レストラン》が、かつてはこの角に建っていた。

キングズウェイの東側、王立裁判所（中央裁判所施設）のちょうど裏手にあたる広場は、**リンカーンズ・イン・フィールズ**だ。昼食時ともなると、周辺オフィスの職員らがロンドン・プラタナスの巨樹の下で、思い思いにスシやサンドイッチの弁当を広げる。このロンドン最大の公共広場は、建物の設計にイニゴー・ジョーンズも関わって、1630年代につくられた。広場の西側にあるリンジー・ハウスと呼ばれる端正なビルは1640年前後に建てられたものだが、これがおそらくイニゴー・ジョーンズの作品で、オリヴァー・クロムウェルが事実上の国王としてブリテン島を支配した大内乱時代を、からくも生き延びてきた。

王政復古によって国王に即位した「陽気な王様」ことチャールズ2世には、多くの愛人がいた。そのひとり、「かわいくて機知に富んだネル」と呼ばれた女優のネル・グウィンが、近くの劇場に出演中、このリンカーンズ・イン・フィールズに部屋を借りていた。

リンカーンズ・イン・フィールズの南側に、王立外科医師会（RCS）がある。その博物館はチャールズ・バリーの指揮下、1834〜37年と1851〜52年に再建された建物だが、第二次世界大戦でさらに空襲の被害をこうむって再建され、今も19世紀のなごりをとどめるのは図書室と柱廊玄関だけになった。ワトスン博士は陸軍の外科医として、この王立外科医師会のフェローだったはずだ。

RCSにある圧巻の情報源、**ハンタリアン博物館**は一般公開されている。ホームズがここを訪れたという記録はないものの、彼なら近寄らずにいられなかっただろう。博物館

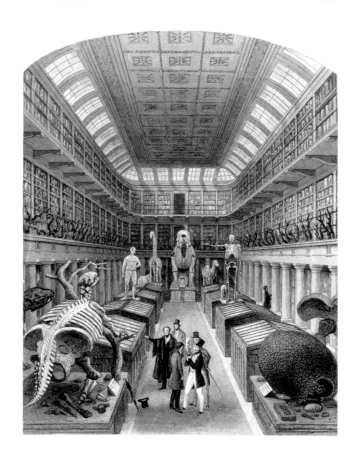

外科医ハンターが収集した、時には奇妙な、あるいは不気味なものも混じる標本コレクションを基礎にした、王立外科医師会のハンタリアン博物館。現在の展示はこんな廃馬処理場のような雰囲気ではない。

　の基礎になったのは、解剖学を熱心に追究し、解剖用のメスさばきが一流だった外科医ジョン・ハンター（1728〜1793年）が遺し、死後に政府が買い上げて医師会に任せた、ざっと1万3,000点にものぼる動物や人間の標本コレクションだ。
　博物館の展示について書かれた1870年代の記事には、こうある。「ここに保存されている興味深い展示物の中には、生前はよく名の知られていた人間や動物の骨格標本も

ある。10歳時の身長が約50センチしかなかったシチリアのこびとクラカーニ嬢、死亡時の身長が2.5メートルだったアイルランドの巨人チャールズ・バーン（またはオブライエン）、生前コヴェント・ガーデン劇場で見世物にされていた巨象"チューニー"。ああ、かわいそうなチューニー！

　廃馬処理場や死体安置所もかくやとばかりに骨やベル・ジャー［釣鐘形のガラス容器］が並ぶこの博物館は、当時「死体解剖の殿堂」とも呼ばれた。第二次世界大戦の空爆によってコレクションの3分の2が失われ、現在はクリスタル・ギャラリーとしてすべてがガラス越しに展示されているが、癌に冒されたイボイノシシの頭蓋骨からサー・ウィンストン・チャーチルの義歯、女性梅毒患者用のつけ鼻、サー・アイザック・ニュートンのデスマスク、1725年にタイバーンで処刑されたジョナサン・ワイルドの骨格、ドードー鳥の骨格など、興味深い展示品がたくさんある。ただし、刺激が強すぎる、あるいは嫌悪や不快をもよおす展示もあるので、要注意だ。外科手術用具の進化をたどるギャラリーにも、かなり驚かされるだろう。

　リンカーンズ・イン・フィールズの東側に面するのは、ロンドンに4つある法曹院のうちで最古と考えられるリンカーン法曹院だ。すべての法廷弁護士が所属するリンカーン法曹院の歴史は、さかのぼって1422年までたどれるが、その発祥は時のかなたにまぎれてしまった。だがチューダー様式で赤レンガ造りの建物の外観から、オールド・ホールが1489年からそこにあることは間違いない。平日には敷地内への立ち入りが自由で、団体客のガイドツアーも申し込める。

　リンカーン法曹院の記念碑的な東門は、チャンスリー・レーンに面している。通りの北がハイ・ホウバンに突き当

たり、そこからホウバン高架橋経由でウェスト・スミスフィールドへ、そして**セント・バーソロミュー病院**、通称"バーツ"まで歩いていける。この大病院の一棟にある、石段をのぼった先の実験室で、ホームズが初対面のワトスンの手を力強く握り、「初めまして」と温かい握手をしながら「あなた、アフガニスタンに行っていましたね?」と言って、ワトスンをぎょっとさせたのだった【〈緋色の研究〉より】。

バーツはもともとヘンリー1世の廷臣によって1123年に設立された病院および修道院で、スミスフィールド［もと家畜の市で有名だった地区］の病人や貧窮者には修道士や修道女が多かった。1539年、ヘンリー8世が修道院解散の一環と

宙吊りになった名探偵。BBC『SHERLOCK／シャーロック』のファンたちは、彼らのヒーローがバーツの屋上からまっさかさまに落ちる場面を、おののきながら見守った。《サン》紙が「偽の天才、自殺」という大見出しで書き立てる。ホームズは、フォークランド戦争のときの悪名高い同紙の見出しをまねて、「やったね!」と切り返したことだろう。

第3章 ブルームズベリーからバーツへ 089

バーツ病理学博物館所蔵標本のひとつ、中国人女性の纏足。"蓮華足"ともいう。幼少期に足の土踏まずと、親指を除くすべての指を折ってきつく縛る。

してこの修道院も没収、バーツは危うい状況に陥った。その後病院を再建するよう説得されたヘンリーは、1546年、この病院をロンドン市に譲渡した。首都で唯一公開されているこの誇大妄想の君主の像が、ギルトスパー・ストリートに面したヘンリー8世門の上に1702年から立っている。

1729〜70年、この病院はトラファルガー・スクウェアのセント・マーティン・イン・ザ・フィールズ教会も設計した建築家、ジェイムズ・ギブズによって再建された。1730年代にはウィリアム・ホガースが、この病院の精神を寓話で表す絵、『善きサマリア人』、『ベセズダの池のキリスト』を描き、大広間階段の壁に飾られた。セント・バーソロミュー・ザ・レス教会の塔は中世から生き残っている。

1812年に首相スペンサー・パーシヴァルの暗殺によって絞首刑に処され、解剖されたジョン・ベリンガムの頭蓋骨。ベリンガムはみずからの行動を「将来のすべての大臣たちへの警告」だと正当化した。「彼らは今後正しいことをするであろう」と。

　セント・バーソロミュー病院の病理学博物館——CNNによる「世界で最も奇妙な医学博物館10選」のひとつ——を訪れるには、ギルトスパー・ストリートの入り組んだヘンリー8世門をくぐっていく。5,000あまりの医療標本からなるコレクションが、ヴィクトリア様式の建物3階にわたって収蔵されている。中国人女性の纏足からコルセット締めで損傷を受けた女性の肝臓、技師の親指、「煙突掃除人の癌」、悪魔の足、1812年に心臓を撃ち抜いて首相スペンサー・パーシヴァルを暗殺したジョン・ベリンガムの頭蓋骨まで、展示内容は幅広い。

　1879年建造のこの博物館は、ホームズの常軌を逸した調査研究にも、思うさま活用できたことだろう。コナン・ドイルはいくつかの短編に、現在は専門学芸員のオフィスになっている部屋のことを書いたと言われる。

　BBC『SHERLOCK／シャーロック』のエピソード「ライヘンバッハ・ヒーロー」でホームズがこの病院の屋上から飛び下りたあと、ヘンリー8世門のそばの電話ボックス

に、彼が生きていることを願うファンたちのメッセージが
ところせましと貼られた。

　彼らは、ホームズが帰ってくることを知っていたはず
だ。なぜなら、この世に確実なことはほとんどないが、
〝シャーロック・ホームズの生還〟は数少ない確実なことの
ひとつなのだから。

"異端児"の活躍

シャーロック・ホームズの法科学

「発見した！　発見したぞ！【……】ヘモグロビン以外ではぜったいに
沈澱しない、試薬を発見したんだ！」
　　　　　　　　──シャーロック・ホームズ【〈緋色の研究〉より】

　シャーロック・ホームズは、スタンフォード青年が共同下宿人候補のワトスンを連れて来たとき、いきなり上のように迎えた。スタンフォードはワトスンに、ホームズは「考えることがちょっと変わって」いて、「冷血といってもいいくらい」だと警告していた。「新しく発見した植物性アルカロイドの効き目をためすためなら、友人に一服盛ることも辞さない」し、むしろ研究のためなら自分でも飲んでしまうだろうというのだ。そして2人が、バーツ（セント・バーソロミュー病院）の「かなり天井が高くなっていて、室内に無数の瓶類が、あるものはきちんと並べられ、またあるものはごたごたと置いてある」実験室に入って行くと、ホームズは血痕を識別するテストを発見して意気揚々としていたのである。ホームズは厳密で正確な知

識を得ることに情熱をもち、試験管やレトルトを使って自分の技術を磨いていた。また、弾道学にも興味をもっていた。アパートの部屋でアームチェアに座り、むかいの壁に銃弾を撃ち込んで、弾痕で「VR」（ヴィクトリア女王）という愛国的な文字を残し、ワトスンのみならず家主のハドスン夫人までをも我慢させていた。部屋の雰囲気も外観も、ぶちこわしになったことだろう。

「教授たちをあっと驚かすような珍しい知識」を追い求める彼は、バーツの解剖室で、死体を棒で叩いて打撲傷ができるようすを観察していたという。アマチュアで独学の異端児であったにもかかわらず、彼の手法の多くは、当時の慣行となっていた警察のものより何年も、何十年も先を行くものだった。

　その先駆者としての影響力によ

第3章　ブルームズベリーからパーツへ　093

"HOLMES WAS WORKING HARD OVER A CHEMICAL INVESTIGATION."

り、ホームズの名は、毒物学の父と呼ばれるマシュー・オルフィラ［スペイン、1787〜1853］やDNA鑑定の父と呼ばれるサー・アレク・ジェフリーズ［イギリス、1950〜］とともに、法医学の歴史年表を飾ることになろう。

〈緋色の研究〉の中で若いスタンフォードは、ホームズは植物性アルカロイドの効き目をためすためなら友人に一服盛りかねないと言った。毒物学がまだ充分に発達していなかったヴィクトリア朝時代、薬物中毒はよく使われる殺人の方法であった。

たとえばいずれも1887年の欄に、こんな感じで書かれることになろう。

「アーサー・コナン・ドイルがシャーロック・ホームズの最初の物語を発表。」

「『緋色の研究』の中で……ホームズは、痕跡が血液かどうかを判別する化学薬品を開発。──現実の科学捜査ではまだ行われていなかったことであった。

「アーサー・コナン・ドイルが、1887年にロンドンで出版された《ビートン・クリスマス・アニュアル》誌に、シャーロック・ホームズの物語の最初の作品を発表した。」

ホームズは犯罪現場の保全の重要性を鋭く認識していた（「あの隅にでもすわっていてくれよ、ワトスン。やたらに足跡をつけられると困るからな」〈四つの署名〉）。彼の考案した血液検査はフィクションであったが、14年以上もあとの発見を予見していた。

ホームズが執筆したさまざまな論文の中には、足跡を再生する技術に

関するものもあり、「足跡を保存する焼き石膏使用法」も含まれていた。探偵学においてこれほど重要でありながら、なおざりにされていた分野はないだろう。義足、背の低い人種の足、走っている足、歩いている足、底が畝模様になっているテニスシューズ［〈悪魔の足〉］……ホームズが足跡で犯人を割り出すことは何度もあったのだ。また、自転車のタイヤ跡も同様であった。「タイヤの跡もいろいろで、ぼくは42種類知っている」と、〈プライアリ・スクール〉の中でワトスンに言っている。「これはダンロップ製で、しかもタイヤにつぎがあたっている。ハイデッガーの自転車のタイヤはパーマー製で、縦縞の跡がつくはずなんだ」

死後の検死を行うほど踏み込んだことはできなかったが、ホームズは観察に基づく毒物学を駆使した（〈緋色の研究〉の中で「毒物もいろいろいじるもんですから」と言っている）。悪魔の足と呼ばれる根、木炭、アヘン、ストリキニーネの変

1900年頃の解剖室。法医学がまだ充分に発達していなかったため、ホワイトチャペル殺人事件の捜査は、被害者の遺体と捜査官に送られた手紙の調査に頼らざるを得なかった。

種、南米の矢から抽出したアルカロイドなど、すべてが彼の調査の対象となった。

捜査に犬を使うこともしている。切り裂きジャック事件の場合はバーゴとバーナビーを使うことが嘲笑されただけだったが（72ページ参照）、ホームズは〈四つの署名〉で鳥の剝製屋から借りた飼い犬トービーを活用しているのだ。「雑種だが、驚くほど鼻がいい。ロンドンじゅうの警察より、トービー一匹のほうが頼りになるよ」とホームズは言っている。また〈スリー・クォーターの失踪〉では、地元の誇る猟犬ポンピーを使い、アニスの香りを追わせてゴドフリー・ストーントンを見つけた。

筆跡に関しては、〈ライゲイトの大地主〉の事件で、被害者が持っていた紙切れに書かれた文字が、若い人物と年配の人物の2人によって交互に書かれたものであることを瞬時に見抜いた。（「"at"や"to"のtの字は力強い筆跡で書かれていますが、"quarter"や"twelve"のtが弱い筆跡であることに注意してください。この二つを比べてみれば、二人で交互に書いたという事実はすぐにわかるでしょう」）。〈ノーウッドの建築業

者〉では、ジョナス・オウルデイカーの遺書とされる文書が偽物であると推理した。「汽車の中で書いたんだよ。きちんとしているのは駅に止まっているあいだに書いた字、乱れているのは汽車が走っているとき、ひどくくずれているのはポイントを通り過ぎるときに書いたんだろう」

しかし、人間の筆跡だけにとどまらなかった。ホームズは「タイプライターと犯罪の関係について」という小論文を書いているはずだ。1891年発表の〈花婿の正体〉では、「不思議なものでして、タイプライターは筆跡と同じように、ひとつひとつはっきりした癖をもっています」と述べているのだ。

当時のタイプライターはアメリカから輸入されたもので、比較的新しい機械だった。銃器メーカーのレミントン社が1873年にQWERTY配列のキーボードを備えた初の商業用タイプライターを発売したが、女性を

ターゲットにしたマーケティングを行うまでは普及しなかった。〈花婿の正体〉でホームズの依頼人となるメアリ・サザーランドは、タイプライターで1枚につき2ペニーの収入を得ており、当時台頭しつつあった"タイプライター・ガール"のひとりであった。ホームズの洞察力は、それだけに一層際立っている。ホームズ物語に製品名が出てくる珍しい例として、〈バスカヴィル家の犬〉では、ローラ・ライオンズがレミントン・タイプライターを前にして座っていたと書かれている。

一方、ホームズがベルティヨナージ（ベルティヨン式個人識別法、74ページ）を用いることは決してなかった。ワトスンはホームズが「このフランスの学者を熱心に賞讃していた」と書いているが、そこには職業上の嫉妬の要素があったかもしれない。〈バスカヴィル家の犬〉の中では、モーティマー医師に「ヨーロッパで第二の犯罪専門家」といわ

1870年代初頭に、アメリカ・ミルウォーキーの新聞編集者クリストファー・レイサム・ショールズが考案したQWERTY配列のキーボードは、銃器メーカーのレミントン社が製造した初期の"タイプ・ライター"に採用された。これは、キーの詰まりを防ぐための工夫だが、現在でもタッチタイピングを行う人にとってはありがたいもので、ABC配列よりもはるかに使いやすい。

れて苛立ちを覚えている。「ほう！失礼ですが、第一の専門家という栄誉を担うのはいったいどなたですかな？」と聞き、ベルティヨンの名が挙げられると、「では、その方にご相談なさればよろしいのでは？」と言っているのだ。

しかし、ベルティヨナージが犯罪現場でほとんど応用されていないという事実は、変わらなかった。ホームズでさえ、容疑者の右耳の幅や左手中指の長さを直観的に把握することは期待されていなかったのである。

ホームズはモーティマーの指摘で刺激を受けたものの、少なくともエジプトでは、ヨーロッパーの権威が自分であることを知って、満足したのではないだろうか。コナン・ドイルはカイロに滞在中、カーディヴ［1867年から1914年にエジプトを統治したトルコの総督］の命により、自分のホームズ物語がアラビア語に翻訳され、警察の教科書として使用されていることを知った。香港もこれに続いた。また、オスマン帝国で実権を握った最後のスルタン、アブデュルハミト2世は探偵小説の大ファンであり、シャーロック・ホームズの熱烈なファンだった（1907年にはイスタンブールでコナン・ドイルを謁

3324 M. Bertillon	Observations anthropométriques.				
taille 1	tête { long / larg	pied g.	n° de cl.	âge de
voûte		médius g.		âé le 18
enverg. 1	oreille dr. { long / larg	auric g.	coul. de l'iris g.	h
buste 0		coudée g.		âge app

(Réduction photographique 1/7).

M. A. Bertillon 20 11 93

32 H

II. — Renseignements descriptifs.

| Front | Arc / inclin / Haut / Larg / part | nez { Racine (prof) / dos base / Haut Saillie Larg / l l / part | oreille droite { bord. O. S. P. o. / lob. c. a. m. D. / a trg. i. p. r. D. / pli. i. s. ; t. ; e. / part | barbe / chvx / Car·L / traits caract / sig dressé par M. | Color { Pig / Sang / Ceint |

パリ警察の事務官であったアルフォンス・ベルティヨンは、"顔写真"を導入し、身体的特徴を測定するシステムに自身の名を残した。彼は名探偵シャーロック・ホームズと肩を並べたが、僅差でホームズに敗れたと言える。

見し、彼に勲章を授与している）。

　ホームズの探偵術は、彼の類まれな推理能力を別としても、画期的であったと言って過言はない。その法科学への貢献が認められ、2002年には王立化学会が「犯罪捜査の手段として化学や医学を駆使した点で、同時代の人間をはるかに凌駕していた。はるか昔からホームズは、いつ

第3章　ブルームズベリーからバーツへ　099

BBCの『SHERLOCK／シャーロック』のベネディクト・カンバーバッチ。現代の彼も、当然ながら独自の研究を行っている。化学、特に毒物の研究は、効果的な捜査に不可欠である。元素だよ（エレメンツ）、ワトスン。

か法科学となるものを犯罪捜査に活用していた」として、名探偵に死後名誉会員の称号を授与したほどである。

　とはいえ、これはとんでもない間違いではないか？「死後」？シャーロック・ホームズがまだ生きていることは、誰もが知っているはずだ。

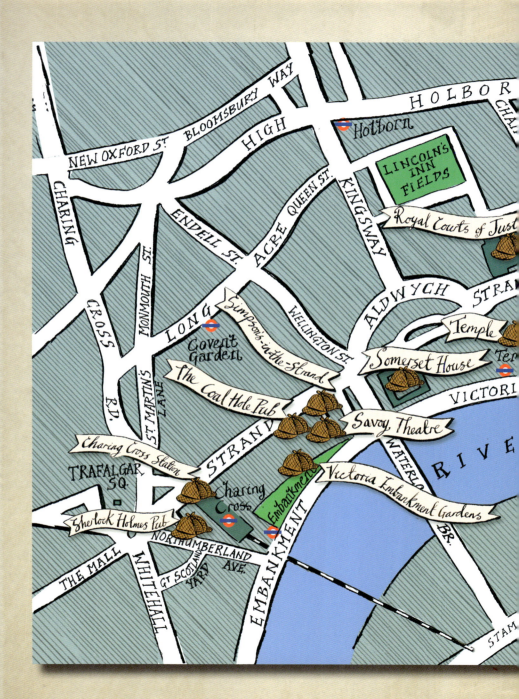

第4章

チャリング・クロスから
セント・ポール大聖堂へ
名探偵の足跡をたどって

「それから3時間ばかり、フリート・ストリートからストランドへかけてぶらぶらと散歩しながら、賑やかな通りを行き交うさまざまな人たちのようすをながめた。まさに、人生の万華鏡とでもいうべき光景だ」
　　　　　　　——ワトスン博士【〈入院患者〉より】

　ロンドンに来てしばらくストランドにあるプライベート・ホテルで暮らしていたワトスン博士は、私たちの前に初めて姿を現したまさにそのとき以来、シャーロック・ホームズの冒険譚にストランドをしばしば登場させている。1.2キロメートルほどの長さがあるロンドン第一の幹線道路ストランドは、劇場街に接し、続くフリート・ストリートとともに、ウェスト・エンドとシティのあいだの導管となっている。

　私たちの出発地点**チャリング・クロス駅**は、ロンドンからの距離を測る基点となる"オフィシャル・センター"だ
［トラファルガー・スクウェアを基点とする記述もあるが、チャリング・ク

チャリング・クロス駅の前庭にある記念碑は、エドワード1世が王妃を偲んで建てたエリナー・クロスのレプリカだ。ただし、チャリングという地名がフランス語の"chère reine"（愛しい女王）に由来するという話は、疑わしい。

ロスにはその旨を書いたプラークがある］。この駅は、かつて青果市場だったハンガーフォード・マーケットの跡地で1864年に開業した。1845年にはイザムバード・キングダム・ブルーネルの設計でテムズ川を渡る吊り橋式歩道橋がつくられたが、サウス・イースタン鉄道を延伸するため、これを1864年に買収し、鉄道橋に架け替えたのだった。駅の上層階にあったフレンチ・ルネサンス様式のチャリング・クロス・ホテルは、エドワード・ミドルトン・バリーが設計した。前庭の記念碑は、エドワード1世が王妃エリナー・オブ・カスティルを偲んで、1290年にリンカーンからロンドンまでの葬列の安息の地ごとに建てた、12のゴシック式十字塔"エリナー・クロス"のひとつを、バリーが再現したものだ（ホワイトホールにあった原物の碑は、1647年に清教徒（ピューリタン）たちによって破壊された）。チャリング・クロス駅は、数々のホームズ物語に登場する。〈ボヘミアの醜聞〉では、アイリーン・アドラーと新婚の夫が午前5時15分の汽車でチャリング・クロス駅から大陸へ向けて発ったと知って、ホームズが「驚きとくやしさで顔色を変えた」。また〈唇のねじれた男〉では、ホームズが自分のことを「ヨーロッパ一の大ばか者だ。ここからチャリング・クロス駅までけとばされたって、ぼくには文句を言えない」と言い放っている。

　ホームズたちの足跡をたどる前に、ストランドとノーサンバーランド・アヴェニューのあいだ、ノーサンバーランド・ストリート10番地にあるヴィクトリア朝パブ、**シャーロック・ホームズ**をのぞいてみよう。ここが〈バスカヴィル家の犬〉のサー・ヘンリー・バスカヴィルが泊まったノーサンバーランド・ホテルだったのかどうか、あるいは〈独身の貴族〉でホームズがフランシス・ヘイ・モールトンの名を宿帳にさがしたのはノーサンバーランド・スト

やや不穏な雰囲気のホームズ人形が立つ、こぢんまりした居間。1951年の英国祭の展示の一部としてつくられたあと、パブ《シャーロック・ホームズ》の2階に保存され、大切に維持されている。

リートのどのホテルだったのかということはともかく、当時は《ノーサンバーランド・アームズ》だったこの店を、ホームズは見ているはずだ。1951年の英国祭のために集められた展示品のうち、コナン・ドイルの遺族などに返されたものを除き、ほとんどがビール醸造会社ホイットブレッド（現在はホスピタリティ関連企業）に引き取られて、このパブに常設展示された。バスカヴィル一族を震えあがらせた魔犬の頭のぬいぐるみといった、事件の遺物をはじめ、数十年前からテレビや映画でホームズとワトスンを演じてきた俳優たちのスチール写真などもある。バーでディアストーカーを買うのはいいが、ホームズご贔屓のレストラン《シンプスンズ》で食事をしたいなら、「ハドスン夫人のステーキ・アンド・エール・パイ」や「モリアーティのビーフ・バーガー」は我慢しておいたほうがよさそうだ。

ノーサンバーランド・アヴェニューの向こう側、**グレイ
ト・スコットランド・ヤード**は、ホワイトホール・プレイ
ス4番地にあった首都圏警察（ロンドン警視庁）の初代本
部庁舎の、裏口だった。こちらが一般入り口として使われ
ていたため、警察がスコットランド・ヤードという通称で
呼ばれるようになったのだ。1890年、警察本部が新庁舎に
移転すると（66ページ）、そちらがスコットランド・ヤー
ドという名前になった。ホームズはもちろんヤードの腕利
き刑事たちと多くの付き合いがあったし、〈まだらの紐〉
で興奮したグリムズビー・ロイロット博士に「出しゃばり
屋のホームズめ！……スコットランド・ヤードの小役人め
が！」とののしられたときは、くすくす笑いだした。

◉歌と踊り──歓楽の場所

1890年代のストランドには、《チボリ》や《アデル
フィ》、《ゲイエティ》など、さまざまなミュージックホー
ルや劇場、レストランが並んでいた。ストランドの東端
のオルドウィッチにあった《ゲイエティ》は、「全ロンド
ンの娯楽の灯の中でもひときわ明るい灯台」、「バーレス
ク［風刺的喜歌劇］の灯をともすきらめき」などと謳われ、
華やかさという名にそむかない劇場だった。創始者はホク
ストン生まれのジョン・ホリングズヘッドで、1866年から
1886年まで支配人を務め、ミュージカル・コメディ、バー
レスク、オペレッタの上演で成功をおさめた。とりわけ人
気を博したのが《ゲイエティ・ガールズ》という、ロンド
ン上流社会もうらやむ豪華な衣装のダンサーたちだ。ホリ
ングズヘッドは、「脚、短いスカート、フランス語作品の
翻案、シェイクスピア、グラスハーモニカの認可販売人」
を自称した。

「かわいい女の子たち、英国風ユーモア、歌と踊り、ベイジング・マシン［海水浴用の移動車］と英国最新流行のドレスが混じり合った舞台」と、アメリカの新聞は《ゲイエティ》劇場の魅力を評した。ゲイエティ・ガールズの舞台衣装は、トップ・デザイナーがデザインしていた。

1871年、ホリングズヘッドが劇作家ウィリアム・シュヴェンク・ギルバートと作曲家アーサー・シーモア・サリヴァンに、『テスピス』というクリスマス向けオペレッタを共作させたことで、あとにも先にも最高の演劇界コラボレーションが《ゲイエティ》劇場で生まれた。2人は次に『陪審裁判』を共作し、《ギルバート・アンド・サリヴァン》はほどなく伝説と化した。プロデューサーのリチャード・ドイリー・カートが共同制作を促し、『軍艦ピナフォア』、『ペンザンスの海賊』、『ミカド』、『ゴンドラの漕ぎ手たち』など14のコミック・オペラが上演された。これらは今でも世界中で観客を楽しませている。

1879年、カートはのちに《ドイリー・カート・オペラ・カンパニー》と呼ばれるようになるオペラ団体を設立し、1881年には**サヴォイ劇場**（ストランド、サヴォイ・コート）を建設。そこで上演されるオペラが、"サヴォイ・オペラ"として有名になったのだった。だが、1890年に破局が訪れることになる。ギルバートがカートに対して、ずさんな会計と劇場のカーペットに使われた経費負担をめぐって訴訟を起こし、サリヴァンがカートの側についたのだ。そして、亀裂がふたたび修復されることはなかった。2人は最後に『ユートピア株式会社』と『大公』の2作を共同制作したが、過日の輝きを取り戻すことはできなかったのだ。

サヴォイ・コートを渡るとき、よく見てほしい——ロンドンでここだけは車両が右側を通行するのだ。なぜか？ここはドイリー・カートが《ギルバート・アンド・サリヴァン》公演の収益で建て、1889年の開業当時は電灯や電動エレベーターを完備して革新的だった、《サヴォイ・ホテル》へ至る私道だ。右側通行なら、おかかえ運転手が車からさっと降りて、車体を回り込まなくてもすぐにご主人

や奥方のためにドアを開けてさしあげられる。これでまた
ひとつ、ちょっとしたロンドンの謎を解明できただろうか。

　一風変わったパブ**コール・ホール**（ストランド91〜
92番地）の店名は、すぐそばの路地ファウンテン・コー
ト（現サヴォイ・ビルディングズ）にあった、19世紀の
居酒屋《コール・ホール》からもらったものだ。かつて
は《サヴォイ・ホテル》の石炭貯蔵庫として使われていた
が、ホームズの時代には、たくさんあった歌えるサパー
クラブのひとつで、客たちがお気に入りのコミック・オペ
ラを歌ったり感傷的なバラードを口ずさんだりして楽し
んだ。俳優エドマンド・キーンが創設した《ウルフ・クラ
ブ》の、妻の尻に敷かれ、風呂で歌うという無邪気な楽し
みを禁じられた夫たちが集まる店でもあった。

〈隠居した画材屋〉でホームズは、「アンバリーはチェス
が強かった。企みごとの得意なやつだというしるしだね、
ワトスン」と言う。1828年、ストランドにチェスのでき
るコーヒー・ハウスとしてスタートした《グランド・シ
ガー・ディヴァン》が、企みごとの得意なロンドン市民を
客に迎え、たちまち「チェスの本拠地」として有名になっ
た。シルバーのドーム型ワゴンに載せた肉のかたまりを
ディナー客のテーブルに運ぶのは、チェス・プレイヤーの
じゃまにならないよう静かに料理を提供する工夫だった。
その後、**シンプスンズ・イン・ザ・ストランド**として、
ホームズがよく食事をする店になる。彼は美食家ではない
が（事件を手がけているときには消化にエネルギーを使う
のさえ厭う）、〈瀕死の探偵〉では体力回復のため、この店
で「うまいものを食べて栄養をつける」ことにする。〈高
名な依頼人〉では、「シンプスンズ料理店で……正面の窓
際の小さなテーブルについてストランドをあわただしく行
きかう人の流れを見下ろしながら」ワトスンに話を聞かせ

第4章 チャリング・クロスからセント・ポール大聖堂へ　109

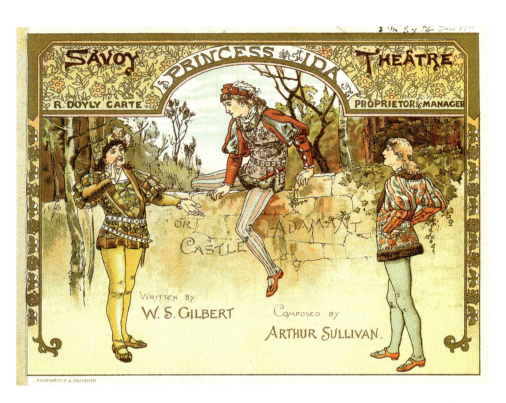

《ギルバート・アンド・サリヴァン》は、『アイオランシ』に次いで『王女イダ』(アルフレッド・テニスン卿の詩をもとにしたフェミニズム諷刺劇)、さらに『ミカド』で人気の絶頂にあった。だが、猛暑の夏のせいでチケットの売り上げは伸びなかった。

た。実際には、階上にあるのは女性用ダイニング・ルームで、紳士用は階下だった。

　チャールズ・ディケンズやジョージ・バーナード・ショー、そしてもちろんドイル自身も《シンプスンズ》を知っていた。1899年、当時のある評論家に早くも「古風な」店と評されている。「模造大理石の柱、カラー・タイルの床、平鉢植えの木……シンプスンズは変化というもののない場所のようだ」と。今でもまったく同じことが言えるだろう。給仕たちは相変わらず"英国風"で威厳がある。贅を尽くした食卓用リネン(ネイパリー)やカーテン(ドレイパリー)、椅子、シャンデリア、格間天井。ヴィクトリア時代の客たちは煮込んだウナギにリープフラウミルヒ［ライン産の白のテーブルワイン］を楽

しんだものだが、今ほとんどの人は、おしゃれをして「この国でいちばんおいしいローストビーフとラム肉」を注文する。もっと現代的な小エビのハニー・パン粉揚げとか、あぶり焼きポーク・スペアリブ、シンプスンズ・バーガーといったものは、《ナイツ・バー》で食べられるのだ（本書の印刷中、《シンプスンズ》は売りに出されている。読者諸氏には、自身で探偵して、店が変わらずにあるかどうか確かめられたい）。

【訳者附記】《サヴォイ・ホテル》と《シンプスン

ご覧あれ。歴史的な名物レストラン《シンプスンズ・イン・ザ・ストランド》は、1828年にチェスのできるコーヒー・ハウスとして開業した。揃いの制服を着た給仕が、チェス・プレイヤーたちの気を散らさないよう、カーペットの上でロースト肉を載せたワゴンを押す決まりになっていた。ホームズはこの紳士用ダイニング・ルームで昼食をとった。

ズ》は同じブラックストーン・グループに属していた
が、2005年に離脱して《フェアモント・ホテル・アン
ド・リゾーツ》のグループに入った。その後《シンプ
スンズ》は2020年に「一時的休店」となり、《サヴォ
イ》は2023年に《シンプスンズ》のシルヴァーのワゴ
ンやグランドピアノ、暖炉、シャンデリアなどをオー
クションに出品した。新たなシェフにより2025年に営
業再開を予定しているが、本書訳出中の現在はまだ開
店日のアナウンスがない。

　ウォータールー橋のすぐ先にあるのは、新古典主義の名
建築、**サマセット・ハウス**だ。ジョージ3世の治世にウィ
リアム・チェンバーズが、「大規模公共建造物」および「国
家の栄華の象徴」として設計したもので、王立芸術院やロ
ンドン考古協会、海軍委員会、また（テムズ川に直接出入
りできた時代の）王室御用船船長もこの建物に入ってい
た。ホームズとワトスンも散歩で通りかかったかもしれな
いが、そのころは内国歳入庁の本部庁舎が入っていた。現
在、冬の風物詩となっているトーチがともされた中庭のア
イススケート・リンクを見たら、2人は驚くことだろう。
映画のロケ地としても人気で、1970年公開のアメリカ映画
『シャーロック・ホームズの冒険』でも、ディオゲネス・
クラブの入り口として使われている。また2009年公開のロ
バート・ダウニー・Jr.主演『シャーロック・ホームズ』で
は、ペントンヴィル刑務所の場面がこの建物内部で撮影さ
れた。
　フリート・ストリートの手前で最後に足を止めて見るの
は、1870年代にジョージ・エドマンド・ストリートが設計
した、ゴシック・リバイバル様式の石造りの大建造物、**王
立裁判所**だ。2012年にはここで、かつてコナン・ドイルが

住んでいたアンダーショー屋敷を取り壊して8世帯の住居を建てるという計画を却下する、順当な判決が下された。サリー州ハインドヘッドにあるこの屋敷は、ドイル自身が設計を手助けして建て、家族で住んだところであり、彼はそこで「死んだはずの」シャーロック・ホームズを生き返らせたのだ。

◉地下にあるもの

ストランドは岸辺という意味だが、その名のとおり、かつては川沿いの遊歩道だった。その南側に並行して、ホームズに関係した気持ちのいい散歩道、ヴィクトリア・エンバンクメントがある。首都土木委員会の主任技師、ジョゼフ・バザルジェットの指揮により1860年代に建設されたもので、バッキンガム・ストリート南端の**エンバンクメント・ガーデンズ**内には、1626年に建てられたイタリア風のヨーク水門が現存する。世界一大がかりな公共工事の一環として、バザルジェットがテムズ川の川幅を狭めて流路を変えたとき、取り残された多数の水門のひとつだ。

エンバンクメントの地下には、いくつもの区画からなる下水道システムがある。132キロメートルにわたるレンガ造りの導管を敷設して、それまで臭くて不潔なテムズ川に流れ込んでいた排水を通し、遠くの下水ポンプ場や水処理施設へ回すようにしたのだ。そのひとつであるクロスネス・ポンプ場が、2009年のワーナー映画『シャーロック・ホームズ』で、ブラックウッドが下水道へ下りていく場面の撮影背景となった。その"下水道チェイス"は、ロンドン北部のフィンズベリー・パークの地下貯水池で撮影された。

エンバンクメントにある花崗岩のオベリスクは──そば

に設置されたスフィンクスは19世紀のエジプト風ブロンズ像だが——紀元前1460年に古代エジプトのファラオ、トトメス3世の命で石を切り出し、彫刻をほどこした本物だ。かつてヘリオポリスの太陽神殿に建てられた一対のうちのひとつで、もうひとつはニューヨークのセントラル・パークにある。有名なクレオパトラ7世の生誕より1000年以上も前につくられたものだが、西洋では17世紀以来、このオベリスクを《クレオパトラの針》と呼んできた。何世紀ものあいだアレクサンドリアで倒れたまま埋もれていたものが、1819年、ネルソン提督によるナイルの海戦の勝利とアバークロンビー中将によるアレクサンドリアの戦いの勝利を記念して、エジプトの統治者から贈呈されたが、巨額の移送費用がかかるため英国政府は辞退した。その後、移送費用が寄付金でまかなわれ、いくつものトラブルの末、1878年にようやくロンドンに到着したのだった。

オベリスクの台座、スフィンクスのブロンズ像2体、肘掛けに翼のあるスフィンクスが載った鋳鉄製のベンチ、ヴィクトリア・エンバンクメント沿いに並ぶ"イルカ型"街灯は、いずれも建築家のジョージ・ジョン・ヴリアミーが、オベリスクの到着を期して設計したものだ。移送船が嵐で転覆し、ビスケー湾に沈没したのではないかと思われたあと、やっと到着の運びとなった。オベリスクの下に埋められたタイム・カプセルには、子供のおもちゃ、英国の硬貨、インドのルピー貨、ヴィクトリア女王の肖像画、金緑の鼻眼鏡、日刊新聞10紙、聖書、喫煙パイプ、男性用スーツ、緑柱石の宝冠などが入っていると言われる。

〈オレンジの種五つ〉のジョン・オープンショーは、このエンバンクメントからテムズ川に投げ込まれ、ウォータールー橋付近にいた巡査が水音を聞いたものの、救助されなかった。

エンバンクメント・ガーデンズで遊ぶ子供たち。ジョゼフ・バザルジェットが建設した堤防の内側埋立地につくられた庭園は、E・M・バリーが設計したフレンチ・ルネサンス様式のチャリング・クロス・ホテルから見渡せるが、ロンドンの下水道は地下に姿を隠して、都心を離れた水処理施設へ通じている。

　夏のあいだ、昼休みにエンバンクメント・ガーデンズを訪れる人々は、デッキチェアにくつろいで野外ステージのコンサートを楽しむことができる。《スウィング・ダンス・イン・ザ・パーク》や《ツアー・デ・ブラス！》といったイベントや、《まだらのバンド》、《ロンドン・ゲイ・シンフォニック・ウィンズ》などによるごきげんなパフォーマンスが――地下を大量の汚水が流れていることなど気にもせず――繰り広げられるのだ。ホームズの時代のロンドンにぴったりの隠喩(メタファー)と言えるかもしれない。
　エンバンクメント・ガーデンズから《サヴォイ》の脇をストランドへ抜けるカーティング・レインには、ロンドンにひとつだけ残っているウェッブ特許下水道ガス破壊灯［下水道に生成される有害バイオガスを除去するランプ］が立っている。現在は本管から供給されるガスを燃料にしているが、

下水の送水管から上がってくる下水道ガスも燃やされるの
だ。この抜け道には、ある種ロンドン流のユーモアを込め
た“おなら小路”という呼び名がつけられている。

●ジャーナリストの街へ

　王立裁判所から東へ進み、道なりにフリート・ストリー
トへ入る。1980年代後半以降、多くの新聞社が移動して
いったにもかかわらず、今も「フリート街」と言えば英国
の新聞界を指す。通りの名は、ロンドンの地下に潜って
「失われた川」のうち最大の地下河川、リバー・フリート
にちなんだものだ。この通りのどこからでも、サー・クリ
ストファー・レンの名建築、荘厳なセント・ポール大聖堂
が眺められる。

　フリート・ストリートの南側には、ロンドンのどの店よ
りも間口が狭いパブ、《ジ・オウルド・コック・タヴァー
ン》がある。1887年に道の向かい側から現在地へ移転し
てきたものだ。前身の店には、日記で有名な作家サミュエ
ル・ピープスや、辞書編集者サミュエル・ジョンソンらも
よく訪れていた。通りを進んで左のジョンソンズ・コート
に入れば、ジョージアン様式のジョンソン博士邸が見えて
くるだろう。その先のゴフ・スクウェアには、博士の愛猫
ホッジの像が建っている。

　フリート・ストリートの北側、ワイン・オフィス・コー
トにもまたひとつ、《ジ・オウルド・チェシャー・チーズ》
という、名だたる酒飲みジャーナリストたちをもてなし
てきた古くからのパブがある。ホームズとワトスンが立
ち寄っていたら、チーズ煮込みやステーキ・アンド・キド
ニー・プディングを食べて、大杯のパンチをがぶ飲みした
だろうか。ロンドン大火のあと1666年に再建され、階段

や廊下、入り組んだ部屋でごちゃごちゃしたこの老舗パブを、ドイルが知っていたのは間違いない。

〈赤毛組合〉で組合員応募のためポープス・コートに行ったジェイベズ・ウィルスンは、にせ事務所に列をなす応募者たちの「赤毛の人波で息が詰まりそう」になり、「オレンジを積んだ呼び売り商人の手押し車みたいな」眺めだったと言うが、この界隈にたくさんある裏通りの中でも、ジョンソンズ・コートやワイン・オフィス・コートがそのモデルになったのではないだろうか。

フリート・ストリートとエンバンクメントのあいだは、法務地区**テンプル**と呼ばれる。テンプル教会をここに建てた、12世紀のテンプル騎士団からとられた名前だ。エルサレムの聖墳墓教会をモデルにした円形教会であり、ロンドンでも最古の教会のひとつである。ロンドンには法曹院が4つあるが、そのうち2つ、インナー・テンプルとミドル・テンプルがここにあり、法曹界の静かな拠点となっている。随筆家チャールズ・ラム（1775〜1834年）は、人生最初の7年間をインナー・テンプルで過ごし、のちに「思いがけない通り」の先に「壮麗な広場」や「古典的な緑の隠れ家」がある、「大都会で最も優雅な場所」だったと述懐している。その雰囲気は今も変わっていない。〈ボヘミアの醜聞〉に登場する、アイリーン・アドラーの婚約者で協力者でもある色の浅黒い好男子、ゴドフリー・ノートンは、**インナー・テンプル**法学院所属の弁護士だった。

一方**ミドル・テンプル・レイン**も、2009年の映画『シャーロック・ホームズ』のロケ地として注目された。エンバンクメント側から見た、E・M・バリー設計の華麗なアーチ通路に縁取られた眺めが壮観だ。智天使（ケルビム）たちのほか、ホームズの友とも言える"学び"と"正義"の壁龕（へきがん）彫像で飾られた派手なアーチは、1878年に「下品な怪物」と酷

フリート・ストリートからはいつも、サー・クリストファー・レンの名建築、セント・ポール大聖堂が見える。それよりは目に入りにくく、ここでは見えないが、ジャーナリストたちの教会であるセント・ブライズ教会が、新聞業界の初代本拠地フリート・ストリートのちょっと奥まったところに隠れている。詩人ウィリアム・アーネスト・ヘンリーは、この教会を「石によるレンのマドリガル［イタリア発祥の歌曲形式］」と呼んだ。尖塔は何層にも重なったウェディング・ケーキの着想源になったと言われる。

第4章　チャリング・クロスからセント・ポール大聖堂へ　　117

評もされた。法廷弁護士がかつらや法服を調達するには、ちょっとチャンスリー・レーンまで行って、1689年の創業からずっと法曹関係の衣服や装身具を取り扱っている仕立て屋、《イード・アンド・レイヴンズクロフト》で買えばいいのだ。

　ラドゲイト・サーカスからラドゲイト・ヒルを上って、ロンドン市の最高地点にある**セント・ポール大聖堂**へ向かおう。2009年の映画『シャーロック・ホームズ』の大聖堂外観ショットからも、レンの名建築の壮大さが伝わってくる。映画に出てくる地下聖堂へのらせん階段は、実際には重さ16.5トンというブリテン島で鋳造された最大の鐘、"グレイト・ポール"がある南西の塔へ続く階段である。チャイム機構が壊れたために、ここ数年この鐘は鳴らされていない。映画でブラックウッド卿がセント・ポール大聖堂の地下聖堂で人身御供の準備をしている場面は、大聖堂の北、スミスフィールドにあるセント・バーソロミュー・ザ・グレイト教会の身廊で撮影された。

　セント・ポール大聖堂の地下聖堂へ下りてみると、コウモリも蜘蛛の巣も見当たらず、そこにあるのは現代的なレストラン、カフェ、ショップだ。地下にある印象的な墓の中には、大聖堂を設計した建築家サー・クリストファー・レンのものもある。壁に掛かる銘板には、ラテン語でこう記されている。「彼の記念碑を探しているなら、周りを見渡してみるがいい」

　ラドゲイト・ヒルから左に折れてオールド・ベイリー（旧市壁という意味）という通りに入ると、中央刑事裁判所、通称**オールド・ベイリー**がある。セント・ポール大聖堂のドームを小さくしたようなドームの上には、法的機関の象徴である十字形の正義の女神像が、片手に剣、もう片方の手に天秤を持って建っている。1902年から1907年に

第4章　チャリング・クロスからセント・ポール大聖堂へ　119

テンプル地区の地図。フリート・ストリートを北に、きれいに整った庭園に縁取られた川が南に見える。1871年の、早くも過去のものとなっていた図版。エンバンクメントが前年に完成し、2つの法曹院をテムズ川から切り離していた。

かけてつくられた現在の建物は、一部が悪名高いニューゲイト監獄の跡地にあるが、16世紀以降はここに何らかの付属裁判所があった。

　オールド・ベイリーは最も凶悪な──あるいは誤審されたかもしれない──犯罪者が裁判にかけられ、死刑を宣告される場所だった。BBC『SHERLOCK／シャーロック』のエピソード「ライヘンバッハ・ヒーロー」に、この裁判所の外観が登場する（内部シーンはウェールズのスワンジー市庁舎で撮影された）。英国の正義が執行されるところを見学したければ、オールド・ベイリーでの裁判は

平日なら公開されている（14歳未満不可）。かつての裁判は見て楽しむスポーツだった——そのころはオールド・ベイリーの戸外で、裁判官は柱廊に着席して裁判が開催されていた。それは人形劇《パンチ・アンド・ジュディ》の人形を巨大化したものと例えられるだろう。裁判官閣下は、妻のジュディと飼い犬を殴り倒し、医者を殴打し、死刑執行人を絞首刑にするミスター・パンチ役というわけである。

オールド・ベイリーの通りとニューゲイト・ストリートの交差点にある《ヴァイアダクト・タヴァーン》は、内装がすばらしい。ただ、さまざまなガイドブックで、地下室にある古風な檻はもとニューゲイト監獄の独房だと紹介されているが、どうやら間違いらしい。

交差点からホウバン・ヴァイアダクトに向かって右手にあるのは、**セント・セパルカー・ウィズアウト・ニューゲイト**教会。童謡『オレンジとレモン』で、「オールド・ベイリーの鐘」とうたわれている。この教会の塔の鐘は、死刑囚がこの世で最後の眠れぬ夜を過ごしたあと、絞首台に連行されていくのを知らせたのだった。身廊のガラスケースに保管されている「処刑鐘」は、18世紀に触れ役が死刑囚の独房の外で処刑の前夜に鳴らしたものだ。鐘を鳴らしながら、独房の悩める魂にどうしようもなくへたな詩を引用して聞かせることになっていた。

死刑囚監房に横たわる者よ、
覚悟せよ——明日は死ぬのだ……

オールド・ベイリーを引き返して南下し、ラドゲイト・ヒルとの角を左に曲がってすぐまた左に入ると、アヴェ・マリア・レインという通りがある。聖体祭の祝日に、修道士たちは「主の祈り」を捧げながらパターノスター・ロウ

第4章　チャリング・クロスからセント・ポール大聖堂へ　　121

オールド・ベイリーのドーム上に建つ、フレデリック・ポメロイ作の正義の女神像。左手に証拠の重さをはかる天秤、右手には理性と正義という両刃の剣を持っている。

からセント・ポール大聖堂へ行進するとき、ここで「アーメン」を唱えた。「パターノスター」とは「われらが父よ」という意味だ。その先が、アーメン・コートという人目に触れない中庭になっている。裏手の低木の陰からぼんやりと見える壁は、今も2ブロック分だけ残っているニューゲイト監獄の区画だ。ホームズの時代、ニューゲイト監獄はもう長期収監には使われなくなっており、裁判や絞首刑執行を待つ者だけを収容していた。

劣悪な環境

ロンドンのバスティーユ監獄とも言えるニューゲイト監獄は、その建物の前を通り過ぎる人々の心に恐怖を呼び起こした。「ニューゲイトのノッカーのように黒い」というコクニー（ロンドン下町の方言）のフレーズは、この監獄が呼び起こす恐怖を表現している。重罪犯人が入るためにニューゲイトの扉が開くと、地獄の口がぱっくりと開くのだ。その扉を通った者のうち、二度と姿を現さない者もいた。処刑された囚人たちの“墓地”は、刑務所とオールド・ベイリーのあいだにある通路であった。石灰を遺体とともに納めた棺は、石畳の下に埋められ、故人のイニシャルが記録として壁に刻まれた。ガイド付きの見学を許可されたチャールズ・ディケンズは、この「罪と悲惨の陰うつな保管庫」の内部について、こう力強く描写している。「入り組んで曲がりくねった通路は、巨大な門と格子で守られており、その外観は脱獄のわずかな望み

さえも一掃するに充分である」。その後、質素な礼拝堂の死刑囚席の光景が、ディケンズの眠りを妨げることになる。彼は、死刑判決を受けた25人ないし30人の受刑者を目にした。「浅黒い顔と白髪交じりのひげをもつ老練な犯罪者」から「強盗の罪で有罪となった、あまりにも外見が若く14歳にも満たないと思われる美少年」まで、「あらゆる年齢と外見の男たち」だったという。

シャーロック・ホームズに出し抜かれた恐喝犯や泥棒、殺人犯など、犯罪者全員にどのような報いが待っていたのかは、記録に残っていない。ホームズはそれについて深く考えたことがないらしく、法がその裁きを下すことで満足していたようだ。ただ、〈隠居した画材屋〉では

深夜勤務。1868年以降、ニューゲイト監獄では（時には一度に3人の）絞首刑が執行され、遺体は「死者の散歩道」と呼ばれる、刑務所と隣接する裁判所を結ぶ通路の敷石の下に埋められた。石壁は刑務所を象徴するものだ。

第4章 チャリング・クロスからセント・ポール大聖堂へ　123

煉獄へようこそ。刑務所の内側のドアに立つ、刑務所長と副刑務所長。セント・セパルカー・ウィズアウト・ニューゲイト教会の鐘が鳴ると、刑務所内の誰もがそれを聞き、それが処刑の合図であることを知った。誰のために鐘が鳴るのか、詮索してはならない……。

珍しく、極めて異常な精神状態であるジョサイア・アンバリーの行き先は「絞首台よりブロードムアのほうがふさわしい」と示唆している。ブロードムア病院は、1863年に開設されたバークシャー州の犯罪者向け精神科病院である。

　厳格な処罰、劣悪な刑務所の環境、そして処刑も、警察だけでなく世界初のコンサルティング探偵をも出し抜くことができると考えるほど傲慢な犯罪者たちにとっては、なんら抑止力にはならなかったようだ（アンバリーは、自分が殺した妻の捜索をホームズに依頼したのだった。まさに狂気的と言えよう）。

　コナン・ドイルは、もしアイデアに行き詰まっても、新聞に載っている実際の事件の生々しい記事を読むだけで、フィクションよりも奇妙な話を書けたのではないだろうか。〈高名な依頼人〉の中でホームズはチャールズ・ピースに言及しているが（「ぼくの古なじみの犯罪者チャーリー・ピースはヴァイオリンの名手でした」）、こんなキャラクターを考え出せる者がいるだろうか？　ピースは片足のライオン調教師の息子で、空き巣、脱出技の芸人、殺人犯であり、変装の名人でも

あった。　容貌を変える能力は非常に高く、スコットランド・ヤードはピースの年齢を40歳から70歳とさまざまに報告している。身長は160センチほどで、足を引きずるようにして歩いていたが、身体は柔軟でアクロバットの名人だった。指を1本撃ち落されたあと、それを隠すために義手を装着していた（つくり話としか思えないではないか）。昼間はパブや市場でシェイクスピアの独白を朗読したり、1弦のバイオリンを演奏したりして生活の足しにしていた。夜はバイオリンケースに盗みの道具を入れ、番犬を眠らせるための薬漬け肉を携えて、家宅侵入を繰り返した。波乱万丈な25年間の経歴には、ここで語り尽くせないほどの出来事がいくつもある。1879年2月25日、47歳のときにウェスト・ヨークシャーのアームリー刑務所で絞首刑に処され、マダム・タッソーの《恐怖の部屋》に人形として展示されることとなった。

　同じようにマダム・タッソーの蠟人形館に展示されているのは――別の理由による、もっと名誉ある存在としてだが――あの時代において英国で最も有名な受刑者であり、最も雄弁な人物である、オスカー・

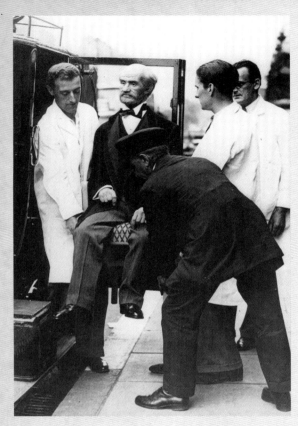

絞首刑に処された悪名高い殺人犯であり、脱獄犯、曲芸師、そして「バイオリンの名手」【〈高名な依頼人〉】であったチャールズ・ピースの蠟人形がマダム・タッソー館から運び出されるところ（1930年頃）。人形は《クライム・クラブ》の昼食会で"名誉会長"を務めた。

ワイルドだ。彼は1895年5月25日、有名な戯曲『真面目が肝心』の初演から3か月後に、わいせつ罪で2年間の重労働を言い渡された。

収監された囚人たちは、ほとんど飢餓状態に近い量の薄いお粥、焼き加減の悪いパン、獣脂、水だけを与えられていた。ワイルドは釈放後、《デイリー・クロニクル》紙にこう書いている。

「英国の刑務所の衛生状態ほど、ひどいものはない。どの囚人も昼夜を問わず飢えに苦しんでいる。ひとり分の食事は1オンスまで厳密に重さを量られ、それはまさに命を維持するに足るだけの量でしかない。囚人は常に飢えによる痛みと病気に苦しめられるのだ。

現在の刑務所制度は、精神能力を打ち砕き、破壊し去ることだけを目

第4章 チャリング・クロスからセント・ポール大聖堂へ 127

大陸に亡命したオスカー・ワイルドは、うつ病を患い、執筆への意欲を失った。「この貧困は本当に心を打ち砕く」と彼は出版社に書き送った。その後パリの薄汚い裏通りのホテルで、脳脊髄膜炎によりこの世を去った。最後のひと言は、「あの壁紙を取り替えるか、私が死ぬかだ」だった。

オスカー・ワイルドは、常に漫画家の格好のネタであった。漫画家たちは、気取り屋である彼の風貌や派手な行動を風刺した。この特に辛辣な風刺画は、彼が失脚する前の姿(左)と、その後所持品をほとんど持たずに亡命する哀れな姿(右)を描いている。

第4章　チャリング・クロスからセント・ポール大聖堂へ　129

的としているように思えてならない。精神異常の発生は、それが目的であるかどうかは別として、結果として確実にある。英国の刑務所に収監された哀れな人間は、本をはじめとしたあらゆる人間的交わりを奪われ、人間味のあるすべての影響から隔離され、永遠の沈黙を強いられ、外界とのあらゆる交流を奪われ、知能のない動物のように扱われ、どんな獣よりも低い存在として扱われるため、精神異常を免れることはほとんどできないのである」

　オスカー・ワイルドは投獄後に破産を宣告され、人生最後の3年間をパリで過ごし、46歳で亡くなった。墓碑はパリのペール・ラシェーズ墓地にある。カフェ・ロワイヤルでのきらびやかで華やかなシャンパンに彩られた日々、ドイルとランガム・ホテルでの会食をともにし、もてはやされていた前途有望な日々から、どれほど落ちぶれてしまったかを思うと、哀れに思わざるを得ないだろう。すべては、口に出してはならない愛のためだった。

第5章
ソーホーとコヴェント・ガーデン
食べて、飲んで、笑おう

「ラティマーが私の向かいの座席にすわり、馬車はチャリング・クロスを通ってシャフツベリー・アヴェニューに入りました。それからオックスフォード・ストリートへ。ケンジントンへ行くにしてはずいぶんと回り道です。……」
——メラス氏【〈ギリシャ語通訳〉より】

回り道どころか、シャフツベリー・アヴェニューはチャリング・クロスから続いているわけではない。拉致されたメラス氏は、窓に紙を貼って外が見えないようにした馬車に乗せられ、ラティマーに棍棒で脅されるという、悪夢のような旅に連れ出されたのだ。混乱していても不思議はないだろう。**シャフツベリー・アヴェニュー**は、ピカデリー・サーカスからニュー・オックスフォード・ストリートまで、ソーホー地区をすっぱり斜めに断ち切る通りだ。社会改革家の第7代シャフツベリー伯爵アントニー・アシュリー・クーパーにちなんで名づけられたこの通りは、建築家ジョージ・ヴリアミーと技師ジョゼフ・バザルジェット（113ページ）の作で、都心から貧困家庭を追い出すスラム街撤去政策の一環として1886年に完成した。今は劇場が建ち並んでいる。中でも最も古くからある《リリック》は、1888年にコミック・オペラ『ドロシー』の上演で開業した。BBC『SHERLOCK／シャーロック』第1シーズンの第2エピソード、「死を呼ぶ暗号」では、ホームズとワトスンがピカデリー・サーカス近くのバス停でばったり出くわして、チャイナタウンへ向かっている。

ソーホーは、知的なブルームズベリーや高級なセント・ジェイムズからそれほど距離が離れているわけではないが、別世界の雰囲気をもっている。迷路のように入り組んだ通りからなるこの地区は、西と北を広大なリージェント・ストリートとオックスフォード・ストリートに、東をチャリング・クロス・ロードに区切られて、昔から俗でいかがわしく、寛容で自由奔放(ボヘミアン)だった。ドイツの貴族、E・アルムフェルト伯爵が、1903年にこう記している。

「これほど狭い地区に、非凡で興味深いコスモポリタンがひしめきあって暮らす場所は、世界のどこにもないだろう。ソーホーは、外国から来た芸術家、舞踏家、音楽家、

第5章　ソーホーとコヴェント・ガーデン　133

「バラというのはほんとうに美しい花だ！」と、ホームズは言った【〈海軍条約文書〉】。彼はロンドンの路上で生計を立てる"花売り娘（フラワー・ガール）"からコケバラを一輪買ったことがあるかもしれない。ただ、若い娘ばかりではなかった。写真は、ピカデリー・サーカスのエロス像のふもとに露店を出す年配の花屋。

歌手その他、才能あるパフォーマーたちの大切な故郷であり、あらゆる国籍の政治亡命者、陰謀家、逃亡者、難民の聖域である」

　地区の名前からは、17世紀ごろ、このあたりに田園が広がっていて、狩りで獲物を見つけたときの「そーら！」というかけ声が響いていた時代が思い起こされる。今、観光客たちの求める獲物はキツネにあらず、イタリアン・デリ《イ・カミーサ・アンド・サン》（オールド・コンプトン・ストリート61番地）［2024年8月に閉店］や《リナ・ストアズ》（ブルワー・ストリート18番地）の生パスタやサラミ、ビ

スコッティ［木の実入りの小さな四角いビスケット］、《バーウィック・ストリート・マーケット》の青果や屋台料理、1887年創業《アルジェリアン・コーヒー・ストアズ》（オールド・コンプトン・ストリート52番地）のコーヒー、あるいは《エージェント・プロヴォケーター》（ブロードウィック・ストリート6番地）のセクシー・ランジェリーや鞭とアイマスクだろう。「ワトスン、人間の本性ってやつは、まったく不思議なぐあいにいろいろなものが混じっているものなんだね」【〈株式仲買店員〉より】

　1700年ごろ、当時のレスター・フィールズにユグノー教徒［フランスのカルバン派新教徒］たちが移住してきたことによって、ソーホーにはフランス人コミュニティができたのだが、1890年代になるとドイツ人、イタリア人、スイス人、東欧のユダヤ人亡命者ばかりかスカンジナビア人も流入し、各国の文化や習慣を持ち込んだ。アルムフェルト伯爵によると、「ソーホーの至るところに風変わりな外国製商品や食料品の広告が出ていた」という。故郷の味が恋しい移民たちに食事を供するレストランが開店し（同時に上階の部屋を娼婦に貸すことも多かった）、ロンドン市民たちにも手ごろな値段で異国料理を味わわせてくれた。そうして大流行となったのが、観劇後の夕食だった。

　1800年代後半の政治亡命者、陰謀家、逃亡者、難民の中には、1898年にロンドンへ逃れてきたラヴェンナ出身のイタリア人アナーキスト、エミディオ・レッキオーニもいた。オールド・コンプトン・ストリートに食料品店《キング・ボンバ》を構え、のちには2度にわたって未遂に終わったムッソリーニ暗殺に資金を提供した。

　当然ながら、共産主義者もソーホーに引き寄せられた。《赤い輪》の主要メンバーであったカール・マルクスはディーン・ストリート28番地に住み、グレイト・ウィンド

第5章　ソーホーとコヴェント・ガーデン　135

ルイージ・アザリオが経営するルパート・ストリートの《フローレンス》は、ソーホーで最大のイタリア料理店だった。ちなみに、ホームズはロンドン西部の「派手な」イタリアン・レストラン《ゴルディーニ》で食事をしながら、ブルース・パーティントン型設計書の行方について熟考し、ワトソンを呼び出した——かなてこ、ランタン、のみ、ピストルをもってきてくれ、と。
［訳注：この店はオスカー・ワイルドの『ドリアン・グレイの肖像』やアーサー・マッケンの「失踪クラブ」にも登場する］

ミル・ストリートの角にあったパブ《レッド・ライオン》の2階の部屋で、フリードリヒ・エンゲルスとともに『共産党宣言』の執筆に取り組んだ。今はトレンディなカクテル・バーになって、《レッド・ライオン》の歴史がぬぐい去られようとしているのも、時の流れというものか。

　ありがたいことに、ソーホーのコスモポリタンな雰囲気とともに、よりどりみどりのレストランは残っている。まずは、ブロードウィック・ストリート46番地のスペイン料理店**ブリンディサ・タパス**（『SHERLOCK／シャーロック』でアンジェロの店のロケ地になって以来、若干イメージチェンジした）から始めてはどうだろう？

　シャフツベリー・アヴェニューの向かい側に、**チャイナ**

タウンの中心、ジェラード・ストリートとライル・ストリートが並行して通る。1890年代のロンドンでは、主に独身男性からなる広東人の小さなコミュニティが、船荷の茶を運ぶ中国人船員が住みつくイースト・エンドのライムハウスに集中していた。〈瀕死の探偵〉でホームズは、ドックのあたりで中国人船員たちにまじって働いていたため、東洋の致命的な病気に感染したという作り話で、カルヴァートン・スミスを罠にかける策略を練ったのだった。

　1970年代からは、ロンドン市民たちのあいだで中華料理の人気が高まるとともに、香港からの移住者が流入してきたことで、料理店は西のほうへ引き寄せられていった。今のチャイナタウンには中華料理店ばかりか、パン屋、スーパーマーケット、土産物屋もある。英中2カ国語の街路標識、パゴダ、伝統的中華風アーチ門、至るところに吊るされた中華提灯。この中華街は、BBC『SHERLOCK／シャーロック』のエピソード「死を呼ぶ暗号」のシャーロックとジョンが、怪しい中国人密輸組織を調査する場面でおなじみだ（ただし、2人が入る骨董品店《ラッキー・キャット》のシーンは、ウェールズのニューポートで撮影された）。

　シャフツベリー・アヴェニューを北へ向かい、チャリング・クロス・ロードを左折して進むと、トトナム・コート・ロードへ至る。〈青いガーネット〉のヘンリー・ベイカーが暴漢に襲われた通りであり、〈ボール箱〉ではホームズがワトスンに、「安く見積もっても500ギニーはする」ストラディヴァリウスを、この通りの質屋でたった55シリングで手に入れたと自慢する。似たような掘り出しもの捜しを勧めるわけではないが。

　シャフツベリー・アヴェニューが劇場街なら、チャリング・クロス・ロードは書店街だ。新刊書や古書、希覯書、稀少な本や大量に流通する本を扱う店が集まっている。

107番地の《フォイルズ》は棚の長さが30マイル（50キロメートル）もあって、かつては世界最大の書店だった。近年はこの界隈の賃貸料高騰が、書店を皆殺しにしようとしている。犯罪小説書の専門店だった《マーダー・ワン》も残念ながらなくなったし、チャリング・クロス・ロード84番地の、映画で有名になった伝説的古書店《マークス社》も今はない。［現在はマクドナルドの一部。店があったという銘板はある］

●楽しみの庭

　チャリング・クロス・ロードを南下して左折し、グレイト・ニューポート・ストリートを行けば、ロング・エイカーに出る。ホームズもよく知っていた、由緒ある店がある通りだ。〈バスカヴィル家の犬〉でホームズは、ちょっとした安楽椅子旅行をしていた。「地図専門のスタンフォード書店に使いを出して」、「例のムア一帯の英国政府陸地測量部作成の地図を手に入れ」、椅子に取り残された身体が大きなポット2杯分のコーヒーを飲み干し、「とんでもなく大量の煙草」を吸い尽くしていたあいだ、魂はデヴォン州を訪れていたというのだ。チャリング・クロス・ロードに開業時、ロンドンで唯一の地図製作販売店だった**スタンフォーズ**は今、地図やガイドブック、地図帳、紀行文学や旅先案内小説、地球儀や贈答品などを豊富に取りそろえた、ロンドン随一のトラベル・ショップに成長した。

　1862年、創業者のエドワード・スタンフォードは、王立地理学会が絶賛した「かつて発行されたうちで最も正確なロンドン地図」を刊行した。測量士チームの協力も得て製作したみごとな作品で、今なお販売されている。店は1901年以降、会社の印刷事業の場所だったロング・エイカー12〜14番地にある［2019年、ロング・エイカーからマーサー・ストリー

トに入った路地のマーサー・ウォーク7番地に移転]。かつてはフローレンス・ナイチンゲールや(スクタリ[クリミア戦争当時。現イスタンブールのウスキュダル]行きのためか?)、デイヴィッド・リヴィングストン(アフリカへ向かおうとしていたのだろう)も顧客だったという。ロング・エイカーをさらに東へ行くと、左側の**エンデル・ストリート**がハイ・ホウバンへつながる。〈青いガーネット〉でホームズとワトスンは、ホウバンからエンデル・ストリートを通り、「曲がりくねってごみごみした通りを抜けて」コヴェント・ガーデン市場へ出た。当時のコヴェント・ガーデンは青果卸売市場だったが、市場は1974年に川向こうのナイン・エルムズへ移転して、跡地はおしゃれな観光地となった。スラム街のようなごみごみした通りはもうなくなり、カリフラワーの茎やキャベツの葉もないのだ。

　ロング・エイカーは、そのままグレイト・クイーン・ストリートへ続く。ここの60番地には、イングランド・連合グランドロッジ[イングランド及びウェールズのフリーメイソンの統括組織]の本部、**フリーメイスン・ホール**がある。2009年のガイ・リッチー監督映画『シャーロック・ホームズ』にも登場したが、現在の建物は、燃えるような赤毛のジェイベズ・ウィルスン【〈赤毛組合〉】や、イーノック・ドレッバー【〈緋色の研究〉】、私立探偵バーカー【〈隠居した画材屋〉】ら、当時のフリーメイスン会員たちが見知っていたものとは違う。1933年に建てられた、英国でも指折りのすばらしいアール・デコ様式の建物だ。ズボンをめくり上げて膝を見せたり、秘密の握手をしたりする必要はない。ホールは非会員("俗人")にも公開されているし、自由に見学して回れるのだ。

　グレイト・クイーン・ストリートを引き返して交差点を左折し、ホームズとワトスンにならってボウ・ストリート

第5章　ソーホーとコヴェント・ガーデン　139

卸売業者の荷馬車に取り囲まれた、チャールズ・ファウラー設計によるコヴェント・ガーデン市場の新古典主義様式建物。ウォルター・サヴェージ・ランドーによると、かつては修道院（コヴェント）の、「修道院長夫人のためにサラダの野菜を摘んでいた」菜園だったところが、「喧噪と生気みなぎる市場になって、堕落した大都市に大量の青果をばらまいている」とのこと。

を南へ向かおう。右手に見えるのが、コリント式柱廊の壮麗な**ロイヤル・オペラ・ハウス**だ。〈赤い輪団〉の事件が満足のいく結末を迎えた夜、2人はワグナーの第2幕に間に合うようここへ急いだ。E・M・バリーの設計で1858年に建てられた劇場は、この場所で3代目にあたる。単に「コヴェント・ガーデン」と称してこの歌劇場を指すこともあるが、ここは《ロイヤル・オペラ》と《ロイヤル・バレエ》の本拠地でもある。［2024年から2025年にかけてのシーズン、団体名は《ロイヤル・バレエ・アンド・オペラ》に変わった］。劇場の向かいにある、トウシューズの紐を結ぶきゃしゃなダンサーのブロンズ像は、エンツォ・プラツォッタ作。ロイヤル・オペラ・ハウスの隣にあるガラスと鉄でできた樽型屋根の建物は、やはりバリー設計のフローラル・ホールを再建したものだ［現在はポール・ハムリン・ホールに改称］。この場所がエキゾチックな花市場だったころは、わくわくする眺めだったに違いない——1956年に火災が発生し、窓ガラスが音をたてて破裂したときは、さぞかしぞっとする眺めだったことだろう。

　ボウ・ストリートは、1700年代なかばの英国に体系的な犯罪捜査が誕生した地である。劇作家で小説家のヘンリー・フィールディング（『トム・ジョーンズ』の著者）が治安判事に任命されて、この通りの4番地にある裁判所の住居に移り住んだ。そして、盲目の異母弟でやはり治安判事のジョン・フィールディングとともに、“ミスター・フィールディングの仲間”という、赤ベストの制服から“ロビン・レッドブレスト（コマドリ）”ともあだ名された“泥棒取り”集団（のちの「ボウ・ストリート・ランナーズ」）を起用して、ロンドンに公正な司法と犯罪捜査という新しい制度を打ち立てたのだ。フィールディングは《コヴェント・ガーデン・ジャーナル》という新聞を創刊し

E・M・バリー設計によるロイヤル・オペラ・ハウスの堂々たる柱廊と、その先に見える、やはりバリー設計のフローラル・ホール。1856年に全焼した建物を再建し、1858年に再開した。〈バスカヴィル家の犬〉でホームズも楽しみにしていた、マイアベーアのオペラ『ユグノー教徒』を上演した。

第5章　ソーホーとコヴェント・ガーデン　　141

BOW STREET 1888

て、強盗や窃盗に遭った被害者たちに、時間や場所、状況など、できるかぎり詳細な情報を提供するように呼びかけた。1790年代にはボウ・ストリートにあったものを含めて7つの警察事務所がロンドン各地に設立され、それぞれ治安判事と治安官(コンスタブル)が配属された。そして1829年には、統合組織である首都圏警察(ロンドン警視庁)が発足した——10年後に解散した《ボウ・ストリート・ランナーズ》の、直径の子孫である。

〈唇のねじれた男〉では、ホームズとワトスンがドッグカート[一頭立て二輪馬車]でウォータールー橋を渡り、ウェリントン・ストリートを一気に北上して、不可解なことに「右へくるりと曲がると」ボウ・ストリートだった。入り口で2人の警官がホームズに敬礼し、その後2人は留置場に案内され、ヒュー・ブーンに面会する——ホームズは水

1888年、ボウ・ストリートの"警官(ボビー)"たち。犯罪者逮捕のためだけに雇われているのではなく、トラファルガー・スクウェアにおける1886年の"暗黒の月曜日(ブラック・マンデー)"や1887年の"血の日曜日(ブラッディ・サンデー)"事件のような、市民の暴動を制圧する役割もあった。

第5章　ソーホーとコヴェント・ガーデン　143

ライシーアム劇場外の行列。少年時代のコナン・ドイルがハムレット役のヘンリー・アーヴィングを見たのも、ここの舞台だった。ブラム・ストーカーがこの劇場の経営管理者を20年間務め、アーヴィングがドラキュラ伯爵のモデルになったと言われる。〈四つの署名〉のメアリ・モースタンは、柱廊の左から3本めの柱のそばへ来るよう指示された。

を含ませたスポンジで汚い顔をごしごしこすり、ケント州リーのネヴィル・セントクレア氏の正体をあばくのだ。

　1881年に完成した**ボウ・ストリート治安判事裁判所**の建物は、2004年に売却された。その後、セントクレアが無理やりこざっぱりさせられた留置場跡に警察博物館を併設する、豪華なブティック・ホテルとなっている。

　ウェリントン・ストリートを南下すると、ストランドのすぐ手前に**ライシーアム劇場**がある。〈四つの署名〉のメアリ・モースタンは、午後7時にこの劇場前面にある柱の左から3本めのところへ来るようと手紙で指示された。「ご心配でしたら、お友だちを2人お連れください」と。少

年時代のコナン・ドイルがハムレット役のヘンリー・アーヴィングを見たのも、この劇場の舞台だった。ここはかつて、サーカスに使われたことや礼拝堂だったこともあるし、マダム・タッソーの蠟人形がロンドンで初めて展示され、フランス革命の恐怖シーンを再現したこともあった。《サブライム・ソサエティ・オブ・ビーフステーキ》という、最大会員数26で「ビーフと自由！」がモットーの、肉を食べるフリーメイスンのようなクラブの本部だったこともある。その後1815年、舞台照明を英国で初めてオイル・ランプからガス・ランプに代えたところ、火事で焼け落ちてしまい、1834年にサミュエル・ビアズリーの設計で再建された。1904年にまた建て直されたが、荘重な柱廊のあるファサードはそのまま残った。第二次世界大戦後に舞踏場となり、次いでポップ・コンサート会場にもなったが、1996年、とうとう劇場に戻った。

　ストランドを西へ歩き、右折してサウサンプトン・ストリートへ、次に左折してメイデン・レインへ。35番地に、トマス・ルールが1798年に創業したロンドン最古のレストラン、**ルールズ**がある。詩人で熱心な建築保護論者でもあったサー・ジョン・ベチェマンはこの店を、「唯一無二でかけがえのない……文学と演劇の街ロンドンの一部」と評した。俳優ヘンリー・アーヴィングもここで食事をした。チャールズ・ディケンズ、ウィリアム・サッカレー、H・G・ウェルズもそうだ。伝統的な英国料理 ── オイスター、ジビエ、ロースト、パイ、プディング ── を提供し、赤いフラシ天張りの長椅子、赤いカーペット、ランプ、飾られた絵画などなど、内装も古風だ。

　サウサンプトン・ストリートの先が、第4代ベドフォード伯爵の依頼でイニゴー・ジョーンズが1631年に設計したザ・ピアッツァで、その2世紀後に第6代ベドフォード公

爵の依頼でチャールズ・ファウラーが、新古典主義様式の市場を設計した。〈青いガーネット〉のヘンリー・ベイカーが手に入れたクリスマスのガチョウは、コヴェント・ガーデン市場の卸屋から仕入れたものだった。現在のコヴェント・ガーデンにはファッション・ショップが並び、香水店やチョコレート店もある──だが、ガチョウの卸屋は見当たらない。

　　訳注：第4代ベドフォード伯爵は、自身の領地をロンドン初の都市計画実験の場に変えるため1630年にイニゴー・ジョーンズに依頼し、英国初の公共広場となるコヴェント・ガーデンを設計させた。中央広場には堂々としたタウンハウスが建てられ、富裕層が引っ越してきたという。だが1666年のロンドン大火の後、広場全体が新鮮な果物や野菜の販売に充てられ、ロンドン最大の市場となった。その後19世紀になってチャールズ・ファウラーがマーケットのビルを設計したが、1世紀半後には手狭になり、1980年にヨーロッパ初の専門ショッピングセンターとして再オープンした。

街へ出かける

「さあ、ワトスン、【……】ひと晩くらいは楽しいほうへ気分転換をして
もいいんじゃないかい。『ユグノー教徒』のボックス席をとってあるんだ。
ド・レシュケの歌は聴いたことがあるかい？　よければ、30 ほどでし
たくをしてくれるとありがたいな。途中でマルチーニの店に寄って、軽
い食事をしていこう」
　　　──シャーロック・ホームズ【〈バスカヴィル家の犬〉より】

　ホームズもときどきにぎやかに楽
しむことがあったというのは言い過
ぎかもしれないが、彼は音楽に造詣
が深く、音楽に対する愛情も深い。
高尚な趣味をもつ男女にとって、ロ
ンドンは文化的な娯楽に事欠かない
街だった。ホームズの最大の楽しみ
はオペラだったのではないだろう
か。彼がマイアベーアの『ユグノー
教徒』に出演するポーランド人テ
ノール歌手、ジャン・ド・レシュケ
を高く評価していたことはわかる
が、名高い〈ボヘミアの醜聞〉事件
のあと、あの小悪魔的な歌姫アイ
リーン・アドラーにかきたてられ
た、遺恨めいた敬意のような感情を
いだく相手は、オペラの世界にはい
なかった。
　彼はまた、愛用のバイオリンを気
ままにかき鳴らしたり、いっぷう変

わった才能でかなりの難曲を弾き
こなしたりする。自分でも演奏する
楽器であるバイオリンの公演には、
当然ながら心を動かされた（彼は
また、非凡な力量をもった作曲家
でもあった【〈赤毛組合〉】）。〈緋色
の研究〉では、「ノーマン・ネルー
ダを聴きにハレの演奏会へ」行っ
た。ここはおそらく、ピカデリーに
あった（現在は取り壊されている）
セント・ジェイムズ・ホールだろ
う。“女性版パガニーニ”ヴィルヘ
ルミーネ・ノーマン＝ネルーダ（別
名ウィルマ・ネルーダ、『緋色の研
究』出版の数カ月後に指揮者シャル
ル・ハレと結婚）は、いつもホーム
ズと同じストラディヴァリウスを弾
いていた。「アタックといい、ボウ
イングといい、彼女はじつにすばら
しい。特にぬきんでている、あの

第5章 ソーホーとコヴェント・ガーデン　147

ヴィルマ（ヴィルヘルミーネ）・ノーマン=ネルーダ、のちのシャルル・ハレ夫人は、バイオリンは女性の楽器ではないという慣習を覆した。当時は大スターだったが、今日では〈緋色の研究〉に登場することで主に知られている。

イオリンを聴いている。「プログラムにはドイツの曲がかなりあるが、イタリアやフランスの音楽よりぼくの好みに合う。ドイツ音楽は内省的だが、ぼくもいま内省的になりたいのさ」と。そこで、その日の午後いっぱい、特等席に座って「完璧な幸福感につつまれながら、音楽にあわせて細い指を静かに動かしていた」。その優しい微笑みを浮かべた顔や、ものうげな夢見心地の目からワトスンは、ホームズが追いつめようとしている者たちの上にこれから災いが降りかかるだろうと感じるのだった。

ショパンの小品は何といったかな？トゥラ・ラ・ラ、リラ・リラ・レイ……」とワトスンに言いながら、ホームズは馬車の座席にそっくり返って「ヒバリのようにいつまでもさえずり続けていた」。
〈赤毛組合〉では、シティからセント・ジェイムズ・ホールまで戻って、パブロ・デ・サラサーテのヴァ

舞台劇の時代

このころ、ロンドンの演劇シーンは活気に満ちていた。ウェスト・エンドだけでもざっと30の劇場が、大当たりをとった『チャーリーのおばさん』のような軽快な喜劇や笑劇から、イプセンの『人形の家』といった問題作まで、ありとあらゆる

舞台劇を上演していた。映画はもちろんラジオさえなかった時代に、舞台劇が観客を大いに喜ばせたのだ。

　劇場を大いに盛り上げていたのは、舞台美術、舞台装置、背景画、それにスモークやフレアなどの特殊効果だったが、その一方で、「カップ・アンド・ソーサー劇」という新

人間広告塔。プラカードを吊るした男たちがストランドを歩き、周辺の通りで演劇の宣伝をしていた。彼らを"サンドイッチ・マン"と読んだのはチャールズ・ディケンズが初めてだった。「2枚のボール紙のあいだに挟まった人間の肉片だ」と。

第5章 ソーホーとコヴェント・ガーデン　149

しいジャンルは、リアリズムを追求した（『アワーズ』という劇では、舞台上で実際にジャム入り渦巻きプディングを焼いた）。

1893年、サヴォイ劇場で、「2幕からなる新しく独創的なイギリス喜劇オペラ」『ジェイン・アニー、または善行のご褒美』が、5月から7月にかけて50回上演された。音楽はアーネスト・フォード、台本はJ・M・バリー（のちに『ピーター・パン』の作者として有名になる）と、その友人コナン・ドイルが担当した。だが批評家たちは酷評した――「喜劇オペラというよりも悲劇」、「バリー氏とコナン・ドイル氏は、だめなオペラのつくり方を徹底的に例証した」、「プロットが皆無で、ユーモアはなきに等しい」、「有能な男が2人がかりで、どうしてこれほど大きな間違いを犯したのか？」、「このオペラの意味を理解するには、シャーロック・ホームズその人ほどの洞察力が必要だろう」。ジョージ・バーナード・ショーは言葉を濁さなかった――「賢明なる市民2人が公の場で耽溺しうるかぎりの、最も恥知らずな、くだらないおふざけの爆発である」。

つまりは、ホームズがコミック・オペラのような低俗な娯楽には参加せず、サヴォイ劇場初の大失敗を免れたということでもある。劇の内容はヴィクトリア朝後期の風俗やモラルに対する公然たる挑戦ともなったため、台本は侍従長の演劇審査官であったエドワード・F・スマイス・ピゴットの恣意的な監視のもと、20年にわたって検閲の対象となった。

検閲をくぐり抜けた劇のひとつ、サー・アーサー・ウィング・ピネロ作『悪名高きエブスミス夫人』では、美しく、機知に富み、気まぐれなミセス・パトリック・キャンベルが主役を演じた。この作品は1895年3月13日にギャリック劇場で初演され、主役である33歳の未亡人アグネス・エブスミスを通して、社会急進主義と自由恋愛のテーマを探求した。

5月28日付の《イヴニング・ポスト》紙が、「驚くべき偶然」という見出しで、アリス・エブ＝スミスという離婚した女性の遺体がテムズ川で発見されたことを報じた。彼女のポケットにはピネロの舞台のチケットが2枚入っていたのだ。評決は「テムズ川で溺死」。もし事件だったら、シャーロック・ホームズにうっ

輝かしい才能の画家、オーブリー・ビアズリーによる、劇場ポスター。オスカー・ワイルドと同じく《カフェ・ロイヤル》の常連で、美学運動の著名人だ。エロティックで「退廃的（デカダン）」な作品で有名だったが、結核のため25歳で死去。

てつけではないか。

　コクニーや上流階級をからかうパロディ劇も、大流行した。1893年には、ロイヤル・コート劇場で、チャールズ・ブルックフィールドとシーモア・ヒックスが台本を書いた

ホームズ劇『Under the Clock』が上演され、ブルックフィールドは舞台上でホームズのパロディを演じた最初の俳優となった。コナン・ドイルは気に入らなかったようだが。

ドイルがもっと面白くないと感じたのは、1894年にリチャード・モートンがつくった歌だろう。自分の創造物をライヘンバッハの滝の向こうへ送り出し、最期を見届けたと思ったあとで、モートンの歌『シャーロック・ホームズの幽霊』に亡霊となって現れたわけだから。コーラスのリフレインが、この歌の雰囲気を物語っている。

> 「シャーロック、シャーロック」
> 人々の叫ぶ声が聞こえてくるだろう
> 「あれがシャーロック・ホームズの幽霊だ」
> こっそり忍び寄ると
> 罪人たちは震え上がる
> その幽霊のさまようところ、どこででも
> そして人々は叫ぶ、「見つかってしまった、
> シャーロック・ホームズの幽霊に」

1897年に『スコットランド学生歌集』掲載の歌を作曲したクロード・ラルストンは、さらに、「スイスでのあの話は仕組まれたもの」で、ある女性が関係していて、「シャーロック・ホームズはまた現れるだろう」とまで示唆している。

これはホームズばりの洞察だった――ただし、ラルストンの「事件の裏に女がいる」説は間違いだったが。しばらくのあいだ、ホームズが死地に飛び込んだことは誰の目にも「明らか」だったが、ホームズの金言を思い出してみるといい。「明白な事実ほど誤解をまねきやすいものはない」【〈ボスコム谷の謎〉】。

恋する大人物(コロッサス)

コナン・ドイルは、ホームズものは舞台に向かないと思っていた。「彼の推理と推論(それを抜きには人物がなりたたない)は、耐えがたいほど退屈なものになるだろう」と、1890年代初頭に語っている。だが、そのうち考えが変わりはじめた。なにより「いい金になる」からだ。彼は5幕の劇を書き上げ、1897年12月に台本を、ハーバート・ビアボム・ツリーに送った。ツリーは、ホームズとモリアーティの両方

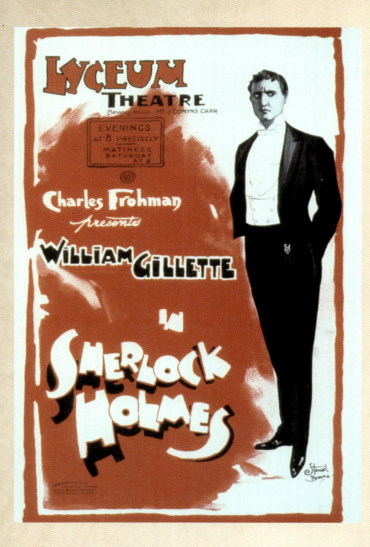

戯曲『シャーロック・ホームズ』は、〈緋色の研究〉、〈ボヘミアの醜聞〉、〈最後の事件〉の要素を混ぜて、主演のウィリアム・ジレットによって書かれた。ドイルは「芝居も演技も、そして金銭的な結果も魅力的だった」と語っている。を演じたいと言った――その2人が同時に舞台に出るシーンもあるというのにだ。ツリーに変更を迫られたドイルはその気になれず、ほかを当たることにした。

第5章 ソーホーとコヴェント・ガーデン 153

　最終的に、アメリカ人俳優のウィリアム・ジレットが、『シャーロック・ホームズ』というキャッチーなタイトルで舞台劇の脚本を書き、主演することになった。ドイルは母親への手紙にこう書いている。「ジレットはぼくの原作を素材にすばらしい芝居を作りあげたうえ、彼は名うての俳優でもありますから、【……】いつもはあまり楽観的にならないのですが、これに関してはたいへん期待しています。これこそがぼくたちの切り札です」【『コナン・ドイル書簡集』】。ドイルとジレットの共同脚本というかたちになってはいたが、ドイルはこの舞台劇はジレットの作品だと公表した。ジレットはドイルに電報で、「劇中でホームズを結婚させてもいいか」と質問した。返信は、「結婚させようが殺そうが、好きにしてかまわない」だったという。

　確かにそれは、ある意味で殺人にも等しかった——活字上で想像される人物が死んだようなものだ。舞台劇はブロードウェイでヒットし、アメリカ巡回興行にも出たが、1901年9月にロンドンのライシーアム劇場に到着したときには、さまざまな批評を呼んだ。

　観衆は何度もジレットに発言を求めた。彼の控えめな演技は、メロドラマに慣れた観客を不満がらせた。《タイムズ》紙は、そもそもシャーロック・ホームズを舞台に登場させることが適切なことなのかと疑問を投げかけた。「確かに、あの大人物を収容できるほど大きな芝居小屋はないだろう」。ホームズが舞台に登場するのは避けられないとしても、少なくとも恋に落ちることはないはずだ。「私たちは、ホームズが頭脳明晰で、推理によって勝利する、歩くユークリッドだと思いたかった」。とはいえ、彼は批評家の目に「冷酷な視線で情熱を表現している」とうつることで、多少なりとも状況を挽回したようだった。

　一方のドイルは、「シャーロックは『チャーリーのおばさん』の記録を破るだろう」と楽観的だった。ジレットの劇は256回の上演のあと1902年にロンドンで幕を閉じたが、『チャーリーのおばさん』は約1500回だった。

第6章
さあ、西へ向かうぞ！
（ウェストワード・ホー）
緑地帯ケンジントンへ

「春まだ浅いある日、すっかりくつろいだ気分になったホームズは、私と公園へ散歩に出かけた。……いっしょに2時間ばかりぶらついたが、気心の知れたどうし、ほとんど口をきくこともなかった。ベイカー・ストリートにもどると、5時近くになっていた」

——ジョン・ワトスン【〈黄色い顔〉より】

訳注：『ウェストワード・ホー！』はチャールズ・キングズリーのベストセラー小説（1855年）。

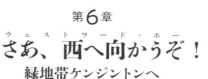

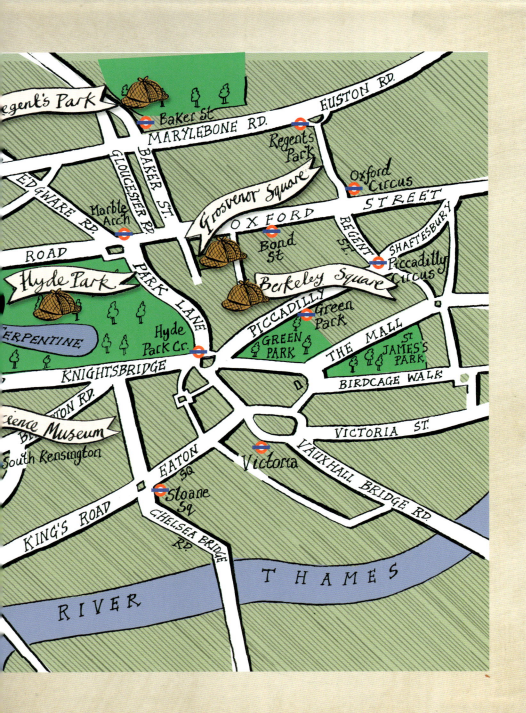

ロンドンは多くの緑地に恵まれ、とりわけ王立公園が8つもある。221Bから北へほんの数分のところにある**リージェンツ・パーク**も、そのひとつだ。公園の北端には、少年の日のコナン・ドイルが、アザラシが飼育係とキスするところを見たという、世界に名だたるロンドン動物園がある【『コナン・ドイル書簡集』より】。世界初の科学動物園であり、1849年には世界で初めての爬虫類館も建てられた。ホームズも――人間研究の気分転換に――ヘビを研究することができただろう。彼はワトスンに、チャールズ・オーガスタス・ミルヴァートンというのは、動物園でヘビ

ロンドン動物園には世界初の爬虫類館があった(1846年開館)。1896年には、よく知られているガラガラヘビを始めとして、世界で最も恐ろしい生きもの350匹が展示されていた――ただし、インドの沼毒ヘビはいなかった。

聊斎志異』『淮南子』『山海経』等から神話の源泉をたどる

[ヴィジュアル版] 中国神話物語百科

シュエティン・C・ニー／大槻敦子訳

中国で紡がれてきた神話は、人智を越える存在と交信していた太古の昔の物語や民間伝承と、道教やのちの仏教の影響とが絡み合う。多様な文化が混淆する中国の膨大な遺産の中からよく知られた神、怪物、霊の物語を探っていく。
Ａ５判・3600円（税別）ISBN978-4-562-07496-9

好評既刊

[ヴィジュアル版] **インド神話物語百科**
Ａ５判・3200円（税別）ISBN978-4-562-05915-7

[ヴィジュアル版] **イギリス神話物語百科**
Ａ５判・3400円（税別）ISBN978-4-562-07231-6

[ヴィジュアル版] **ローマ神話物語百科**
Ａ５判・3600円（税別）ISBN978-4-562-07232-3

[ヴィジュアル版] **ギリシア神話物語百科**
Ａ５判・3400円（税別）ISBN978-4-562-07236-1

[ヴィジュアル版] **北欧神話物語百科**
Ａ５判・3200円（税別）ISBN978-4-562-07279-8

[ヴィジュアル版] **エジプト神話物語百科**
Ａ５判・3500円（税別）ISBN978-4-562-07280-4

地図とデータで見るシリーズ 第Ⅴ期（全7巻）

地図とデータで見る 生物多様性の世界ハンドブック

ラ・ボルトラミオル、エルヴェ・ブレディフ、ローラン・シモン／吉田春美訳　生物の多様性とは何を意味し、なぜ必要とされるのか？人類はこれから生物とどのように向き合ってゆくべきなのか？100余点の地図やグラフィックデータを用い、現状と課題、これからえる世界を多角的に分析・解説する。　Ａ５判・3500円（税別）ISBN978-4-562-07469-3

子平既刊

地図とデータで見る 現代都市の世界ハンドブック
シャルロット・リュジェリ編／太田佐絵子訳 Ａ５判・2800円（税別）ISBN978-4-562-07277-4

地図とデータで見る リスクと危機の世界ハンドブック
リシャール・ラガニエ、イヴェット・ヴェレ編／吉田春美訳 Ａ５判・2800円（税別）ISBN978-4-562-07281-1

新版 地図とデータで見る 水の世界ハンドブック
ダヴィド・ブランション／吉田春美訳 Ａ５判・3200円（税別）ISBN978-4-562-07282-8

新版 地図とデータで見る エネルギーの世界ハンドブック
ベルナデット・メレンヌ=シュマケル、ベルトラン・バレ／蔵持不三也訳 Ａ５判・3200円（税別）ISBN978-4-562-07283-5

新版 地図とデータで見る 気象の世界ハンドブック
フランソワ=マリー・ブレオン、ジル・リュノー／鳥取絹子訳 Ａ５判・3200円（税別）ISBN978-4-562-07284-2

地図とデータで見る 宗教の世界ハンドブック
フランク・テタール／蔵持不三也訳 Ａ５判・3500円（税別）ISBN978-4-562-07470-9

香りの世界を知る来歴解説、地図、スパイス事典

[ヴィジュアル版] 世界のスパイス百科

大陸別の地理、歴史からレシピまで

ビーナ・パラダン・ミゴット／ダコスタ吉村花子訳

世界各国で愛され文化に根をおろすスパイスの数々を、ヨーロッパ、アジア、アフリカ、アメリカと大陸別に紹介。地理、歴史、レシピを添えて、スパイスの知識と実用を一冊でかなえる百科。分布地図、伝播地図も完備。

A5判・3800円（税別） ISBN978-4-562-07523

事件の裏にいる詐欺師たちと詐欺の仕組み

金融詐欺の世界史

ダン・デイヴィス／大間知知子訳

ポンジ・スキームやねずみ講などのあらゆる詐欺の手口や、世を騒がせた巨額詐欺事件、投資スキャンダル、架空取引、ホワイトカラー犯罪、金利の不正操作など、金融犯罪事件とその背景を金融のスペシャリストが解説する。

四六判・3600円（税別） ISBN978-4-562-07509

歴史の本質とは争いなのか？ 平和はただの幻想なのか？

憎悪と破壊と残酷の世界史 上・下

上：剣闘士からジハード、異端審問、全体主義
下：ファシズムから世界大戦、クメール・ルージュ

ステファヌ・クルトワ編／神田順子監訳

人類の歴史が戦争や虐殺で埋め尽くされているのはなぜなのか？ 異端審問、ジハード、暴動、革命、内戦、二度の大戦、全体主義、ファシズム、カティン、クメール・ルージュなど、24の象徴的な出来事を例にその本質に迫る。

四六判・各2400円（税別） (上) ISBN978-4-562-07515
(下) ISBN978-4-562-07516

「万能の巨人」平清盛を照射する

戦略で分析する古戦史 2

保元の乱・平治の乱

海上知明

古代最後の内戦「保元の乱」と、政権への明確な叛乱「平治の乱」。戦略分析で定評の高い著者が軍記物語を題材に、二つの合戦の連続性を見ながら、古代から中世への時代の変革を画した戦いを社会科学の視点で詳細に分析。

四六判・3200円（税別） ISBN978-4-562-07508

あらゆる人と品物が交わる島

[図説] 食からみる台湾史

料理、食材から調味料まで

翁佳音、曹銘宗／川浩二訳

台湾は地理的にも歴史的にも、多くの文化が入り交じってきた。それは食にも及び、料理、食材、調理法、道具に至るまで原住民族の文化と融合した。美食といえば台湾の名が挙がるようになるまでを豊富な資料と図版で丹念に追う。

A5判・3800円 (税別) ISBN978-4-562-07525-6

どこか懐しい100の風景

イラストで見る 台湾 屋台と露店の図鑑

日用品から懐かしい味や遊びまで

鄭開翔 [絵・文]／出雲田里 [訳]

自転車、台車、三輪車、改造トラック……台湾の路地にあふれる個性豊かな屋台は、時間、場所、客層に合わせて店主たちがつくる小さな世界。生活必需品からお祭り屋台まで、たくましい露天商たちとの一期一会。

A5判・2300円 (税別) ISBN978-4-562-07499-0

意外に豊かだった？「閉ざされた」日常のすべて

中世ヨーロッパの修道士とその生活

ダニエル・サブルスキー／元村まゆ訳

中世の修道士たちは何を考え、どんな生活をしていたのか。現代と比べて何が違うのか。彼らの食生活や医療知識、「何も持たない」生活、社会活動を、カラー図版とともにわかりやすく掘り下げた異色の生活史。

A5判・3200円 (税別) ISBN978-4-562-07513-3

秘められた闇から見える中世人の真実

中世ヨーロッパの女性の性と生活

ロザリー・ギルバート／村岡優訳

中世の女性は夫のいいなりだったのか？ 夫の不在中は貞操帯で守られていたのか？ 性は義務か快楽か？ 13～14世紀英国、フランス、ドイツの裁判記録や教会の懺悔録や文学から収集された驚きの真相。中世人の生活の秘密に迫る。

四六判・3600円 (税別) ISBN978-4-562-07510-2

コージーブックス

ほのぼの美味しいミステリはいかが？

謎の白いガスが人々を襲う！

(お茶と探偵 ㉖)

ハニー・ティーと沈黙の正体

ローラ・チャイルズ／東野さやか訳

アートギャラリーの新たな門出を祝うために開かれた、「蜂蜜」がテーマの野外のお茶会。そこに防護服を着こんだ養蜂家が現れ、楽しい演出かと期待したのもつかのま。突然、養蜂家が謎の白いガスをまきちらし、悲劇が起こる！ **文庫判・1200円（税別）**

ISBN978-4-562-06149-5

ミドルアース（中つ国）の味を探す冒険へ

エルフの料理帳

トールキンの世界を味わうレシピ

ロバート・トゥーズリー・アンダーソン／森嶋マリ訳

ファンタジーの金字塔『ホビット』『指輪物語』『シルマリルの物語』で描かれるエルフたちは、どんな食事をしていた？ 宴の料理から、旅の携行食、エルフ王のワインで──その種族や地域ごとにぴったりのレシピを紹介

B5変型判・2500円（税別） ISBN978-4-562-0749

無形文化遺産のメキシコ料理は魅力がいっぱい！

知っておきたい！ メキシコごはんの常識

イラストで見るマナー、文化、レシピ、ちょっといい話まで

メルセデス・アウマダ［文］、オラーヌ・シガル［絵］／山本萌訳

レシピ、逸話、祝祭、作法……知っているようで知らないメキシコの食文化。古代から続く農法ミルパって？ トルティーヤとケサディーヤの違いは？〈死者の日〉の伝統料理は？ メキシコの楽しい毎日の食事をイラストで紹介。

B5変型判（215×182）・1800円（税別） ISBN978-4-562-07502-

好評既刊

知っておきたい！ 韓国ごはんの常識
B5変型判（215×182）・1600円（税別）ISBN978-4-562-07150-

知っておきたい！ インドごはんの常識
B5変型判（215×182）・1800円（税別）ISBN978-4-562-07261-

知っておきたい！ ベトナムごはんの常識
B5変型判（215×182）・1800円（税別）ISBN978-4-562-07292-

知っておきたい！ 中国ごはんの常識
B5変型判（215×182）・1800円（税別）ISBN978-4-562-07423-

知っておきたい！ タイごはんの常識
B5変型判（215×182）・1800円（税別）ISBN978-4-562-07501-

御手洗潔シリーズ書き下ろし長編！

伊根の龍神

島田荘司

御手洗潔シリーズ書き下ろし長編。伊根湾に「龍神」が出たという噂を受けて、石岡は伊根に赴こうとするが、御手洗はなぜか驚いて行かせまいとする。「大怪我するよ」と。その後の大事件と御手洗が伝えた「昏い真実」に震撼する。

四六判・2000円（税別） ISBN978-4-562-07506-5

島田荘司選　第17回ばらのまち福山ミステリー文学新人賞受賞作

片腕の刑事

竹中篤通

雪の降りそうな十二月。通報を受けて現場に向かった刑事の紀平と倉城は何者かに襲われた。紀平が意識を取り戻すとそこには、腕を切断された瀕死の倉城が。通り魔、怨恨など様々な線を辿りながら、紀平は過去への旅を始める。

四六判・1900円（税別） ISBN978-4-562-07517-1

乾くるみさん推薦！あなたは見破れるか

ひとつ屋根の下の殺人

酒本 歩

乾くるみさん推薦「初読で『やられた！』再読で評価MAXに」。高齢者を狙った強盗殺人事件と思われたが、事実が明らかになるにつれ、物語は意外な方向へ反転してゆく。読者への「仕掛け」を見破ることができるか。

四六判・1900円（税別） ISBN978-4-562-07512-6

人気作家たちが紡ぐ競作「長編」物語！

竜と蚕　大神坐クロニクル

アミの会編／大倉崇裕、大崎梢、佐藤青南、篠田真由美、柴田よしき、図子慧、柄刀一、永嶋恵美、新津きよみ、福田和代、松尾由美、松村比呂美、矢崎存美

不思議な伝説を持つ架空の町「大神坐」を舞台に、リレー小説形式で人気作家たちが書き下ろしたオリジナル連作。過去から現代へいたる様々な事件とともに町は表情を変えながら、やがて驚きの真実があぶり出される。

四六判・2400円（税別） ISBN978-4-562-07511-9

原書房

〒160-0022 東京都新宿区新宿 1-25-13
TEL 03-3354-0685 FAX 03-3354-0736
振替 00150-6-151594　表示価格は税別です。

2025年3月 新刊・近刊・重版案内

www.harashobo.co.jp

当社最新情報はホームページからもご覧いただけます。
新刊案内をはじめ書評紹介、近刊情報など盛りだくさん。
ご購入もできます。ぜひ、お立ち寄り下さい。

飛行機に乗るんですか？ ならば、ぼくには会いませんように

こちら、空港医療センター
救急ドクター奮闘記

シン・ホチョル／渡辺麻土香訳

仁川国際空港の医療センターでは予想外のことしか起こらない。旅先でケガをした人の緊急一次対応、欠航で手持ちの薬が切れた慢性疾患持ちの人、意志の疎通が難しい外国人。センター長を務める著者による驚きと苦労のエッセイ。

四六判・1800円（税別） ISBN978-4-562-07505-8

の「ヌラヌラ、くねくねして毒のあるやつの、気味わるい目と平べったい意地悪そうな顔」を眺めたときと同じ、「ぞっとして鳥肌が立」つような感じの男だと言う【〈恐喝王ミルヴァートン〉】。また、動物学の知識があるおかげでホームズは、「ずんぐりした菱形の頭で首のふくれあがった」ヘビを、沼毒ヘビという「インドでもいちばん猛毒のヘビ」だと一瞬にして見分けられた。グリムズビー・ロイロット博士は、そのヘビに噛まれて10秒もしないうちに死んだのだった【〈まだらの紐〉】。

ロンドン動物園にも、どこの動物園にも、沼毒ヘビはいない。このとんでもなく不快な生きものの正体をめぐって、研究家たちは今も頭を悩ませている。いちばん有力なのは猛毒のラッセル・クサリヘビ（*Tic polonga*）で、とにかく頭は菱形だ。だが毒は遅効性で、沼地は好まない。もうひとつ、実はドイルのでっちあげだという説もある。沼毒ヘビなどというヘビは実在しないということだ。ありえないことをひとつひとつ消していけば、残ったものがどんなにありそうにないことでも真実なのだから。

ロンドン動物園は、シンガポールの建国者でロンドン動物学会の創設者にして初代会長でもあった、サー・スタンフォード・ラフルズの発案で生まれた。健康を害していたにもかかわらず、彼には「動物学教育と解明」のために世界初の科学動物園をつくるという夢があった。だが1826年に初期の計画書を確認したものの、同年7月に脳溢血で亡くなってしまう。

そこで第3代ランズダウン侯爵がプロジェクトを引き継ぎ、公園の一画の借地権を取得して、動物舎の建設にデシマス・バートンを任命した。現存するバートンの建築物のうち最も古いものは、当時のラマ舎の上に建てた時計塔（1828年）だが、その後建て直されている。

バートンが景観整備の一環としてつくらせた人工池、ス
リー・アイランド・ポンド（1832年）も、その後に拡張や
改造を経てきた。池に生息するフラミンゴたちが、シダレ
ヤナギのあいだで羽づくろいをしている。

　扉の高さが16フィート（5メートル）もあるキリン舎
（1836 〜 37年）の注文にバートンは背伸びして応え、現在
ものっぽの住人のために本来の目的をりっぱに果たしてい
る。

　とはいえ、いちばん有名なのは、ロシア移民のバーソル
ド・リュベトキン率いるテクトン建築事務所が設計した、
初の鉄筋コンクリート製国際モダニズム様式の、遊び心あ
ふれるペンギン・プール（1934年）だろう。グレードⅠの
英国指定建造物である。

　"リージェンツ・パーク"というのは、摂政の宮（のち
のジョージ4世）のためにジョン・ナッシュが構想した、
リージェント・ストリートやカールトン・ハウス・テラス
までを含むロンドン北部大改造計画の一部だった。公園の
北側をリージェント運河が通り、グランド・ユニオン運河
と、かつてのロンドン・ドックを結んでいる。その北の小
高い丘は、ヘンリー8世がキツネ狩りに興じたプリムロー
ズ・ヒルだ。野外劇場や1万2000株のバラが咲く庭園を併
設し、ぶな屋敷に太陽の黄色い顔が微笑みかける公園は、
シャーロック・ホームズ博物館を見学したあと散策するに
は最適の場所だ。

　ただし、ワトスンがただ「ザ・パーク」と言う場合、ベ
イカー・ストリートから結婚生活を送るケンジントンの家
まで歩いて通る**ハイド・パーク**を指すのだと思われる。ハ
イド・パークの東側の境界になっている華やかなパーク・
レインには、〈空き家の冒険〉のアデア卿が家族と住んで
いた。当時も今も「人通りの多い」道路だ。パーク・レイ

ンの東には、〈三破風館〉のイザドラ・クラインが住んで
いた**グロヴナー・スクウェア**や、〈高名な依頼人〉のド・
メルヴィル将軍が住んでいた**バークリー・スクウェア**があ
る。

　グロヴナー・スクウェアは従来、ロンドンにおけるアメ
リカ政府の拠点となっていた。ドワイト・D・アイゼンハ
ワーが第二次世界大戦中、20番地に軍事本部を設置したこ
とから、この広場には"アイゼンハワー・プラッツ"とい
う別名がある。広場を飾るフランクリン・D・ルーズベル
ト、アイゼンハワー、ロナルド・レーガンの像は、アメリ
カ大使館が広場西側にある1960年代の建物から川向こうへ
移転したあとも残る予定だ。

　バークリー・スクウェアの48番地には子供のころのウィ
ンストン・チャーチルが住んでいた。1789年に植えられた
ロンドン最古のプラタナスが、木陰をつくっている。ここ
の噴水はラファエル前派の彫刻家、アレクサンダー・マン
ローによる1865年の作品だ。

　幹線道路をはさんで南東側に**グリーン・パーク**、そ
して、チャールズ1世が処刑の朝に愛犬と最後の散歩を
した**セント・ジェイムズ・パーク**と、緑地が続く。BBC
『SHERLOCK／シャーロック』のエピソード「三の兆候」
にもこの公園が登場するが、シャーロックとジョンが座る
ベンチは公園の設備でなく、南側のバードケージ・ウォー
クの向かいの衛兵博物館から借りてきたものだった。

　さて、ハイド・パークの北東端からそぞろ歩きを始めよ
う。ここにあるマーブル・アーチとスピーカーズ・コー
ナーは、1783年まで公開処刑場だったタイバーン絞首台の
跡地のすぐそばだ。

　ハイド・パークのノース・キャリッジ・ドライヴ（北
馬車道）からウェスト・キャリッジ・ドライヴ（西馬車

遠くにバッキンガム宮殿がかすんで見えるセント・ジェイムズ・パークで、釣りをする少年たち。〈グロリア・スコット号〉で若いころのホームズが滞在した、ノーフォーク湖沼地帯（ブローズ）のドニソープ村だったら、もっと牧歌的な雰囲気で釣りを楽しめただろう。

道）へ回って、ロング・ウォーターとサーペンタイン池を渡る。〈独身の貴族〉でレストレードは、この人工池をさらって、セント・サイモン卿夫人となったばかりだったハティ・ドーランの遺体を探した。ホームズはすかさず、「トラファルガー広場の噴水池もさらったのかい？」とからかっている。サー・ヘンリー・バスカヴィルは「人の集まるのが見たくて」公園を訪れたというが、それは今でも悪くない気晴らしになる。

　ハイド・パークも、ヘンリー8世の狩猟場だった。ウェストミンスター寺院の土地を没収して、鹿狩り場として囲い込んだのだ。1851年に開催された世界初の万国博覧会の

第6章　さあ、西へ向かうぞ！　　161

スケート靴を履くロンドンの人々。1890年から91年にかけて、雲が居座ったり凍てつく霧に遮られたりして日射しに恵まれない厳冬になった。それでも、川が数インチの深さまで凍る寒さの中、ハイド・パークのサーペンタイン池で氷滑りをするという楽しみもあった。

ため、公園内にジョゼフ・パクストンの設計した水晶宮（クリスタル・パレス）が建てられ、その後シドナムに移された（242ページ）。万博——万国産業製品大博覧会は、発明家で公務員のヘンリー・コールが、ヴィクトリア女王の夫のサクス＝コバーグ＝ゴータ公子アルバート・フランシス・チャールズ・オーガスタス・エマニュエルとともに組織した、大規模な催しだった。

　水晶宮の休憩室にある"モンキー・クローゼット"は、大人気だった。初の公衆トイレで、1ペニーの使用料で清潔な便座、タオル、櫛、靴磨きが提供されたのだ。

　歴代君主たちが何世紀もかけてハイド・パークの地所を

切り離し、ケンジントン・パレスのためにケンジントン・ガーデンズを造成した。宮殿はのちのヴィクトリア女王の生誕地であり、現在はケンブリッジ公爵夫妻［ウィリアム王子とキャサリン妃］の公式の住まいになっている。もとはジャコビアン様式の邸宅であるノッティンガム・ハウスに、サー・クリストファー・レンが必要な増築や装飾を施し、ウィリアム3世の宮殿としたものだ。ジョージ2世の王妃キャロラインが庭園の景観整備を命じ、1728年からチャールズ・ブリッジマンに設計が任された。ラウンド・ポンド（円形の池）が掘られ、街路樹が植えられた。ハムステッドから蛇行して流れるテムズ川の支流、ウェストボーン川をせき止めて、ロング・ウォーターがつくられた（229ページ）。境界に設けられた溝は、いわゆる隠れ垣で、「ハハー」と呼ばれるようになった。気付くと笑いを引き起こすからだろう［近づいてみたときの驚いた反応や、なるほどと納得したときの感嘆詞が由来だとも言われる］。身なりがきちんとしていれば誰でも、土曜日にはこの庭園を利用することができた。現在、隠れ垣は埋め戻され、ウェスト・キャリッジ・ドライヴが境界と想定されている。

　ハイド・パークの南側にあるアルバート記念碑は、1861年に腸チフスのため42歳の若さで亡くなった、ヴィクトリア女王の最愛の夫君を偲んで、1872年に除幕された。ジョージ・ギルバート・スコットが設計した、豪奢なハイ・ヴィクトリアン・ゴシック・リバイバル様式の記念碑だ。《ビルディング・ニューズ》誌が伝えたところによると、この記念碑は「聖堂のような外観」の、「最大限まで芸術性の高い」ものになる予定だという。同誌が大きさを2倍にするように促して聞き入れられなかったことを、私たちは感謝すべきだろう。はっきり言って、もうこれで充分ではないか。

黄金の思い出。ケンジントン・ガーデンズにある、ジョージ・ギルバート・スコットによる豪奢なゴシック・リバイバル様式のアルバート記念碑。中央に鎮座するのは、ジョン・ヘンリー・フォリー作、邪悪な世の中に光り輝く善行のようなアルバート公の像だ。

ロング・ウォーターの西側には、サー・ジョージ・フランプトン作の、ピーター・パンのブロンズ像がある。依頼したのは、ドイルの友人で作家仲間のJ・M・バリー。この決して大人にならない少年の生みの親だ。

永遠の少年。J・M・バリーが最初のピーター・パン物語を刊行した1902年に製作を依頼した、ジョージ・フランプトン作のブロンズ像。物語中、ピーターは子供部屋からケンジントン・ガーデンズのロング・ウォーターのそばにあるこの場所まで、空を飛んできた。

公園南側に沿う広い道、ロットン・ロウは、乗馬道に指定された2本の道のひとつだ。通りの名は堕落した金持ちとは無関係で、フランス語の「王の道」に由来する。馬に乗りたければ、近くの厩舎で借してくれる。ただし、2011年の映画『シャーロック・ホームズ　シャドウ・ゲーム』でのホームズのセリフ、「馬というものは、両はじは危くて真ん中は落ち着かない」だけは忘れるべからず［これはもともと小説家イアン・フレミングの言葉だった］。

ケンジントン・ガーデンズを出る前に、《ジ・オランジェリー》でランチかアフタヌーン・ティーを楽しむのもいいだろう。1704年にアン女王から、「夏の晩餐の家」や娯楽の場ともなるような建物を依頼されて、サー・ニコラス・ホークスムアが設計したものだ。王政復古時代の建築家で、『じらされた女房』という喜劇を書いた劇作家でもあるサー・ジョン・ヴァンブラとの、共作だったようだ。

じらされた妻といえば、メアリ・ワトスン（旧姓モースタン）がまさにそれだ。彼女の夫はなんとも従順な妻の見せかけの承認のもと、ディアストーカーをかぶった変人と一緒に、ひっきりなしに奔走し、ときには危険な任務にも赴く。ワトスンの人生から、そしてホームズ物語全体からも彼女が姿を消してしまったのは、未解決の大きな謎のひとつだ。メアリはワトスンにも開業医の仕事にも多くを求めず、ホームズのジョンソン博士に対してボズウェルを演じにはせ参じる夫の、好き勝手にさせている。メアリは夫の姿をほとんど見かけないものだから、〈唇のねじれた男〉では名前をど忘れしたのか、ジョン・ワトスンのことを「ジェイムズ」と言っている。

ワトスン夫妻の住むケンジントンは、19世紀後半に大規模なテラスハウスや邸宅街が建造されて、田舎から都会に変貌を遂げた、新進気鋭の街だった。ファッション・

ショップやレストランが並ぶ今のケンジントン・ハイ・ストリートには常に人通りが絶えないが、それでもウェスト・エンドに比べればまだ風通しがよく感じられる。フランスの画家ヴェルネの血を引くホームズなら、フランスの存在感が強く感じられると言うかもしれない。カフェのテラス席やパティスリー、フランス語の書店もある。それに、ナポレオンの胸像専門店、ハーディング・ブラザーズ商会も。

その東側、ナイツブリッジのブロンプトン・ロードには、1898年11月に世界で初めて動く階段を導入した百貨店、《ハロッズ》がある。マホガニー材と板ガラスの手すりが付いたベルト・コンベア式の階段だった。勇を震って乗った客が最上段で下りると、気付けの嗅ぎ薬やブランデーが提供されたという。

アルバート記念碑と地下鉄サウス・ケンジントン駅のあいだは、学問と啓蒙のテーマパークのような、ロンドンでも独特な地区で、"アルバートポリス（アルバート公の街）"とも呼ばれる。アルバート公は市民の向上心をかきたてることに熱心だった。残念ながら、それは生前あまりありがたがられなかったが──今でも充分に感謝されてはいない。

◉ホールの響き

アルバート記念碑の向かいにまず見えるのは、〈隠居した画材屋〉のホームズが、「仕事ばっかりでうんざりだ。音楽という横道に逃げ出そう」と、カリーナの歌を聴きにいく、**ロイヤル・アルバート・ホール**だ。予定では《セントラル・ホール》という名称の、芸術と科学への理解を深める目的のホールだった。当時「科学（サイエンス）」とは、あらゆる分野の知識を追究する広義の学問だと解釈されていたのだ。

ホームズがカリーナの歌を聴きに行った、ロイヤル・アルバート・ホール。1879年から86年にかけてリチャード・ノーマン・ショーが中産階級向けという新たなコンセプトで設計した、赤レンガ造り、オランダ破風の邸宅の並びを手前に、奥にはケンジントン・ガーデンズを望む。

この建物の着想は、政府の文官ヘンリー・コールが円形劇場の遺跡を訪れたことから得られた。1871年3月に開館した《ロイヤル・アルバート・ホール・オブ・アーツ・アンド・サイエンス》の照明システムは、10秒以内に点火する何千ものガス噴射装置からなっていた。電灯が設置されるのは1886年で、《タイムズ》紙には「あまりにひどい、不快な新技術導入」という苦情が投書された。1898年に訪れたホームズもそう思ったかどうかはさておき、それよりも楕円形ホールの音響のほうが問題だった。プリンス・オブ・ウェールズが開館の辞を述べたときから、誰の耳にも反響音がはっきり聞こえていたのだ。もしジョージ・ギルバート・スコットに設計が任されていたら、コンスタンチノープル（現イスタンブール）の聖ソフィア教会、アヤソフィアのような建物になっていただろう。アルバート記念碑のような作品が、もうひとつできていたかもしれないのだ。だがよくも悪くも、彼にはお呼びがかからなかった。

できたばかりのホールに対する新聞評は（いつもながら）あまり好意的でなかった。たとえば《サタデイ・レビュー》紙は、ホールを「円形闘技場とヨークシャー・パイをかけあわせてできた怪物」と称したし、《イグザミナー》紙は「ずんぐりした円形の、フランス風のところがある音楽ホール」だと嘆いた。

カリーナという歌手の正体について、研究家たちは長いあいだ頭を悩ませてきた。性別さえもはっきりしていないのだ。だが、テノール歌手サルヴァトーレ・パッティとソプラノ歌手カテリーナ・バリッリの娘、アデリーナ・パッティが、このホールで20年あまり歌っていたのは確かだ。オスカー・ワイルドの『ドリアン・グレイの肖像』に、この人気者のソプラノ歌手の名前が出てくる。「今夜はパッティが歌うから、みんな集まるだろう」と。ホームズの言

「カリーナ」とはアデリーナのことだったのだろうか？ 歌姫（ディーヴァ）アデリーナ・パッティには華麗な恋愛遍歴があった。彼女はロイヤル・アルバート・ホールで1898年11月に、3番目の夫との婚約を発表し、1906年、最後に人前で歌ったのもロイヤル・アルバート・ホールだった。

う「カリーナ」には、個人的な親愛の情があったのだろうか？ カリーナとは、このアデリーナのことだったのか？ 何か語られざる事情があったとか？

　ホームズとこの3回も結婚歴がある歌姫とのあいだに何らかのつきあいがあったというのは、どうにも考えにくい。〈四つの署名〉でホームズは、「恋愛なんて、感情的なものだよ。すべての感情的なものは、ぼくが何よりも大切にしている冷静な理性とは、相いれない。判断力をくるわせるといけないから、ぼくは生涯結婚しないつもりさ」と

言っているのだから。

　時間に余裕があれば、サウス・ケンジントンにある啓蒙の殿堂のひとつやふたつ、訪れてみる価値は絶対にある。エキシビション・ロードの**科学博物館**には30万点を超える展示品があるが、ベネディクト・カンバーバッチのファンならぜひとも見ておきたいのは、アラン・チューリングの設計したパイロットACEコンピュータではなかろうか。今では誰もが知っているとおり、チューリングは第二次世界大戦中、ブレッチリー・パークで暗号解読の責任者を務めていた。

　重ねて言うまでもないが、ホームズには暗号解読の才能があって、「あらゆる形式の暗号記法にかなり精通」していた【〈踊る人形〉】。〈踊る人形〉では、使用頻度分析によって、絵文字のひとつひとつがアルファベットを表すことを見抜いたし、〈グロリア・スコット号〉では、オープン・テキストの暗号を解読した。〈恐怖の谷〉でポーロックと名乗る男が送ってきた、本を鍵とする暗号もあった。だが、何より重要な暗号解読任務は、第一次世界大戦直前の仕事だろう。〈最後の挨拶〉で彼はフォン・ボルクに、新しい海軍暗号を持参すると請け合った。ひょっとしたらチューリングは、ホームズによる「160種類もの暗号を分析したちょっとした論文」【〈踊る人形〉】を読んで学んだのではないだろうか。この博物館に収蔵されている模造革のケースに収めたコカインの皮下注射器は、シャーロックがその薬物の7パーセント溶液を注入するのに使った、まさにその注射器なのかもしれない。

　その南にあってクロムウェル・ロードに面する**自然史博物館**は、コナン・ドイルがシャーロック・ホームズに命を吹き込む5年前の1881年に開館した。アルフレッド・ウォーターハウスが設計した、ドイツ・ロマネスク様式の

ファサードやいくつも尖塔のある、テラコッタ造りの建物自体が、みごとな芸術作品だ。本書の執筆時、ヒンツ・ホールの大聖堂のような空間には、"ディッピー"と呼ばれるディプロドクスの石膏模型が展示されているが、1891年にアイルランドの海岸で発見された全長82フィート（25メートル）のシロナガスクジラの全身骨格標本と、入れ替えられる予定になっている。シロナガスクジラの全身骨格標本は今のところ、哺乳類展示室に吊るされている［2017年に入れ替えられ、その後ディッピーはイギリス各地で巡回展示された］。博物館が収蔵する8,000万点の標本の中で特に驚くべきものというと、全長28フィート（8.6メートル）あまりのダイオウイカ（メス）の"アーチー"や、血も凍りそうに恐ろしいスマトラの大ネズミ、絶滅した"チェーンソー・フィッシュ"ことノコギリエイの、鋭い歯状突起がある長い吻の化石などだろうか。

◉論争を呼ぶ骨

　1912年、自然史博物館の専門家たちは興奮に沸いていた。ことの始まりは2月、アマチュア古物研究家のアーサー・チャールズ・ドーソンから、博物館の地質学担当アーサー・スミス・ウッドワードに手紙が届いたことだ。前振りに、共通の友人であるアーサー・コナン・ドイルの話題をもちだしてから（ドーソンによると、ドイルは最新作、先史時代の冒険小説『失われた世界』を執筆中だった）、手紙は本題に入る。

　イースト・サセックス州ピルトダウン村付近で、ドーソンはたまたま人間の頭蓋骨の一部を見つけた。発掘したその骨片を調べた古生物学者たちは興奮気味に、これまでに知られていない初期のヒト科動物のものだと結論づけた。

脳が大きく、顎の骨や歯は原始的な、100万年前の猿人の骨だというのだ。

これこそが、科学界に広まった史上最大のデマだった。1953年になってやっと、"ピルトダウン人"、学名 *Eoanthrous dawsoni*、すなわちドーソンの原始人の頭蓋骨が、現代人の頭蓋とオランウータンの顎の骨からなるものだと判明したのだった。

博物館に誰か、うさんくさいと思う者がいなかったのだろうか。ホームズだったら騙されはしなかっただろう。彼なら頭蓋骨の化石を調べるまでもなく、同じ発掘現場からゾウ、カバ、サイやマストドン、ビーバーやシカも発見されたと知っただけでも、何かのいたずらだと察したのではないか。

そんなインチキの背後にいたのは何者だろう？　犯人と目されているうちのひとりが、解剖学に造詣が深く、化石のコレクターで人骨を入手するつてがあった、アーサー・コナン・ドイルである。心霊主義に深入りするドイルを嘲笑した科学者たちへの、意趣返しだったとでもいうのか？　まさか。本人に訊いてみることができればいいのに。次の行き先でもし彼とコンタクトがとれるようなら、直接訊いてみることにしよう。

次の行き先とは、真に冷徹な理性を好むホームズならわざわざ行くこともなかった、**心霊研究カレッジ**だ。クロムウェル・ロードからクイーンズ・ゲートを南下し、左折してクイーンズベリー・ミューに入れば、突き当たりのクイーンズベリー・プレイス16番地にある。1883年に設立されたロンドン心霊主義者同盟が、1925年に購入した建物だ。1926年1月に開催された新築披露パーティーにカレッジの学長が招いたゲストは、サー・アーサー・コナン・ドイルだった。ヒーリング・セミナーやタロット、サイキッ

第6章 さあ、西へ向かうぞ! 173

サセックス州ピルトダウンの発掘調査で、世間を驚かせそうな遺物が掘り出された。自然史博物館のアーサー・スミス・ウッドワード(右上肖像写真)が、アーサー・チャールズ・ドーソン(左下肖像写真)からの手紙を受け取ると、科学界は大騒ぎになった。

ク・リーディング、手相見、占星術などによる相談は、今も申し込みを受け付けている。遠方にいて来訪が難しいなら、電話やスカイプでの幽体離脱リーディングも手配してもらえる——気味の悪いことだ！

◉この家に祝福を

　ワトスン博士夫妻の住む家がケンジントンのどの住所にあったのか、はっきりとはわからないが、ワトスンが「このうえなく幸福な」結婚生活に酔い、「身のまわりのこまごまとしたことに、すっかり関心をうばわれていた」【〈ボヘミアの醜聞〉】という、いかにもそんなふうな家——19世紀末からずっと変わっていない家——を、散歩がてら探してみてもいいだろう。ケンジントン・ハイ・ストリートを南西に向かい、地下鉄ハイ・ストリート・ケンジントン駅の向かい側3本目の通り、アーガイル・ロードに入る。左側2本目がスタッフォード・テラスだ。スタッフォード・テラス18番地の**サンボーン・ハウス**は、写真家で諷刺雑誌《パンチ》の政治漫画家でもあったアーティスト、エドワード・リンリー・サンボーンの家だった。サンボーンは、株式仲買人の娘マリオン・ヘラパスとの結婚を機に、1874年、新築だったこのイタリア風テラスハウスに引っ越してきた。現在は博物館として一般公開されている（団体での見学には予約が必須）。

　これこそ、当時流行した耽美主義様式でしつらえた家だ。ベルベットのカーテンにウィリアム・モリスの壁紙から、ヴィクトリア朝の洗面所にオーク材のダイニング・テーブル、飾られた磁器や絵画まで、何もかもサンボーン夫妻が遺したそのままにしてある。ドイルもサンボーンも《ストランド・マガジン》に寄稿していた。2人は《リ

第6章 さあ、西へ向かうぞ! 175

《パンチ》誌の漫画家エドワード・リンリー・サンボーンが住んでいたヴィクトリア時代後期の家は、彼の遺品や思い出の品々でいっぱいのままだ。彼と妻のマリオンは、1874年から36年間この家で暮らした。

フォーム・クラブ》でもつきあいがあって、1892年のクリスマス前のディナーでは席が隣どうしだった(サンボーンの日記に、「ひとりは酔っぱらった」とある)。サンボーンは一度ならず18番地のこの家で男性だけのディナー・パーティーを開き、ドイルをもてなした。ウィリアム・ジレットがホームズを演じた《ライシーアム劇場》(153ページ)の観客席に、彼の姿もあった。彼の日記にその記録がある

が、特にコメントは残していない。1902年3月の日記には、夕食のあと四輪馬車で、「ひどくみすぼらしい」《テリーズ劇場》（もと《コール・ホール》タヴァーン、108ページ）に『シャーロック・ジョーンズ』という「くだらない芝居」を観にいったと書いている。

　地下鉄ハイ・ストリート・ケンジントン駅からディストリクト線で2駅、ウェスト・ブロンプトン駅へ。駅に隣接する**ブロンプトン墓地**は、2009年のガイ・リッチー監督映画『シャーロック・ホームズ』で、ブラックウッド卿が一族の地下納骨所から蘇る場所だ。王立公園が管理する唯一の墓地であり、ヴィクトリア時代に教区墓地の過密状態を緩和するためロンドンを環状に取り巻くように設立された墓地群、いわゆる“マグニフィセント・セブン”［映画『荒野の七人』や『七人の侍』なぞらえた名称］のひとつである。ベンジャミン・ボーがブルース・パーティントン設計書によってレイアウトしたブロンプトン墓地は、1840年に聖別された。中央のドーム型礼拝堂は、ローマのサン・ピエトロ大聖堂をモデルにしている。演劇界の興行主で俳優のスクワイア・バンクロフト、婦人参政権運動家エメリン・パンクハースト、チェルシー・フットボール・クラブの創設者チャールズ・オーガスタス・ミルヴァートン、“自助”の創案者サミエル・スマイルズらが埋葬されている。有名な《ギルバート・アンド・サリヴァン》の作曲家アーサー・サリヴァンの母、父、弟も、この墓地に眠る。アーサーは死去に際して家族とともには葬られず、ヴィクトリア女王の強い希望によってセント・ポール大聖堂に永眠することとなった。著名人でない埋葬者の中に、ミスター・ナトキンス、ミスター・マグレガー、ジェレマイアー・フィッシャー、ピーター・ラベットといった名前の人が見つかる。ふざけているのかとご不審の読者にお知らせしておく

第6章　さあ、西へ向かうぞ!　177

2009年のガイ・リッチー監督映画『シャーロック・ホームズ』の撮影中、ブロンプトン墓地にて、ジュード・ロウとロバート・ダウニー・Jr.。この映画で、悪役ブラックウッド卿が絞首刑を宣告されたときのせりふは、「死は……ほんの始まりにすぎない」だった。

と、児童文学作家ビアトリクス・ポターが1866年から1913年まで、オールド・ブロンプトン・ロードのボルトン・ガーデンズに住んでいた。ただし、ミセス・ティギー・ウィンクル、ミス・モペット、トム・キトンの墓は探しても見つからないだろう。

心霊(ゴースト)と幽霊(グーリー)

信じる人、感応する人、懐疑的な人

「それにしても、こんなことをまともにとりあげろっていうのかい？　わが探偵事務所はしっかり地に足をつけてやっているし、これからもずっとそうすべきなんだ。この世だけだって広くて、それの相手で手いっぱい。この世ならぬものなんかにまでかまっていられるもんか。」
——シャーロック・ホームズ【〈サセックスの吸血鬼〉より】

オカルトにあれほど深入りしたコナン・ドイルが、なぜシャーロック・ホームズという究極の冷静な合理主義者を生み出せたのだろうか。そう考える人は多い。しかし、また一方で、それこそが小説家の仕事だとも言える——架空の世界をつくり上げることが仕事なのだ。そういう疑問すらもちあがるほど信憑性のある人物像を描き出したということ

第6章　さあ、西へ向かうぞ!　179

ドイルが自分の知るかぎり最高のトランス霊媒と評した、グラディス・オズボーン・レナード。「[彼女が]まどろみに沈んでいくと、その声がからりと変わり、聞こえてくるのはフェダと称する小さな支配者の声になった」

が、ドイルの文才の証なのだろう。また、ホームズの思考回路は、物語の筋書きにある種の厳格さを課してもいた。彼の世界では心霊主義に傾く余地はないのである。

　もっと解しがたいのは、ドイルの医学的・科学的背景に不似合いな、超常現象への絶対的な信仰である。19世紀後半には心霊主義が流行していたが、大作家がそんなものを信じ

左:サー・アーサー・コナン・ドイルとレディ・コナン・ドイルが南アフリカを巡る心霊主義公演旅行へ出発する際、英国の心霊主義者たちが《ホウバン・レストラン》で催した送別昼食会の告示。

ていたら、嘲笑されるおそれがあっただろう。1926年の著書『心霊学の歴史』の中で、ドイルはトランス状態で交霊する霊媒オズボーン・レナード夫人を訪ねたと書いている。その霊媒を通じて、フェダという名の少女が、あちら側で待っている霊たちに代わって話をしたというのだ。霊たちの中には、ドイルの息子キングズリーもいた。負傷兵としてソンムの戦いを生き延びたのに、1918年に多くの死者を出したスペイン風邪で、命を落とした人物だ。同書は、死後の世界については依然として不可知論的だが、懐疑論者には「だから言っただろう!」とは決して言えない不利があると指摘している。

　トランス状態での会話や筆記、直接音声による交霊、エクトプラズム、念動力、空中浮遊、発光現象、「顔や手足、あるいは完全な人物の」出現——そのすべてについてドイルは、「当代の代表的な霊媒たちが披露してくれるのを、筆者は何度

180

上：霊（エレメンタル）だよ、ワトスン。心霊のようなものと一緒に写真に収まるドイル。彼は霊の写真撮影を論証する本を書いたが、《コティングリーの妖精》事件で偽の妖精をつくった2人の少女が教えてくれたように、カメラは嘘をつくこともあるのだ。

右：リージェント・ストリートでおなじみの光景となっていた、イタリア人占い師。ほとんど英語を話せなかったが、問題はない。彼女の「インドから来た神秘の鳥」が、1ペニーであなたの過去と未来を占ってくれるのだ。

第6章　さあ、西へ向かうぞ!　181

も見た」と書いている。

それに続けて、「心霊現象の中でも、物体引き寄せ現象[物体が突然現れたり消えたりする現象]ほど不思議で劇的なものはない」と述べている。「あまりに驚くべき現象なので、懐疑論者に信じてもらうのは難しく、心霊主義者でさえ、実際に目の当たりにするまでほとんど信じられない」と。さらに、"アポート霊媒"を通じてドレイソン将軍が、たいそう珍しい品々——インドのランプ、お守り、新鮮な果物、5つのオレンジの種などを次々に受け取ったのだという。

また、別のアポート霊媒であるオーストラリア・メルボルンのベイリー氏のところには、ヒンドゥー語で話す霊が、卵がひとつ入った完璧な鳥の巣を届けたという。白に茶色の斑点がまじる卵の殻が割れると、中身は卵白だけで卵黄はなかった。ドイルの質問に、礼儀正しい霊はインドのインダススズメの巣と卵だと答えた。

ベイリーのアポートの中には、アッシリアの石板が少なくとも100枚あった。しかし、そのひとつをドイルが大英博物館に持ち込んで鑑定してもらったところ、「バグダッド郊外のユダヤ人たちによる贋作で、しかも知られているかぎりそこでしかつくられていない」と言われた。鑑定結果に鑑み、ドイルはこう推測した。「運んでくる媒介者にとっては、人間磁気に染まった現代の贋作のほうが、古墳から出た原物よりも扱いやすかったということが、少なくとも言えるのではないだろうか」

全世界を舞台に

興行巡業で生計を立てる大勢の読心術師、催眠術師、奇術師の中で、霊媒能力があるという大義名分にかなう者は多くなかった。アメリカでは、「白いマハトマ」ことサムリ・ボールドウィンが、最初の妻クララと2番目の妻キティ(「透視の女王」)とともに、彼らの読心術の実演を通じて、心霊現象を騙る霊媒師を暴こうとした。やはりアメリカ人のワシントン・アーヴィング・ビショップは、"読心術"を実演しつつも超自然的な力を否定し、無意識の身体的手がかりから思考を読み取るのだと説明した。

非常に不思議なことに、ボールドウィンは1889年、実演中に倒れて34歳で亡くなったのだが、死因は

"ヒステリー性強直症(カタレプシー)"だった。激しい感情発作と感覚運動機能障害が特徴の神経症である。

ボール箱のトリックで有名な読心術師(メンタリスト)、手品師(イリュージョニスト)であり、レディ・フランシス・カーファクスを忽然と消失させた、ブラック・ピーターについてはどうだろう？

ドイルの『心霊学の歴史』全2巻は、オンラインでも読むことができる。それだけでなく、偉大な作家本人（とされる男）が霊媒レスリー・フリントを介して、真実を明らかにする努力によって彼のキャリアがいかに痛手をこうむったかについて肉声で語るのを、leslieflint.com/recordingsdoyle.html で聞くこともできる。

少年時代のドイルが聞いたであろうハムレットのせりふ「ホレイショ、天と地には、我々の哲学で夢に見られる以上のものがある」、あるいはホームズ自身が〈花婿の正体〉で言った「人生ってやつは、人間が頭の中で考えるどんなことよりも、はるかに不思議なものだね」という言葉が、思い出されるところである。

オハイオ州出身のサムリ（サミュエル）・ボールドウィンは、奇術師（マジシャン）から読心術師（メンタリスト）に転身し、"ソムノメンシー"と名づけたトランス状態でのトークで、何百万人もの人々を魅了した。また、偽霊媒のまやかしをあばき、『霊媒師の暴露』を著した。

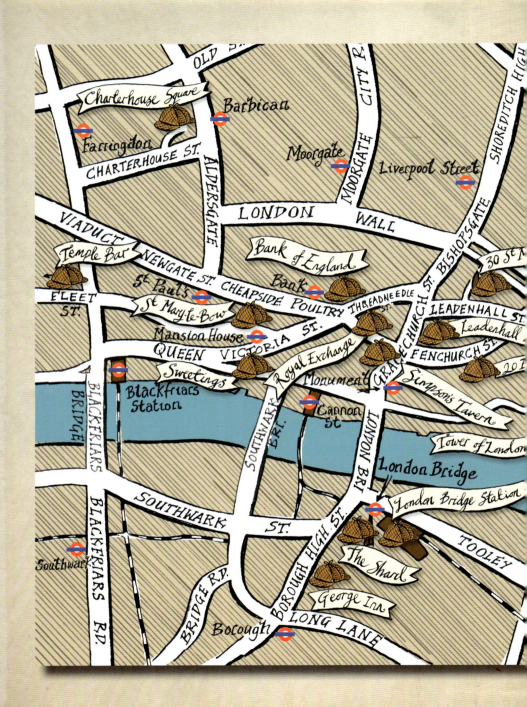

第7章
ミステリアス・イースト
"スクウェア・マイル"と、その先

「船は、テムズ川に架かる橋を次々とくぐり抜けた。シティを過ぎるころ、セント・ポール大聖堂のてっぺんの十字架に、日没の最後の光がきらきらと輝いていたが、ロンドン塔まで来たとき、あたりはもう薄暗かった」

——ワトスン博士【〈四つの署名〉より】

　チャリング・クロスからセント・ポール大聖堂に向かうルートの途中、王立裁判所（111ページ）を通り過ぎると、道の真ん中に背の高い精巧な装飾の台座に載った、翼のある恐ろしげなモンスターがいるのに気づくだろう。グリフィンと呼ばれることも多いが、実はロンドン市のシンボル、ドラゴンだ。ウェストミンスターから来てこの地点を通り過ぎると、伝統的に"スクウェア・マイル"と呼ばれる"ザ・シティ"に入る（現在は1平方マイルでなく1.12平方マイルある）。台座と彫像は"テンプル・バー・メモリアル"といって、シティへの儀式用入り口として2世

フリート・ストリートの東端にあるラドゲイト・サーカスは、古代のルド王（英語では"ラド"）にちなんで名づけられた古い城壁の門を思い起こさせる。かつては立派なヴィクトリア様式のパブで「ウェールズ風レアビットの本場」だった《キング・ラド》は、現在はチェーン・レストラン《レオン》になっている。そのかわり、ブラックフライアーズ・ブリッジ方面に右折して川に向かうと、アーツ・アンド・クラフツ様式の内装が魅力的な《ブラック・フライアー》がある。

紀にわたってこの場所にあった、クリストファー・レン作のアーチ形の門、テンプル・バーを記念するものだ。1878年、道路拡幅にともなって門は解体され、石材は番号を付けて慎重に保管された。

　ここで登場するのが、レディ・ミューズことヴァレリーだ。もと女優で、バンジョーを弾くバーメイドとして働いていたが、10歳年下の裕福なビール醸造所オーナー、サー・ヘンリー・ミューズと密かに結婚した。ヴァレリーが秘密主義だったわけではないが、街なかで二頭のシマウマが引く四輪馬車を自分で乗り回していたというから、ホームズとワトスンもきっと見かけたはずだ。彼女は解体されたテンプル・バーを購入するよう夫を説得し、彼らが所有する田舎の大邸宅のひとつ、ハートフォードシャーのセオバルズ・パークの入り口として再建した。この門は2004年にロンドン市に返還され、今ではセント・ポール大聖堂に隣接するパターノスター・スクウェアへの入り口として、くぐることができる。

　そのほかのシティの門は、どれも現存しない。ただ、ドラゴンの境界標はある。ヴィクトリア・エンバンクメント、ファリンドン、ホウバン、フラックフライアーズ・ブリッジ、ロンドン・ブリッジ、オルダーズゲイト、オルドゲイト、ビショップズゲイト、ムーアゲイトで、シティの境界を見張っているのだ。彫刻家チャールズ・ベル・バーチの作品であるテンプル・バーのドラゴンほど獰猛には見えないが、銀色に塗られ、燃えるように赤い舌をもっている。華麗な台座は、ホレス・ジョーンズの作品だ。

　ホームズとワトスンは、捜査のためたびたびシティへ、そしてイースト・エンドへと、足を運んだ。ロンドンが大英帝国の母なる都市、世界最大の都市、金融の中心地でもあった時代のことだ（現在はその栄誉をニューヨークと競

い合ってる)。

　それ以来、2度の世界大戦やロンドン大空襲もあった。もっと最近になって、どうやらエイリアンの侵略まであったらしく、シティのスカイラインにモンスターたちがそびえ立っている。虚栄心に駆られた建築プロジェクトなのか、美を追究した芸術作品なのかは、見方にもよるだろうが、あざけり半分のニックネームをほしいままにしている——"ガーキン"［キュウリの意味。セント・メアリ・アクス30番地に立つ超高層ビル］、チーズ・グレーター［おろし金の意味。レドンホール・ストリート122番地に立つビル］、"ウォーキー・トーキー"［トランシーバーの意味。フェンチャーチ・ストリード20番地の超高層ビル］などだ。見上げてみれば、過去はあとかたもなくなったよ

1900年代初頭のイースト・エンドの通りは、典型的な過密状態で薄汚かったが、近所付き合いが盛んだった。工場の煙突が汚染された空気の中にそびえ立っている。

うに思えるだろう。ホームズの足跡をたどって歩を進めながらも、ところどころでその道が途絶えることに、いやおうなく気づかされる。

　それでも、まだ通りのレベルでは新旧が共存している。ロンドン全体の中でも特にシティは、いつの時代も格差がいちばんはっきりと感じられる街だった。拝金主義が幅をきかせ、市民の虚飾と虚礼に捧げられた街でありながら、ホームズの時代には、しいたげられ、自暴自棄になった市民も住む、売春、放蕩、不道徳で悪名高い街でもあった。川沿いの入り組んで薄暗い路地には、ダンス・ホールや安宿、酒屋や売春宿がひしめいていた。

〈唇のねじれた男〉でワトスンがアイザ・ホイットニーを連れ戻しにいったアヘン窟、《金の棒》があったのは、イースト・エンドのドック界隈で間違いないだろう。ロンドン・ブリッジの東側に並んだ高い波止場の裏手にある「アッパー・スワンダム・レイン」という「汚らしい路地」にあり、安物の服屋とジン酒場のあいだに暗い入り口があったという。スロップ・ショップでは、労働者の汗がしみ込んだ古着が売られていた。当時アヘンは薬局で手軽に買えたので、中産階級家庭で消費される量のほうが、自堕落な敗残者がいかがわしい店で消費する量より、はるかに多かった。一方、芝居好きや勤め人なら、ウェスト・エンドのきれいな"ジン・パレス"で「稲光の閃光」［ジンの愛称のひとつ］を楽しむかもしれないが、イースト・エンドのジン酒場は、いやしむべきところだった。

　アッパー・スワンダム・レインという路地は存在しないし、波止場もなくなって久しい。それは残念に思えるとしても、ロンドンの不潔な川沿い地区やイースト・エンドのスラム街は別だ。社会改革者チャールズ・ブースは、『ロンドン民衆の生活と労働』で色分けした"貧困地図"を作

成するにあたって、1886年にまずイースト・エンドから着手した。たとえばショアディッチの街路図では、下層中産階級の勤勉で実直な小売り商人などを意味する赤が、そこそこの存在感を示している。だが、黒が広がる地域も何カ所かある。ブースによると、黒は「最下層階級……臨時雇いの労働者、街頭販売人、浮浪者、犯罪者や準犯罪者」を意味する。「波のような極度の苦難に襲われるすさんだ生活で、唯一の贅沢といえば酒である」と。また、濃い青の

イースト・エンドにあった中国人経営アヘン窟の、典型的なイラスト。中国系移民が自宅やその場限りの社交クラブでアヘンを吸っていたことは確かだが、堕落のイメージは道徳運動家たちによって宣伝されたものだった。

第7章 ミステリアス・イースト　　191

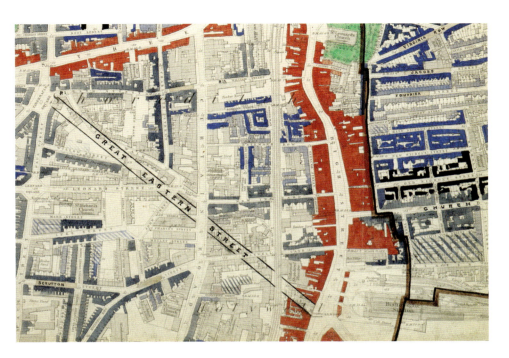

チャールズ・ブースによる、イースト・エンドのショアディッチの地図。南北の大動脈であるショアディッチ・ハイ・ストリート周辺の赤色の集団は裕福な家を示すが、濃い青色は「非常に貧しく、非正規（労働）的で、慢性的な欠乏」、黒色は「最下層階級で、悪質で、半犯罪的」を意味する。

地域もある。「不定期の収入、極貧。せいぜい週に3日しか仕事がない労働者。……階級Bでは人間が生まれて生きて死んでいくとは言えず、精神的、道徳的、肉体的な理由があって向上できない人々のたまり場のようなものだ」

　本章では、シティの境界の外までちょっと足を伸ばしてから、シティの中心部あたりを大急ぎで駆け抜け、テムズ川の南側を終点とする。ゆっくり歩き通そうなどとは思わない。想像上で歩き、まとめて、そこからあれこれ選ぶのだ。そして、容赦のない発展に目くじらを立てないようにしなければならない。〈緋色の研究〉でホームズが言っているではないか。「『日の下に新しきものはなし』というでしょう？　すべては繰り返しにすぎないんだ」と。ロンドンは永久にモデルチェンジを続けることだろう。

●サクス・コウバーグとは？

〈赤毛組合〉でホームズとワトスンは、地下鉄でオルダーズゲイト・ストリート駅まで行き、そこから少し歩いてサクス・コウバーグ・スクウェアに着いた。私たちも、オルダーズゲイト・ストリート駅が改名されたバービカン駅で下車する。サクス・コウバーグ・スクウェアの有力候補は、シティのすぐ外にある**チャーターハウス・スクウェア**だ。ワトスンの言う、「みすぼらしくてせまい、昔は立派だったがいまは落ちぶれたという感じの地域」とは違っているが、往時はそんな感じだったのだろう。西側一帯が取り壊されて、5階建ての倉庫などの商業施設に変わっている。電気工事のフェランティ社も店を構えていた。南側の一部は更地で、残りは倉庫、精肉店、アパレル会社、編み機メーカー、従業員宿舎、東洋絨毯のショールームになっている。そして、金色の玉を3つ重ねた質屋の看板。激しい赤毛のジェイベズ・ウィルスンの店だ。

　かつて中産階級が住んでいたこの一画は、住宅地としては衰退の一途をたどった。。はびこる雑草、生気のない月桂樹並木、煙臭い不快な空気。東側には1930年代にアール・デコ様式のフローリン・コートが建てられ、ワトスンが目をとめただろう17世紀末の家並みに取って代わった（もうひとりの名探偵のファンには、おなじみの集合住宅だろう。ITVの長寿番組に、エルキュール・ポアロの邸宅、ホワイトヘイヴン・マンションとして登場している）。

　ホームズは、「きみは見ているだけで観察していないんだ」と相棒を諭すことがあった。だから、ここでもワトスンは観察していなかったのだろうが、北側にはこの広場でひときわ輝きを放つ建物がある。かつて14世紀のカルトゥジオ会修道院のものだった中世の門の向こうに1716年に建

てられた、救貧院の医師の邸宅だ。ヘンリー8世の修道院解散令によって1537年に没収されて洒落た私邸となり、その後は男子校（1872年、サリー州に移転）、それから男性専用私設救貧院になった。高齢者のための救貧院として、現在も機能している（チャーターハウス救貧院は見学可能だが、ウェブサイト www.thecharterhouse.org で事前予約が必要）。

◉鐘、取引所、銀行

　セント・ポール大聖堂から、シティの通りであるチープサイドを歩いていくことにしよう。チープサイド、ポウルトリー、コーンヒルとつながって、東西を結ぶ主要な大通りとなっている。〈サセックスの吸血鬼〉のロバート・ファーガスンも、オールド・ジューリーにある法律事務所に向かう途中でチープサイドを歩き、ウッド・ストリート、ブレッド・ストリート、ミルク・ストリート、ハニー・レイン、アイアンマンガー・レインを次々と通り過ぎたことだろう。

　右手に見えるのが、**セント・マリルボウ教会**だ。この教会の鐘が空中に金属音をたなびかせ、"ボウの鐘"が聞こえる範囲内で生まれた者だけが生粋のコクニー、つまり独特の押韻スラングでしゃべるイースト・エンド出身者と認められる。ホームズの時代には、川を渡ってサザークまで、北はウォルサム・フォレストにまで、東はタワー・ハムレッツを越えて響き渡っていた鐘の音が、今では騒音公害に圧倒されて数本先の通りにまでしか聞こえなくなってしまった——信じらんねよな、コクニーの伝統は死んじまったようなもんだ。パブにしけこんで酔っぱらいたくもなるってもんよ。

　この鐘の音が、商人だったディック・ウィッティントンをハイゲイトから呼び戻したという。「戻ってこい、ウィッティントン、ロンドン市長よ」と聞こえたからだというが、なにしろ14世紀のことだ、確かなことはわからない。もとの教会は1666年のロンドン大火で焼失し、レンによってローマのマクセンティウス聖堂をモデルに再建された。教会の名前は11世紀につくられた地下聖堂の弓形アーチに由来する。地下へ階段を下りていって、《カフェ・ビロウ》でランチにするもよし。隣にできたショッピング・センターで、ファッション・ショップやバー、レストランのある《ワン・ニュー・チェンジ》よりも、ずっと趣がある。

第7章　ミステリアス・イースト　195

ヴィクトリア朝のチープサイド
は再開発されたが、ジョン・ベ
ネットの時計店の正面には、
時計、ドラゴンの風見鶏、ゴグ
とマゴグ［聖書に登場する、神
に逆らう勢力］の像が残ってい
る。1931年、ヘンリー・フォード
がミシガン州ディアボーンのグ
リーンフィールド・ヴィレッジに
つくったミュージアムで、この
像を再現した。

　セント・マリルボウ教会の先を右に曲がってクイーン・
ヴィクトリア・ストリートへ。39番地は、ヴィクトリア時
代から生き残っているレストラン**スウィーティングズ**だ。
〈瀕死の探偵〉のホームズは、病床で牡蠣のことが頭に浮
かび、あんなに繁殖力があるのに、海の底が牡蠣でびっし
り固まってしまわないのはどうしてだろうと、うわごと
を言う。「ああ、また話がそれてしまった！　頭脳が頭脳
を制御する仕組みとは、まったく不思議なものだな！」。
ひょっとしたら、彼は亀のスープのほうが好きだったかも
しれない。1889年に開業したこのシーフード・レストラ
ンは、牡蠣も亀も提供していた。ヴィクトリア時代の小説
家で因習打破主義者のサミュエル・バトラーが『フリート
街放浪記』に、「スウィーティング氏の店の窓に亀が何匹
か見え、足を止めてよく見てみたい誘惑に駆られた」と書
いている。所持金が半クラウンしかないのでなかったら、
一匹買って食べ、もっとよく理解していただろうに。ジョ
ン・ゴールズワージーの『フォーサイト・サーガ』では、
主人公ソームズ・フォーサイトが「有名な飲食店」で立っ
たまま、スモーク・サーモンとグラス1杯のシャブリとい
うランチをとり、「その立場が彼の肝臓に良いことが分かっ
た」のだった。《スウィーティングズ》はランチタイムの
みの営業で、予約は受け付けていない。食事はバーでもで
きるし、あるいはモザイク・タイル床のダイニング・ルー
ムでもクラブ・スタイルで食べられる。小海老のカクテル
が、ポストモダニズム的な皮肉をいささかもにおわせるこ
となく提供される。

　クイーン・ヴィクトリア・ストリートを東へ歩いてバン
ク駅に至ると、ウィリアム・タイトがローマのパンテオン
をもとに設計し、1844年に開館した、**王立取引所**の柱廊が
正面に現れる。初代取引所は1563年、豪商サー・トマス・

グレシャムの依頼で、アントワープ取引所を参考に建てられ、エリザベス1世の訪問後には非常にファッショナブルになった。しかし、この建物もやはりロンドン大火で焼失した。1838年1月には、2代目取引所まで火災で全焼したという。あっぱれなことに、炎の中で取引所のチャイム時計は、『楽しき人生』、『女王陛下万歳』、最後には『この家には運がない』と、次々に曲を奏でつづけたという。《ロイズ・コーヒー・ハウス》の調理用こんろの過熱が火事の原因だったようだ。

150年近くにわたって、王立取引所は《ロイズ・オブ・ロンドン》保険市場（"ロイズ"）の拠点だった（現在は

第7章　ミステリアス・イースト　197

オウイェズ！ オウイェズ！ 伝統的に、議会解散などの王室宣言は、廷吏がロンドン市の守衛官を伴って、王立取引所の階段から読み上げる。

ライム・ストリートの特徴的なロイズ保険ビルに移転している）。王立取引所の内側にある、イタリアの宮殿を思わせる開放的な中庭には現在、流行のブティックに囲まれて《グランド・カフェ》が開店している――初代取引所でグレシャムが意図していたとおりに。

　王立取引所の左側の通り、スレッドニードル・ストリートに、**イングランド銀行**がある。〈三人のガリデブ〉で、シカゴの贋金づくりロジャー・プレスコットがみごとに偽造した銀行券の発行元で、防弾金庫室に4,600トンの金塊が保管されているという、難攻不落の銀行だ。犯罪の大家モリアーティにはたまらない獲物だろう。BBC『SHERLOCK／シャーロック』のエピソード「ライヘンバッハ・ヒーロー」のモリアーティは、スマートフォンを操作して、ロンドン塔の戴冠用宝玉展示室に侵入し、ペントンヴィル刑務所独房を解錠すると同時に、イングランド銀行の金庫を開けた。

　偽造というのは、"強盗"の陰湿で遠回しな表現と言える。1946年の映画『シャーロック・ホームズ 殺しのドレス』（英国では『シャーロック・ホームズと秘密の暗号』）で、バジル・ラスボーン演じるホームズは、イングランド銀行の5ポンド紙幣印刷原版を取り戻すべく、冷酷なギャングの首領、ヒルダ・コートニー夫人を相手に争奪戦を繰り広げる。コートニーの犯罪には現実の先例があった。1873年8月、4人のアメリカ人――ジョージ・ビドウェルとその弟オースティン、ジョージ・マクダネル、それにエドウィン・ノイズ・ヒルズ――が、「10万ポンド相当の為替手形を偽造し、イングランド銀行総裁および行員一同を意図的に詐取した重罪」で、オールド・ベイリーに起訴されたのだ。ハーバード大学卒の学歴があるマクダネルは、被告席でホームズが言いそうな発言をした。「偽造は非常

にあさましく、不幸で、惨めで、軽蔑すべき技術だが、それでも芸術だ」と。判決は終身刑だった。

1925年、イングランド銀行はまたもや犯罪現場となる。それも、美術史家ニコラウス・ペヴズナーが「ロンドンのシティで起きた20世紀最大の建築犯罪」と呼んだ事件のだ。被害者は、ギリシャ語通訳で新古典主義様式の擁護者である、サー・ジョン・ソーン。1730年代にジョージ・サンプスンが着工し、1765年から88年にかけてロバート・テイラーが増築したイングランド銀行の建物を、彼は1833年に引退するまでの45年間、改造し、拡張し、洗練させてきた。ソーンは、それが彼の人生の「誇りであり、自負でもあった」と語っている。

ソーンの宝である3階建ての建物は、用途に適わなくなったために取り壊された。現在あるのは、ソーンが築いた外壁の内側を石材で覆い、鉄骨で再建した、地上7階地下3階の建物である。切妻壁にある《レディ・オブ・ザ・バンク》像（"スレッドニードル・ストリートの老婦人"というイングランド銀行の愛称の由来となった、ブリタニア像の後継）ほか、彫刻はチャールズ・ウィーラーによる。「ミス・スレッドニードル・ストリートは髪にパーマをかけている」と、《イヴニング・スタンダード》紙は冷やかす。「ほかに言うべきことはたいしてない。……膝の上で小さなギリシャの神殿のようなものをあやすように抱えている……いや、よく見ると、おもちゃの貯金箱かもしれない」。銀行北側のロスベリーの角には、ウィリアム・リード・ディック作のサー・ジョン・ソーン像がある。イングランド銀行の歴史を紹介する博物館があって、年に4回、団体ガイドツアーが催行される。参加する価値は充分にあるらしいが、行列に並ぶ覚悟をしなくてはならない──それに、お楽しみ景品袋を期待してはいけない。

王立取引所の右手、コーンヒルには、りっぱな古典的建築が並ぶ。レンの教会が2つ──ニコラス・ホークムアが完成させた、ジョージ・ギルバート・スコットによるポーチのあるセント・マイケルズ・コーンヒル教会と、セント・ピーター゠アポン゠コーンヒル教会だ。その隣は、《ゲイエティ劇場》を手がけた建築家アーネスト・ランツが1893年に設計した建物。ドールトン・テラコッタのファサードにほどこされた、W・J・ニートビーによる装飾がおもしろい。3匹の赤い悪魔が悪意をむきだしに、唾を吐いたり指を立てたりして、新しい建物が教会の土地に1フィート（約30センチメートル）ばかりはみだしていると咎める教区牧師を呪っているのだ。

コーンヒルとロンバード・ストリートのあいだには、中世の中庭や路地が迷路のように入り組んでいる。セント・マイケルズ・コーンヒル教会の手前、ボール・コートにある《シンプスンズ・タヴァーン》は、1757年創業の、ロンドン最古の肉料理店だ──ただし、1916年まで女性は入店できなかった。セント・マイケルズ・アレーの《ジャマイカ・ワイン・ハウス》は、シティのお偉方や保険の損害査定人、銀行の出納係、株式仲買店員らに料理を供している。現在の建物は1869年に建てられたものだが、店の始まりはそれより古く、もとはロンドン初のコーヒー・ハウスだった。トルコ西部のスミルナから、商人ダニエル・エドワーズに仕えてロンドンへやって来たパスクア・ロゼが、1652年に創業した。珍しいビールを飲みに集まる客の中に、日記作家のサミュエル・ピープスもいた。そのビールをつくっていた、パブも経営するシェパード・ニーム醸造所は創業1698年、英国最古の醸造所だと自負している。元気づけにシェパード・ニーム・ブランドのビール、ビショップズ・フィンガーを一杯飲んで、その歴史とと

1757年にトマス・シンプスンによって創業された「ロンドン最古の食肉店」は、細い路地を入ったところにある。19世紀の仕切り席が並ぶダイニング・ルームでは、ランカシャー鍋やステーキ・アンド・エール・パイなどの定番料理が楽しめる。

に吸収したら、早送りして21世紀へ戻ろう。

●街の昔語り

　コーンヒルの東端で北へ伸びるビショップズゲイトは、〈四つの署名〉でアセルニー・ジョーンズ警部がホームズに言った言葉を思い出させる。「ビショップズゲイトの宝石事件で、あなたがわれわれ一同に原因と推理と結果の講義をしてくれたのを、忘れられるわけがない」。今、

シャーロック・ホームズの気配はしない。

コーンヒルからそのまま東へつながるレドンホール・ストリートにも、ホームズらしい趣はない。〈花婿の正体〉では、ホズマー・エンジェルなる男がこのレドンホール・ストリートの会社で出納係をしていると言い、メアリ・サザーランドはそこの郵便局留めで手紙を送った。南のフェンチャーチ・ストリート——その残念な物語に出てくる、メアリの義父が勤める会社ウェストハウス・アンド・マーバンク商会のある通り——でも、ホームズのいたロンドンの囁き声はほとんど聞こえない。

シティ内に最初に建設された鉄道駅であるフェンチャーチ・ストリート駅なら、ホームズとワトスンにも見覚えがあるだろうが、ラファエル・ヴィニオリが設計したフェンチャーチ・ストリート20番地の超高層ビルは思いも寄るまい。トランシーバーに似た形から当初は"ウォーキー・トーキー"と呼ばれたが、まわりで自動車の外装が溶けたりドアマットが燻ったりする不思議な事件が起きて、ほどなく"ウォーキー・スコーチー（焼き焦がす）"というあだ名がついた。反り返るような形のビルの窓が凹面鏡のはたらきをして、路上に集約された強烈な日光が一見不可思議な"死の光線"効果をもたらすことになったと判明し、謎は解けた。BBCのシリーズで、マーク・ゲイティス演じるマイクロフトとカンバーバッチ演じるシャーロックの母親、M・L・ホームズによる現代の名著『燃焼の力学』は、事件の捜査に欠かせない参考文献となりそうだ。

ビショップズゲイトの南端から続くグレイスチャーチ・ストリートに、**レドンホール・マーケット**の正面入り口がある。14世紀にさかのぼる歴史がある市場だが、1881年にホレス・ジョーンズ（シティを紹介する導入部で触れたテンプル・バーの台座を設計した人物）が再設計した

ローマ時代のロンドンの中心にある美しいレドンホール・マーケットは、石畳の床に緑色、栗色、クリーム色のペンキが塗られている。中世に建てられたものだが、ヴィクトリア朝時代に旧ビリングズゲイト魚市場やスミスフィールド食肉市場を設計したサー・ホレス・ジョーンズによって再設計された。

ものので、1990年から91年にかけて改装された。家禽商に代わって香水店やピザ店が並ぶようになったが、ガラス張りの屋根と石畳の床の美しいマーケットは、うれしくなるほどヴィクトリア時代風だ。『ハリー・ポッターとマザリンの宝石』で、ダイアゴン横丁にある魔法界のパブ《漏れる大鍋》へ向かう途中に登場したのをご存じかもしれない。

マーケットの東側、レドンホール・ストリートとフェン

チャーチ・ストリートが合流した先が、オルドゲイトだ。ここで思い出すのは、〈ブルース・パーティントン型設計書〉でアーサー・カドガン・ウェストの死体をメイスンという線路工事人が発見したのが、地下鉄オルドゲイト駅のそばだったことだ。死体は線路からそれたところに倒れ、頭がぐしゃぐしゃにつぶれていた——切符を持たずにだ。屋根の上から落ちたらしいが、当時列車の屋根に乗る者には2ポンドの罰金が科される規則があった。だからといって、カドガン・ウェストにおとなしく罰金を払えと言っても無駄だ。ケンジントンで列車の屋根に投げ出されたとき、彼はとっくに死んでいて、オルドゲイト駅のポイントにさしかかった列車が揺れて屋根から落ちることになったのだから。

　オルドゲイトの東、ホワイトチャペルでは、闇にまぎれて恐ろしい脅威が通りを闊歩し、地元民をあきらめの境地に追い込む——脅威は切り裂きジャックでなく、毎晩のように50人規模で催行される、切り裂きジャック・ツアーだ。頭にきて2階のバルコニーからツアー・ガイドにホースで水をかけた住人もいる。

　1570年創業の**ホワイトチャペル鐘鋳造所**（ホワイトチャペル・ロード32〜34番地）を訪れるのは、平日の昼間にしよう。馬車旅の宿だった1670年以来の歴史ある建物の、ホワイエ（ロビー）に陳列された展示が見られる［残念ながら2017年に閉所となった］。

　ここでは、いくつもの有名な鐘が鋳造された。ビッグ・ベン（1858年、68ページ）、自由の鐘（1752年）、サウスカロライナ州チャールストンのセント・マイケル教会の鐘（1764年）、モントリオールの大鐘（1843年）、セント・マリルボウの鐘（1738年、1762年、1881年、1956年、193ページ）、そして、『オレンジとレモン』で有名なセント・クレ

メント・ディーンズの鐘（1588年）と、忘れてはならないケンジントンのセント・メアリ・アボットの大時計の鐘（1853年）だ。〈ブルース・パーティントン型設計書〉では、オーバーシュタインの留守宅で待つシャーロックとマイクロフトのホームズ兄弟、ワトスン、レストレード警部の耳にはその鐘の音が、希望の消えたお悔やみだとでもいうようにむなしく響いた。オルドゲイトに戻って、《スターバックス》、ブックメーカーの《ウィリアム・ヒル》、《ワン・ストップ・フード・アンド・ワイン》、ストラウベンジーの工房を通り過ぎて左折すると、ミノリーズに入る。もう一度左折して、ショーター・ストリートからロイヤル・ミント・ストリートへ。ケイブル・ストリートに入ってすぐを右折してエンサイン・ストリートへ、グレイシズ・アレーへ左折すると、現存する世界最古のミュージック・ホール、**ウィルトンズ・ミュージック・ホール**がある。

19世紀後半、ミュージック・ホールは大衆に娯楽を提供する場所だった。下品だが楽しい歌謡曲、ユーモアがあり風刺が効いたエンターテインメント。スターには、男性ものまね芸人のヴェスタ・ティリー、コミカルなパントマイムの名手ダン・レノ夫人、歯を見せて笑ったり、物知り顔でウインクしたりが魅力のマリー・ロイドなどがいた。《ウィルトンズ》は18世紀に建てられた3軒のテラスハウスとパブに併設され、19世紀半ばに人気となった音楽ホールで、場所から言ってもちょっとした穴場だった。1888年にはメソジストの伝道所となり、1889年の港湾ストの際には、マホガニー・バーからスープが配給された。今日でもさまざまなエンターテインメントが催されているし、修復されたが当時の雰囲気を残す部屋は、一杯飲むには最高の場所だ。映画『シャーロック・ホームズ　シャドウゲーム』に登場する紳士クラブとして、すでにご覧になった方も多

映画『シャーロック・ホームズ　シャドウゲーム』でのジュード・ロウとロバート・ダウニー・Jr。ワトスンの独身さよならパーティーは、彼の思い通りにならなかった。撮影場所は現存する世界最古のミュージックホール、《ウィルトンズ》だった。ここは回廊を支える特徴的な"大麦糖の柱"［らせん状の柱でコルク栓抜きのような渦巻き形に上るねじれた軸］がある。

いだろう。

　エンサイン・ストリートを南下してワッピングのザ・ハイウェイに入り、右折するとセント・キャサリン・ドックの入り口に出る。1825年以降、トマス・テルフォードによって設計・建設されたこのドックは、ピロリー・レーン、キャッツ・ホール、ダーク・エントリーといった怪しい通りにあった1000軒以上の不良住宅を一掃して造られた。全盛期のセント・キャサリン・ドックは、ラム酒、砂糖、紅茶、東洋のスパイス、藍、大理石、ブランデー、ワインなど、エキゾチックな貨物を扱っていた。現在はレジャーボートが停泊し、チェーンレストランがどこにでも

ある料理を提供している。世の栄華はかくのごとし、というわけだ。

　階段をのぼると、ロンドンを代表するもうひとつのランドマーク、**タワー・ブリッジ**へと続く。前出のホレス・ジョーンズと、サー・チャールズ・バリーの末息子ジョン・ウルフ・バリーの作品である。コーンウォール産の花崗岩とポートランド産の石を使い、1万1000トンの鋼鉄を組み込んでつくられたこの橋は、2つの塔と双子の"バスキュール"（フランス語で「シーソー」の意、跳ね橋の原理で動く）をもち、おそらく世界でも最も有名な跳ね橋と吊り橋である。建設には8年の歳月が費やされ、118万4000ポンドと10人の職人の命が費やされた。

　この橋は、1894年6月30日にプリンス・オブ・ウェールズ夫妻によって盛大に開通され、《タイムズ》紙は「ヴィクトリア朝時代の偉大なエンジニアリングの成果のひとつ」と称賛した。一方、多くの報道機関は保守的で、現代のロンドン市民が2003年から2004年にかけて前述の"ガーキン"を揶揄したのと同じような感想をもらしたが、のちに賞賛し、ロンドンで一番好きなタワーだと言うようになった。1884年12月、《ペルメル・ガゼット》紙の建築評論家は、「鉄の細工とゴシック様式の石造りの恐ろしい混合物……この巨大だが幼稚な建造物は、40年間にわたる芸術に対する感傷的な虚栄のたまものである」と嘆いた。「不均衡さや、ちまちまとした無意味な装飾」を嫌っていたのだ。喜ばない人もいたわけである。

　タワー・ブリッジが開通する前は、この地点で川を渡るにはボートで行くか、テムズ川の下にあるタワー地下道を利用するしかなかった。1日に約2万人が、この薄暗い鉄のトンネルを利用するために、半ペンスの通行料を支払った。スペースに余裕のない地下道だったのだろう、チャー

1894年6月の、プリンス・オブ・ウェールズによるタワー・ブリッジのグランドオープン。《ペルメル・ガゼット》の評論家は、「微妙なぎこちなさ、さまざまな醜さ」があり、「最も醜い公共事業」だと評した。

第7章　ミステリアス・イースト　207

ルズ・ディケンズ・ジュニアは、「ヒールの高い靴をはいたり、特別な思い入れのある帽子をかぶってこの通路を通るのは、まったく勧められない」と忠告している。タワー・ブリッジにより、徒歩にしろ馬車にしろ無料でテムズ川を渡る新たな選択肢ができたことで、この地下道は1898年に廃止となった。タワー・ヒルに行けば、かつて地下道の入り口だった小ぶりでレンガ造りの円形の建物を目にするかもしれないが、ロンドン市民は見ても観察するこ

とをしないのだろう。現在、このトンネルはテレビケーブルのために使われている。

テムズ川の対岸、タワー・ブリッジの南はバーモンジーで、シャド・テムズとして知られる歴史的な石畳の通りがある。そしてバトラーズ・ワーフ。デザイナーでレストラン経営者のサー・テレンス・コンランが、1983年に11エーカー（4.5ヘクタール）の敷地と23棟の廃墟となったヴィクトリア様式の倉庫を手に入れ、レストランやデザインミュージアムにより地区再開発をした地域だ。"ガストロドーム"、あるいは"コンラン都市"とも言われる。レストランは2006年にD・アンド・Dロンドンに買収された。リバーサイド・ダイニングからは、私たちが大好きな「巨大で幼稚な建造物」を一望できる。

テムズ川の南側を下ると、かつて栄えたサリー・コマーシャル・ドックの一部、**ロザーハイズ**だ。〈瀕死の探偵〉のホームズは、「ロザーハイズの川に近い裏通り」で事件に取り組んでいて、病に倒れた（ことになっていた）。

ピルグリム・ファーザーズは、1620年にメイフラワー号でロザーハイズからデヴォン州プリマスを経由して、アメリカへ出航した。船長のクリストファー・ジョーンズは、ロザーハイズのセント・メアリズ教会の墓地に埋葬されている。教会の横には、オーク材の梁を持つ《メイフラワー・パブ》（117 Rotherhithe Street）がある。独自の桟橋があり、木製の桟橋を組み込んだ個室があり、英国とアメリカの郵便切手を販売するライセンスを持ち、郵便局としても機能している。ロンドンでアメリカの切手を買って、どう使うのだろう？

北に戻ると、タワー・ブリッジの道が塞がれているかもしれない。観光客は、高さのある船が通れるように橋脚が持ち上げられるのを見るのが好きだが、対岸にある仕事場

"ウォーキー・トーキー"というニックネームのあるラファエル・ヴィニョリー作の20フェンチャーチ・ストリートは、ロンドン塔（写真）やセント・ポール大聖堂といった昔からの建築物に対する視覚的影響を懸念し、縮小された計画で建設された。文化財保護団体は、それでも納得していない。

第7章　ミステリアス・イースト　　209

に行きたいロンドン市民にとっては、たいして目新しいものではない。

　〈四つの署名〉で警察の蒸気艇がオーロラ号を見つけたのは、古代の城塞である**ロンドン塔**の向かい側だった。ロンドン塔の冷たい石造りの心臓部であるホワイト・タワーはノルマン様式で、ウィリアム征服王が原住民を抑圧するために建造した。1098年に建てられ、高さは89フィート（27メートル）、1310年に旧セント・ポール大聖堂が完成する

プール・オブ・ロンドン[シティがテムズ川に接する岸辺]のビリングズゲイトにあるフィッシュ・ワーフに群がる汽船とはしけ。ホレス・ジョーンズのアーケード付きマーケット・ホールは、世界最大の魚市場として1875年に建設された。毎朝5時になると、熱狂的な取引が始まった。

まで、その高さを超える建造物はなかった。

　ホワイト・タワーが古く感じられとしても、すぐそばにあるシティ最古の教会、オール・ハロウズ・バイ・ザ・タワーはもっと古い。675年に設立された教会で、サクソン時代の7世紀のアーチが現存し、その下の地下聖堂には2世紀のローマ時代の舗装が残されている。サミュエル・ピープスは1666年、この教会の塔から、ロンドンが燃えるのを見ていた。19世紀後半に修復されたが、第二次世界大戦中に大きな被害を受け、1957年に再建・再奉献された。

　紀元後200年頃から、ローマ帝国時代の城壁はタワー・ヒルを起点にブラックフライアーズまで、シティを囲むように2マイル（3.2メートル）にわたって伸びてきた。今

日、壁の一部はさまざまな場所で見ることができる。たとえばタワー・ヒルからクーパーズ・ロウに向かうと、グランジ・シティ・ホテルの中庭に壁のかなりの部分を見ることができる。下部は13フィート（4メートル）ほどまでがローマ時代のもので、その上に中世のものが追加されているのだ。

　テムズ川の方向に戻り、ロウア・テムズ・ストリートを西に向かうと、14世紀に関税が最初に支払われたカスタム・ハウスを通り過ぎる。現在の建物は、デイヴィッド・レインによるもので、19世紀初頭にさかのぼる。そのすぐ先には、かつて世界最大の魚市場だった旧ビリングズゲイト魚市場がある。現在のアーケード付きの建物は1875年以来のもので、やはりホレス・ジョーンズによるものだ。魚市場がロンドン東部に移転した際、建物は改装され、現在はイベント・スペースとなっている。

　次に渡るのはロンドン・ブリッジだ。最後に大きな架け替えがあったのは1825年から31年にかけてであり、〈唇のねじれた男〉でホームズとワトスンが渡った、「黒ずんだ川の水がゆったりと流れている」「欄干のある大きな橋」が、それだったと思われる。このヴィクトリア様式の橋は1968年にミズーリ州の企業家に売却され、アリゾナ州で再び組み立てられた。現在のロンドン・ブリッジは、1973年に開通したものだ。ヴィクトリア様式の橋の前身である中世のロンドン・ブリッジは、ジョン王がマグナ・カルタに合意する6年前の1209年に完成した。この橋の上には商店や住宅が立ち並び、時折、ロンドン塔で命を落とした反逆者の切断された頭部が槍に突き刺される光景で、盛り上がったという。中世の橋は、ヴィクトリア朝時代の橋が開通したのち取り壊されたが、現在のロンドン・ブリッジから少し下流にあるセント・マグナス・マーター教会の建物

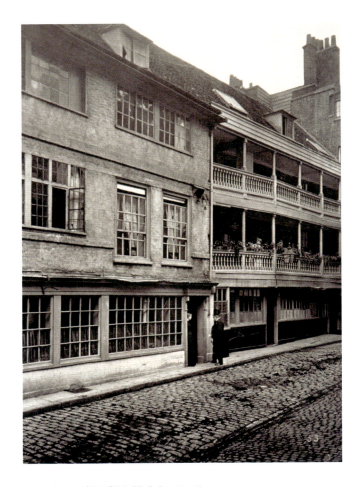

回廊のある馬車宿、《ザ・ジョージ》は17世紀に建てられたもので、この種の宿としてはロンドンで最後のもの。〈バスカヴィル家の犬〉に登場する御者ジョン・クレイトンも、エールを飲みに立ち寄ったに違いない。もちろん、辻馬車を運転していないときだが。

に、その一部が組み込まれている。

　川の南側にある**ロンドン・ブリッジ駅**は、さまざまな事件で登場する。〈ブルース・パーティントン型設計書〉ではホームズたちがここからウリッジへ向かったし、〈ギリシャ語通訳〉ではベクナムへ向かった。〈隠居した画材屋〉ではホームズとワトスンがここでブラックヒース行きの列車に乗り、〈ノーウッドの建設業者〉ではジョン・ヘクター・マクファーレンがノーウッドからここに到着し、警

察にベイカー・ストリートまで追跡された。

　現在まず目につくのは、駅隣接地にある"ザ・シャード"という、イタリア人建築家レンゾ・ピアノが設計したガラス張りのピラミッド型超高層ビルだろう。本書執筆時において、EU内で最も高いビルである。

　このあたりは"バラ"または"ザ・バラ"と呼ばれていた地区（現在はサザーク）で、〈バスカヴィル家の犬〉でステイプルトンを乗せた辻馬車の御者、ジョン・クレイトンが住んでいた。ロンドン・ブリッジ駅の向かいにあるバラ・マーケットは1000年の歴史を持ち、近年はグルメの一大スポットとなっている。ストーニー・ストリートのフローラル・ホールには、BBC『SHERLOCK／シャーロック』に出てきたスペイン・レストラン《ブリンディサ》（135ページ）のショップがある。

　バラ・ハイ・ストリート77番地にあるパブ《ジョージ・イン》は、17世紀に建てられたロンドンで唯一残る回廊付き馬車宿だ。で、何にする？　《ブリンディサ》のグリルで焼いたチョリソーをチャバタに挟み、ピキージョ・ペッパーとサラダを添えたもの？　それとも《ジョージ・イン》でオールド・スペクルド・ヘンを1パイントと、ちょっとしたつまみ？　せっかくここまで来たんだから！

電信電話と郵便

「それから私は、大声でMにこう吹き込んだ。『ワトスン君、用事がある、ちょっと来てくれたまえ』」。うれしいことに、彼はやって来て、私の声が聞こえ、何を言ったかよくわかったと断言してくれた。」

これはホームズがいつものように強引に友人を呼び出したのではなく、アレクサンダー・グラハム・ベルが1876年3月10日、実験室で世界初の電話をかけたときの記録である。ベルが自分の新発明であるマウスピース（M）に向かって叫ぶと、助手のトマス・ワトスンがちゃんと現れた。ワトスンは彼に言われたとおり、聞こえた言葉を繰り返したのだ。「次に、私たちは立場を交換した」とベルは記述している。「するとS（スピーカー）から、ワトスン君がMに向かって本の一節を読み上げる声が聞こえてきた。その意味のある音声がSから出てくるのは確

かだ。音量はあるが、不明瞭でくぐもった音に聞こえる」

同じような装置を、イリノイ州のイライシャ・グレイも研究していた。ベルが本当にその研究とは無関係に電話を発明したのか、それとも、一部の人々が主張するようにグレイのアイデアを盗み、アルコール依存症の特許担当官を買収したのか——それはシャーロック・ホームズなら喜びそうな謎だ。ベルの出願がワシントンDCの米国特許局に届いたのは1876年2月14日。ほんの数時間前後してグレイも仮出願［発明を短期間一時的に保護するための出願］を提出しているが、どちらが先だったのかは誰の話を信じるかによる。

登場してしばらくのあいだ、ホームズは折にふれ電報を利用している。〈ボスコム谷の謎〉ではワトスンに、「二日ばかり暇をとれないか？」という電報を打った。〈ノーウッドの建築業者〉では、マクファーレンは有罪だと「ちょっとばかり得意になって勝ちどきをあげてみた」レストレード警部から、電報を受け取っている。〈六つのナポレオン像〉でも、プロのレストレードがアマチュアのホームズをケンジントンのピット・ストリート131番地に呼び出したのは、電報だった。

電報は迅速な通信手段だったが、

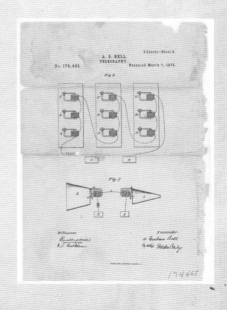

前ページ：実験的なことだよ（エクスペリメンタリー）、ワトスン君。アレクサンダー・グラハム・ベルと試作電話機の写真。ベルはドイルの故郷エディンバラで生まれた。アメリカに渡り、父親が考案した「目に見える音声」のシステムを開拓して耳の不自由な子供たちに教え、その後ボストンに聾学校教師を養成する施設を設立した。1873年にはボストン大学で発声生理学の教授となった。

右：ベルの特許申請図面と宣誓。特許は1876年3月7日に認められたが、誰が電話の発明者なのかについては、いまだに論争がある。

やがて電話がそれに取って代わることになる。1879年、シティのレドンホール・ストリートとウェストミンスターのパレス・チェンバーズに電話交換局が開設され、加入者200人にサービスを提供した。同年9月、エジソン社がクイーン・ヴィクトリア・ストリート（195ページ）に交換局を開設、1880年初頭にはさらに2つの交換局を開設して、172人の加入者にサービスを提供した。

電信技術者協会の会長だったウィリアム・プリースは、その4年後に無線電信を着想し、1877年にはベルの電話を英国に初めて輸入してもいたというのに、電話は未来の通信手段だろうかという質問に対して「私はそうは思わない」と答え、先見の明がないことを証明した。アメリカとは事情が違うからというのだ。「この国にはメッセンジャーや使い走りなど、その手のものがいくらでもいる」

それはそうだった——特にベイカー・ストリート不正規隊のウィギンズのような浮浪児たちは、1シリング銀貨のお駄賃で街じゅうを駆け回ってくれる。すばしっこくて身軽で、裏道を知り尽くし、群衆のあいだをすり抜けられるのだ。それでも、プリースは大きな考え違いをしていた。ベイカー・ストリートにも電話があったのだ。〈隠居した画材屋〉のころには、ホームズはこう断言するようになっていた。「電話とスコットランド・ヤードの協力のおかげで、この部屋を出なくたって、

ホームズ物語では、ベイカー・ストリート不正規隊とホームズが呼ぶ賢い浮浪児たちの集団が、情報提供者や使者として活躍した。伝言を手っ取り早く伝えるため、ホームズが少年に1シリングを与えて使いをさせることが、よくあった。

ぼくはたいてい重要な情報を手に入れることができるんだ」

うまく工夫する
ボックス・クレバー

とはいえ、手紙のやりとりもまだすたれないどころか、郵便制度は迅速と効率の模範となった。郵便物の回収と配達の頻度は非常に高く、ポストは午前６時３０分から空っぽになった。〈ぶな屋敷〉のホームズは、ヴァイオレット・ハンターが前夜に書いた手紙を、朝食前にはもう受け取っている。今日では考えられないようなスピードだ。

急成長した鉄道システムのおかげで、かつては駅馬車で運ばれていた郵便物が国じゅうを疾走するようになった。英国の郵便制度の起源はチューダー朝時代にある。ヘンリー８世から国王郵便局総督（連合王国郵政長官職の前身）に任命されたブライアン・テュークが、郵便局長の全国ネットワークを構築したのだ。チャールズ１世は郵便サービスを一般に開放し、チャールズ２世は王政復古の年、１６６０年に総合郵便局（GPO、のちの郵便局）を設立した。

自立型の郵便ポスト、ピラー・ボックスは、最初、標準色ではないものが1852年にチャネル諸島のジャージー島に設置された。設置を提案したのは、当時郵便局の上級職にあった、のちの小説家アントニー・トロロープだ。この郵便物集荷計画が成功すると、1853年には本土にもピラー・ボックスが設置されるようになった――ロンドンでは1855年にピカデリー、パルマル、ストランド、フリート・ストリート、ケンジントンのラトランド・ゲートの５カ所に設置されたのが最初だ。凝った装飾の初期のピラー・ボックスにはデザイン上の欠点があって、文字の隙間がつぶれていた。また、王室の組み合わせ文字、王冠、「Post Office（郵便局）」の文字が誤って抜け落ちていたデザインもあった。

ポストの設置によって、手紙を持って郵便局に出向いたり、使者に封筒を託したりする必要がなくなったため、ただ便利になっただけでなくプライバシーも守れるようになった。特に女性にとってはありがたいことだったが、小説の登場人物ミス・スタンベリーのように、にやにや笑う「鉄の切り株」に不信感を抱く者もいた。トロロープの『彼は

上:コナン・ドイルは多くの手紙を書き、特に母メアリと頻繁に手紙をやりとりした。1920年12月、メアリが脳卒中で亡くなったとき、彼はオーストラリアに向かう船上にいた。生前の母は、心霊主義に関して「共感も理解もしてくれなかった」が、「今では理解してくれただろう」と彼は結論づけた。

自分が正しいと知っていた』(1869年)に登場するミス・スタンベリーは、「ポストに投函した手紙が宛先に届くことなど、これっぽっちも信用していなかった」のだ。作者のアントニー・トロロープは笑い話にしたが、ミス・Sの言うことにも一理あるかもしれない。2001年、オーストラリアで1889年に投函されて以来112年間行方不明だった葉書が、ようやくアバディーンに届いたという出来事もあったのだから。

ホームズ物語では、1879年に登場して以来ほとんど変わっていない円筒形の赤いピラー・ボックスに、多くの手紙が入れられたことだろう。1859年に導入された暗緑色に代わって、目を引く緋色(スカーレット)が採用されたのは、旧式のものには暗い場所でぶつかってしまう人があとを絶たなかったからだ。ケンジントンのコーンウォール・ガーデンズに行けば、1866年に導入された六角形のペンフォールド式ピラー・ボックスに絵葉書を投函できるが、開口部が縦になった1856年デザインの縦溝ドーリス式柱箱(コラム)を見つけるには、バークシャーのイートンまで行かなければならない。「マウント・プレザント」というまぎらわしい名前の郵便センター近くにある郵便博物館(旧称:英国郵便博物館)には、エドワード8世の短い治世につくられたポストの模型も展示されている。

ヴィクトリア朝後期の郵便システムは、今日のものより優秀だった。ロンドンでは郵便が1日に12回、午前7時半から午後7時半まで1時間ごとに配達され、ポストに投函された手紙が2、3時間以内に宛先の家のドアマットに届くこともあった。

第7章 ミステリアス・イースト 219

CADBURY'S COCOA ESSENCE, Pure, Soluble, Refreshing.

No. 660.]   7th Mo. (JULY), 1888.   [Price 6d. By Post, 9d.

OFFICIALLY EVERY MONTH.

Under the Patronage of HER MAJESTY THE QUEEN, H. R. H. The Prince of Wales, the Royal Family, both Houses of Parliament, all the Government Offices, Banks, and other Public Offices, &c., &c.

BRADSHAW'S
GENERAL RAILWAY AND STEAM NAVIGATION
GUIDE,
FOR GREAT BRITAIN AND IRELAND,
Containing the Official Time Tables, specially arranged, of all the Railways in
ENGLAND, WALES, SCOTLAND, AND IRELAND.

KEY TO THE GENERAL ARRANGEMENT AND PLAN OF THE GUIDE, see page xiii.
TABLE OF CONTENTS, with Official names of Railways......pages xiv to xvii.
STEAM PACKET ADVERTISEMENTS and Sailings of Steamers..pages 410 to 480.
HOTEL AND HYDROPATHIC ADVERTISEMENTS ....pages 485 to 616.
BRADSHAW'S RAILWAY GUIDE INDICATOR ....see back of Map.
ALMANACK and TIDE TABLE, page vi. | TELEGRAPH OFFICES, see Index.
The FIGURES on the MAP refer to the PAGE where the TRAIN SERVICE is shown.
INDEX TO STATIONS, pages xviii to xxxvi. and page 1.

WITH A
TRAVELLING MAP OF THE RAILWAYS
SHOWING THE LINES OF NAVIGATION, DISTANCES, &c.
A GENERAL STEAM PACKET DIRECTORY,
ALPHABETICALLY ARRANGED, GIVING THE
DAILY SAILINGS OF ALL THE STEAM VESSELS DURING THE MONTH
TO AND FROM EVERY PORT AND STATION THROUGHOUT THE UNITED KINGDOM;
And the MAIL PACKET ROUTES to all QUARTERS of the GLOBE.

LONDON:—W. J. ADAMS & SONS, 59, FLEET STREET (E.C.)
MANCHESTER:—HENRY BLACKLOCK & Co., EDITORIAL DEPARTMENT, ALBERT SQUARE;
And SHEFFIELD :—14, FARGATE.
LIVERPOOL:—W. H. SMITH & SON, 61, DALE STREET. BIRMINGHAM:—W. H. SMITH & SON, 33, UNION STREET.
BRIGHTON:—H. & C. TREACHER, 1, NORTH STREET. SOUTHAMPTON:—GUTCH & COX, HIGH STREET.
EDINBURGH:—JOHN MENZIES & CO., 12, HANOVER STREET. GLASGOW:—JAMES REID, 144 ARGYLE STREET.
DUBLIN:—CARSON BROTHERS, 7, GRAFTON STREET (Corner of Stephen's Green).
PARIS:—THE GALIGNANI LIBRARY, 224, RUE DE RIVOLI.
BRUSSELS:—M. J. BIL (BRADSHAW'S GUIDE OFFICE), 6 and 8, PASSAGE DES POSTES, BOULEVARD ANSPACH.
AND SOLD BY ALL BOOKSELLERS AND AT ALL RAILWAY STATIONS THROUGHOUT GREAT BRITAIN,
IRELAND, AND THE CONTINENT.
[ENTERED AT STATIONERS' HALL.]

MANSION HOUSE (CITY STATION) FOR WINDSOR, EALING, ACTON, PUTNEY BRIDGE, HOUNSLOW, OSTERLEY, RICHMOND, KEW GARDENS, HAMMERSMITH, VIA TEMPLE, CHARING CROSS, WESTMINSTER, VICTORIA, SOUTH KENSINGTON.

第8章

霧の向こうへ
ホームズとともに街を出る

「それはないだろう、ワトスン。『ブラッドショー』で使われる語
彙は簡潔にして凝ってはいるが、かたよっている。単語の選定が、
一般的メッセージを送るにはまず役立ちそうにない。『ブラッド
ショー』ははずそう。

――シャーロック・ホームズ【〈恐怖の谷〉より】

1839年、ジョージ・ブラッド
ショーは、ヴィクトリア朝時代
の鉄道旅行者に欠かせない鉄
道ガイドの第1号を発売した。
ホームズとワトスン以外にも、
これを使っていた小説中のキャ
ラクターはいる。あのドラキュ
ラ伯爵も、英国への旅に備え
てブラッドショーをチェックして
いたのだ。

1830年代、英国で蒸気機関車による鉄道旅行が始まると、国内の鉄道網は急速に発展していった。19世紀末には約29,000キロの線路が国中を縦横に走り、150社が鉄道を運営していた。世界初の鉄道時刻表である『ブラッドショー鉄道案内』は、1841年に8ページしかなかったものが1,000ページ近くにまで膨れ上がったのだ。

　蒸気機関車とこのガイドブックがなければ、ホームズがロンドンの外へ出かけるのは、時間がかかるうえに困難なものとなっていただろう。当然ながら、ホームズは『ブラッドショー』を持っていた。鉄道で移動する人は、みな持っていたのだ。

　モリアーティ教授という鎖につながる環として最も弱い存在であったフレッド・ポロックからの暗号メッセージを解読する際、ワトスンが『ブラッドショー』を思いついたのは、ごく自然のことだろう。ホームズも、鍵となるのは「誰もが持っているような」大型本のページ番号に違いないと結論づけていた。

　だが、ヴィクトリア朝時代の旅行者には必須のものであっても、暗号を解読するためには言葉が圧倒的に不足していた。ジョージ・ブラッドショーがこのガイドブックを考案した際、そんな用途に用いられるとは夢にも思わなかったろう。

　ロンドンの街をすばやく移動するとき、知ってのとおりホームズとワトスンは辻馬車を好んで使った。馬車鉄道や乗合馬車で時間を浪費することはなかったのだ。ベイカー・ストリート駅がすぐそばにあったのに、彼らが地下鉄を利用したと書かれているのは〈赤毛組合〉でオルダーズゲイト駅まで乗った一度しかないということが、それを物語っていると言えよう。ただしこの世界初の地下鉄は、乗り心地のいいものではなかった。1884年にサークル線

が完成したとき、《ザ・タイムズ》紙は「誰も受けたいとは思わないような、一種の軽い拷問」と評した。1890年には、シティ・アンド・サウス・ロンドン鉄道が世界初の大深度路線を開通させた。だが32人乗りの客車3両で構成された列車には窓がなく、すぐに"イワシの缶詰列車"と呼ばれるようになった。

　今日の地下鉄は、ラッシュアワーでないかぎりカンヅメ状態にはならないが、ホームズのように都市郊外へ出かけ、楽しい目的地に向かうとき、私たちは地下でなく地上を走る列車を好む傾向がある。そして、単に見るだけでなく観察するからこそ、旅の行程で最初に降りる駅のすばらしさに気づくのだ。

●フレンチ・コネクション

　スコットランド・ヤードの刑事たちに探偵術を教える用事のないとき、ホームズは海外に呼ばれることがよくあった。〈最後の事件〉でワトスンが書いているように、1891年の早春、彼はフランスにいて、「フランス政府の依頼で重大な事件を手がけて」いた。ロンドンに戻ったホームズは、ワトスンを連れてヴィクトリア駅から大陸行きの急行列車に乗り込むが、手荷物は列車に残したままカンタベリ駅で降り、ニューヘイブンからディエップ行きのフェリーに乗る。誰もが最後の運命的な冒険となることを危惧する旅だ。
「まだ雪深いゲンミ峠を越え、インターラーケンを経てマイリンゲンへ向かった」とワトスンがこともなげに書いていることから、鉄道の旅がどれほど進歩したかがわかる。だが現代はさらに簡単になった。パリで昼食をとるとしたら？　**セント・パンクラス駅**からユーロスターに乗れば、

2時間ちょっとでフランスの首都に着く。ルーヴル美術館を訪ねるのもいいだろう。ホームズは〈ギリシャ語通訳〉の中で、自分は「フランスの画家ヴェルネ」の血筋だと言うが、エミール・ジャン=オラース・ヴェルネはパリ生まれで、彼の両親はフランス革命時代にパリに住んでいた。

　あるいは、セント・パンクラス駅のホテルに滞在して、ヴィクトリア朝時代の芸術作品である、ウィリアム・ヘンリー・バーロウが計した鋳鉄製シングルスパンの大屋根（トレインシェッド）を見上げるのもいいだろう。210メートル×73メートルの広さで線路から30メートルの高さにあるこの屋根は、1868

年に駅が開業した当時、それまでに建設された中で最も高く、最も広いもので、世界最大の閉鎖空間をつくり出していた。

ジョージ・ギルバート・スコットが設計したミッドランド・グランド・ホテルは、6000万個のレンガを使った300室のゴシック・リバイバル建築で、セント・パンクラス駅とその間口の一部を形成していた。1870年代に開業したこのホテルは、1935年にホテルとしての営業を終了し、鉄道事務所となった。1960年代には取り壊しの危機にさらされ、1980年代後半から修復が始まる1990年代半ばまで空きビルとなっていた。現在は**セント・パンクラス・ルネッサンス・ロンドン**と改名され、ヨーロッパ最長のシャンパン・バーでグラスを傾けることができる。だが、ここでひとつ憂鬱な考えを述べなければならない。〈花婿の正体〉のメアリ・サザーランドは、結婚式のあとセント・パンクラス・ホテル、つまりミッドランド・グランドで朝食をとることになっていたが、シャンパンによる乾杯はできなかった。ホズマー・エンジェルに騙され、教会の祭壇に取り残されることになったからだ。

◉丘の上の学校

意外に思うかもしれないが、〈まだらの紐〉でロイロット博士がヘビに咬まれて死んだあと、ホームズとワトスンがヘレン・ストーナーを朝の列車で**ハロウ**のおばのもとに送ったとき、**マールボン駅**は存在しなかった。ロンドンに乗り入れる幹線鉄道の最後のセクションとして終着駅マールボンが開業したのは、1899年3月のことだった。赤レンガ造りの駅舎は技師ヘンリー・ウィリアム・ブラドックによって設計され、20世紀には桂冠詩人ジョン・ベチェマン

開業直後のセント・パンクラス駅にあった、ジョージ・ギルバート・スコットによるゴシック・リバイバル建築、ミッドランド・グランド・ホテルのエントランスホール。伝声管や昇降機（エレベーター）などの最新設備を備えていた。

が、「［その古風な趣は］ノッティンガムの公共図書館が、思いがけずロンドンにやってきたようだ」と評した。現在、列車はチルターン鉄道に乗り入れており、マールボン駅からわずか12分でハロウ・オン・ザ・ヒル駅に行くことができる。

〈三破風館〉の冒頭ではスティーヴ・ディクシーがホームズに「ハロウの件に首を突っこんだら命があぶない」と警告しているが、弱気になる必要はない（ホームズ・ファンでこの物語を快く思う人はあまりいないようだが）。1899年、ハロウ・オン・ザ・ヒルのグローヴ・ヒルは、運転手が死亡した英国初の自動車事故の現場となった。記念のプレートには「注意」と書かれている。だがハロウ・オン・ザ・ヒルは昔ながらの懐かしい村といった雰囲気を保っており、危険な感じはまったくない。

その名を冠した丘の頂上には、11世紀にランフランクス大司教によって創設されたセント・メアリ教会がある。玄関脇には、5歳で亡くなったバイロン卿の非嫡出子アレグラを記念するプレートが掲げられている。「付き合うには

制服の燕尾服と麦らカンカン帽に身を包んだハロウ・スクールの生徒たち。当時13歳だったハロウ出身者ベネディクト・カンバーバッチは、笑劇のフランス人メイドのオーディションを受けたとき、羽ぼうきを使った芝居による「直感と知性」で演劇教師を感心させた。

狂気じみてワルで危険な相手」[恋人のひとりキャロライン・ラムの言葉]と言われたバイロン卿は、エリザベス1世の治世に設立されたハロウ・スクールに通った。そこで第2代クレア伯爵ジョン・フィッツギボン、および第5代デ・ラ・ウォー伯爵ジョージ・ジョン・サックヴィル＝ウェストと出会い、3人の学生（スチューデント）は永遠の友人となった。「学校での友情は、私にとって情熱そのものだった（私はいつも乱暴だったから）」とバイロンはのちに書いている。

　ハロウ・スクールの建物には、ミッドランド・グランド・ホテル（225ページ）で有名なジョージ・ギルバート・スコット作のヴォーン図書館や、ヴィクトリア朝の礼拝堂などがある。1819年から21年にかけて建てられたハロウのオールド・スピーチ・ルーム・ギャラリーを訪れ、ギリシャやエジプトの古代美術品や昔のハロウ・スクール出身者の胸像といったコレクションを鑑賞することができる。

　同窓生には、サー・ウィンストン・チャーチル、劇作家のテレンス・ラティガン、それにBBC『SHERLOCK／シャーロック』のベネディクト・カンバーバッチがいる。カンバーバッチは12歳のときに学校［ハロウではない］の劇『真夏の夜の夢』のティターニア役で初舞台を踏んだが、彼はラティガンを記念した《テレンス・ラティガン協会》のメンバーでもあった。

●ハムステッド・ハイ

　ハムステッドにある"恐喝王"チャールズ・オーガスタス・ミルヴァートンの屋敷、アップルドア・タワーズ。真夜中の書斎では暖炉の格子で火が燃え上がっている。ミルヴァートン自身は、恐喝の被害者である女性に撃たれて床

ロンドン最大の一般公開緑地であるハムステッド・ヒースは、池で有名だ。ミュージック・ホールの歌に「アッピー・アムステッド」(ハッピーなハムステッド)と謳われ、ロンドンの日帰り旅行者に人気の場所だったが、ホームズとワトスンにとっては敵地だった。

　に倒れている。カーテンのかげで一部始終を見守っていたホームズとワトスンは、依頼人レディ・エヴァ・ブラックウェルを危うくする手紙を暖炉にくべ、裏手の塀をよじのぼって追っ手から逃れ、「広大なハムステッド・ヒースの原っぱを一目散に駆け抜けた」のだった。
　2人はいつものように辻馬車を使ってチャーチ・ロウまで行き、そこからアップルドア・タワーズまで15分ほど歩いたのだが、私たちは地下鉄ノーザン線でハムステッド駅まで行こう。そこからホーリー・ヒルを歩き、ホーリー・ブッシュ・ヒルで右折するとハムステッド・グローヴだ。

この通りには、17世紀に建てられた商人の邸宅、**フェントン・ハウス**があり、ナショナル・トラストに指定されている。すばらしい邸宅が立ち並ぶロンドンの一角に現存する、最古の邸宅だ。ここがアップルドア・タワーズのモデルになったとは断言できないが、塀に囲まれた庭があり、訪問者は彼ら2人組のように印象的な門から中に入るのだ。

　邸宅の中には、陶磁器やアンティークの鍵盤楽器であふれている。バルコニーからはロンドンを一望でき、林立するクレーンのむこうにセント・ポール大聖堂のドームが見える。

　ロンドンで最も標高の高い場所のひとつである**ハムステッド・ヒース**には、古代の森林地帯と野生生物の宝庫である草原が混在している。数ある池のうち、3つは沐浴用に指定されており、1つは男性用、1つは女性用、3つ目は男女兼用で、フリート川の源流から湧き出している。

　ホームズとワトスンがそうしたようにヒースを避けながら、駅から北へ向かってヒース・ストリートからスパニアーズ・ロードに入る。1キロほど行くと、ロンドンでも最古のパブのひとつである、《スパニアーズ・イン》がある。ここは詩人**ジョン・キーツ**が「ナイチンゲールに寄す頌歌」を書いたと言われている場所だ。キーツのかつての住まいは現在キーツ・ハウス博物館と文学センターになっており、ハムステッド駅を左に出て502号線を下り、左折してダウンシャー・ヒルに入り、右折してキーツ・グローヴに入った10番地にある。ワトスンが診断したようにホームズの文学への興味がゼロであったなら、キーツのことなどは気にも留めなかっただろうが、それは疑わしい。

●男爵たちと君主制

〈高名な依頼人〉でホームズは、辻馬車に乗って**キングストン・アポン・テムズ**の近くにあるアデルバート・グルーナー男爵の屋敷、ヴァーノン・ロッジを訪ねた。

この町はチャリング・クロスから12マイル（約20キロ）離れているが、1日に40マイル（約64キロ）も市内を走り回るのに慣れた辻馬車の馬にとっては、快適な道のりだったろう。しかも御者には1マイル（約1.6km）につき6ペンスの運賃にチップが上乗せされるから、うまくいけばかなりの儲けだ。

私たちの場合は、**ウォータールー駅**（〈背中のまがった男〉でオルダーショットから帰ってきたホームズが夕食をとった駅）から列車を使えば30分もかからない。ここは当時英国で最も混雑していた駅で、1890年代後半には毎日5万人もの乗客が降り立ち、大混乱に陥っていた。コナン・ドイルの友人ジェローム・K・ジェロームは、テムズ川でのボートの旅をユーモラスに綴った『ボートの三人男』（1889年）の中で、キングストン行きの列車がどのホームから出発するのかわからないという当時の状況を皮肉っている。「ウォータールーでは、列車がどのホームから発車するのか、あるいは発車した列車がどこへ向かうのか、誰も知らない。何も知らないのだ……」今はそんなこともないだろう。

ホームズの「キングストンの近く」という言葉は、ヴァーノン・ロッジの所在を知る上であまり役に立たないが、私たちはキングストン・ヒルから東へ行き、"大富豪通り"と呼ばれるクームに向かおう。クームロードをかなり進んでから左折してウォレン・ロードに入る。距離は相当あるが町の中心部にあるクロムウェル・ロード・バスス

テーションからバス（K3または85）で15分ほど乗れば着く。

　ワトスンは、こう書いている。「みごとな屋敷と庭だった。……両側に低い木の植え込みを配して曲がりくねる長い馬車道の先に……好景気の時代に南アフリカの金鉱王が建てたもので……堅牢で堂々としている」【〈高名な依頼人〉】。ヴァーノン・ロッジはなくても、このウォレン・ロードの先にある**ウォレン・ハウス**を紹介することはできる。ウォレン・ハウスは確かに美しい三破風館で、堅牢で堂々としている。ワトスンは鎧窓やひし形レンガ積み、紋章が描かれた石造りの外廊下などについては言及していないが（代わりに「四隅の小塔」は書かれている）、本当のことを書かずに脚色している可能性もある。

　この家は、1860年にケンブリッジ公爵から借りた土地に、英国陸軍の銀行であるコックス・アンド・カンパニーのヒュー・ハマーズリーのために建てられた。この銀行の金庫には、ワトスンがホームズの事件に関する書類を詰め込んだ「使い古してくたびれたブリキの文書箱」が保管されているはずだ【〈ソア橋〉】。ハマーズリーは、極東から持ち込まれたシャクナゲやモクレンの標本で有名な、隣接する《クーム・ウッド・ナーサリー》の一部を取得した。

　　　訳者附記：イギリス園芸商ヴィーチ商会のジョン・グールド・ヴィーチはプラントハンターとして1860年に来日し、日本各地の植物をイギリスに持ち帰ってクーム・ウッド・ナーサリーで育てた。ここにはイギリス初の日本庭園を含む《ザ・ガーデンズ》がある。

　1884年、《ウォレン・ハウス》は2代目ウォルヴァートン男爵ジョージ・グレンフェル・グリンに売却され、建築家ジョージ・デヴェイによって増築された。1895年には、

セシル・ローズの英国南アフリカ会社の初期の取締役であり、株式仲買人であり街の金融業者であったジョージ・コーストンに賃貸売却され、1907年にレディ・メアリ（ミニー）・パジットが自由所有権を購入した。〈高名な依頼人〉の舞台は1902年だが、執筆されたのは1924年で、彼女が購入してから17年後のことである。ドイルと同様、ミニーの夫であるサー・アーサー・ヘンリー・フィッツロイ・パジット将軍は、第二次ボーア戦争で南アフリカに従軍した。ドイルほどではないが、パジットはミスター・フィッツロイとして小説を書いていた。ミニーは、その美貌とすばらしい宝飾品のコレクション、そして文学サロンで知られていた。彼女の家には「文学と芸術の重要人物たち」がよく訪れたという。

　ウォレン・ハウスとヴァーノン・ロッジ……曲がりくねった馬車道？　オーケー。低い木の植え込み？　オーケー。男爵が住んでいる？　オーケー。南アフリカとのつながり？　オーケー。

　だからといって、コナン・ドイルがこの場所を知っていて、グルーナー男爵の邸宅のモデルとして使ったと言うわけではない。ホームズ研究者なら誰でも知っているように、データを得る前に理論をたてるのは間違いだ。理論に合わせて事実をねじ曲げてしまうから。確かに言えるのは、現在ホテルになっているウォレン・ハウスでアフタヌーン・ティーが楽しめるということだろう。予約は必須だが。

　1927年にコナン・ドイルが礎石を据えたキングストン・ナショナル・スピリチュアリスト・チャーチを見に行くのもいいが、キングストンの最大の魅力は、川沿いの立地だろう。おすすめは、テムズ川沿いの道であるクイーンズ・プロムナードを（ボートやアヒルや白鳥を見ながら）サー

第8章　霧の向こうへ　　233

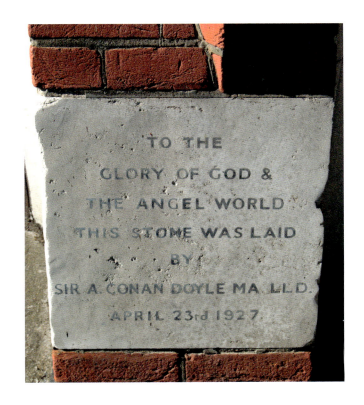

コナン・ドイルが死の3年前に建立した、キングストン・ナショナル・スピリチュアリスト・チャーチの礎石。理性的で迷信にとらわれない名探偵を生み出したにもかかわらず、彼は最後まで死後の世界を信じていた。

ビトン方面へ散策することだ。だがもっといいのは、川を渡ってホーム・パークを散策したり、（3月から10月までなら）ボートに乗ってハンプトン・コート・パレスに行くことだろう。

　トマス・ウルジー枢機卿によって建てられたハンプトン・コート・パレスは、ヘンリー8世の「提案」によって王に進呈された。クリストファー・レンによって共同統治時代のウィリアム3世とメアリ2世のために改築され、最近ではガイ・リッチー監督の『シャーロック・ホームズ シャドウゲーム』のロケ地となった。チューダー朝の厨房を見ることができただけでなく、プライベートガーデンは

パリの公園の代わりとなり、中庭はモリアーティの大学の入り口となったのだった。

●天文学者のためのグリニッジ

〈四つの署名〉でオーロラ号を追ってテムズ川を下る警察の蒸気艇は、ロンドン初の旅客鉄道であるロンドン・アンド・グリニッジ鉄道が走っていたグリニッジを通り過ぎた。1836年に開通したこのロンドン発の高架鉄道は、878のアーチが途切れることなく連なる高架橋であり、ロンドン・ブリッジ駅から3マイル（5.5km）の距離があった。王立工兵隊の退役大佐、G・T・ランデマンの創意工夫の勝利である。

グリニッジにはキャノン・ストリート駅から列車に乗ればいいが、運転手のいないドックランズ・ライト・レイルウェイ（DLR）でカティ・サーク・フォー・マリタイム・グリニッジ駅に向かうこともできる。川を使うのであれば、エンバンクメントやタワー、ウェストミンスターなどの埠頭から乗船し、グリニッジ埠頭で下船して、有名な小

乗車券。ロンドン・アンド・グリニッジ鉄道は、王立工兵隊の退役大佐が通勤列車を運ぶための高架橋を考案したことにより、建築された。美しい景観を誇っていたが、今では都市のスプロール現象に飲み込まれてしまっている。

型快速帆船カティ・サーク号（1869年進水）と旧王立海軍大学の近くまで行くこともできる。アイル・オブ・ドッグズから、アレクサンダー・ビニーが設計し1902年に開通したグリニッジ・フット・トンネルを通って横断する方法もある。内径9フィート（2.7m）、長さ1,215フィート（370m）、深さ50フィート（15m）の白いタイル張りのトンネルに、靴音が反響する。行く前に閉鎖の有無を確認しよう。

現在**旧王立海軍大学**として知られる建物は、1694年に女王メアリ2世が、高齢の船員や負傷した船員、病気の船員のための王立船員病院として建設を依頼した。女王が建

旧王立海軍大学の日の出。もとはメアリ2世の人生"最愛のもの"としてクリストファー・レンが設計した、退役船員のための慈善病院だった。クイーンズ・ハウスとグリニッジ・パークを囲むように2つに分かれている。映画『シャーロック・ホームズ　シャドウゲーム』のロケ地にもなった。

築家のクリストファー・レンにつけた条件はただひとつだけ、クイーンズ・ハウスから見える川の眺望を損なってはならないということだった。だが、名誉革命後にウィリアム3世と共同統治をしていたメアリ2世は、建物の完成を見るまで生きられなかった。レンはその後、バロック様式の傑作を2つの部分に分けて建設することにした。完成には1696年から1751年まで半世紀以上を要したが、船員は1706年から入所できた。レンはニコラス・ホークスムアとともに働き、その後レンの設計をジョン・ヴァンブラが引き継いだ。テムズの対岸から見ると、旧大学の建物とクイーンズ・ハウスが左右対称に並んでいる。グリニッジから眺めると、北岸にカナリー・ワーフのタワーが立ち並び、崇高さは感じられない。

　芸術家ジェイムズ・ソーンヒルが壁画を装飾したペインテッド・ホールは、ダイニング・ホールとして使用する予定だったが、あまりに壮観なバロックの傑作となったため、退役海兵隊員たちは中に入ることができなかった。病院は1869年に王立海軍大学となり、現在は立派なグリニッジ大学が入っている。ガイ・リッチー監督の『シャーロック・ホームズ　シャドウゲーム』など、映画にも頻繁に登場している。2009年の映画『シャーロック・ホームズ』では、クイーン・アンズ・コートで街頭シーンが撮影された。見学も可能。

　旧大学の東側にあるパーク・ロウを川に向かって歩けば、ホームズの時代と変わらないパブ、**トラファルガー・タヴァーン**が川沿いにある。グレードⅠの英国指定建造物であるこの店は、チャールズ・ディケンズに愛され、彼は『互いの友』で、ベラ・ウィルファーとジョン・ハーモンの結婚式の朝食会にこの店を使った。このパブは、テムズ川から直送されるシラスで有名だった。シラスは今で

第8章 霧の向こうへ　　237

ヴィクトリア女王の戴冠式の年に建てられたトラファルガー・タヴァーンは、テムズ川に面している。〈四つの署名〉で警察の蒸気艇がオーロラを追うところを、ここの客が張り出し窓やテラスから眺めていたかもしれない。

もメニューにあるが、幸いなことにこのあたりで獲れたものではない。建物はジョゼフ・ケイの設計により、1837年に建てられた。石畳のテラスからホレイショ・ネルソンの銅像が右手に海軍条約文書を持って見つめている。

　鉄道の登場は、一般の人々の時間管理に対する考え方に影響を与えた。時刻表を初めて編纂したジョージ・ブラッドショーの悪夢を想像してみてほしい。英国の東側では西側よりも1時間半進んでおり、みんながローカルタイ

ムを使っているのだ。何よりも時刻の統一が必要となり、標準時の採用が急がれたのだった。

1884年、ワシントンDCで開かれた会議で、グリニッジが世界の本初子午線［経度0度0分0秒と定義された基準の子午線（経線）］の場所に選ばれた。グリニッジ・パークの急な坂道を登って**王立天文台**へ行くと、経線をまたいで東半球と西半球に足を置くことができる。現在は博物館となっている王立天文台は、1675年にチャールズ2世がクリストファー・レンに設計を命じたものだ。建物の名前であるフラムスティード・ハウスは、王室天文官ジョン・フラムスティードを想起させる。フラムスティードはチャールズ2世によって、「航海術と天文学を完成させるため、天体の運動と恒星の位置の表を修正することに、最も注意と勤勉さをもって専念するように」と任命されたのだった。

ホームズは〈緋色の研究〉の中で、コペルニクスの理論について無知であることを告白し、太陽が地球のまわりを回っていようとその逆だろうと関心がないと公言している。これは、彼が〈ギリシャ語通訳〉で黄道の傾斜角が変わる原因について論じていることや、〈マスグレイヴ家の儀式書〉で「天文学者の言う個人誤差」についてさりげなく言及していることと矛盾する。だがホームズは、常に自分の知識を磨いていた。そのために彼は、この王立天文台を訪れたのではないだろうか。モリアーティ教授が『小惑星の力学』の著者として知られていることからも、天文学に興味をそそられたはずだ。〈恐怖の谷〉ではこの著書について、「あれは純粋数学の頂点とまでもてはやされる本で、専門家でもほとんど理解できなかったらしいじゃないか」とワトスンに言っている。彼は現代のプラネタリウムも気に入ったことだろう。

自分の時計に注意していて、お昼になったら天文台の外

に出よう。1833年以来ずっとそうしてきたように、12時55分になると建物のてっぺんにある赤いタイムボール（世界最古の公共時報のひとつ）が上昇しはじめ、午後1時ぴったりに落下するのだ。そのようすを見届けてから、公園を出よう。

公園の門を出て大通り（A2）を渡れば、そこは〈ノーウッドの建築業者〉のジョン・ヘクター・マクファーレンが住み、若き日のワトスンが地元のクラブでラグビーをしていた**ブラックヒース**である。ワトスンは〈隠居した画材屋〉で、ブラックヒース駅から列車でロンドン・ブリッジ駅に向かった。われわれもそうすることができる。

コナン・ドイルはブラックヒースに特別な思い入れがあったはずだ。1897年、彼はここで14歳年下のジーン・レッキーと出会い、恋に落ちた。両親と一緒に住んでメゾソプラノ歌手になるための勉強をしていた、快活な女性だ。一方、ドイルの妻（愛称トゥーイ）はこのころまでに重い病気を患っていた。1893年10月に「奔馬性肺結核」と診断されたが、医師の見解を覆して1906年まで生き延びた。その1年後にドイルはジーンと結婚している。それまでのあいだ二人は「プラトニック」な関係であったと本人は主張しているが、「身体的関係はなかった」という表現のほうが正確かもしれない。

ジョージ王朝時代、裕福なロンドン市民の多くがその汚い街を捨てて、グリニッジやブラックヒースの健康的な高地へと移っていった。そのため、ここにはすばらしい歴史的建造物が数多く残っている。ブラックヒースの一角にある《ザ・パラゴン》はジーン・レッキーに直接関係ないかもしれないが、マイケル・サールズが1793年から1807年までに設計したジョージアン様式の邸宅が14軒、三日月形に並んでいる場所が、そう呼ばれている。列柱廊でつ

ながった、7組の半独立住宅（2軒連続住宅）だ。入居者は「芸術や神秘主義に関係したり商売を営むこと」を禁じられており、学校の教師や魚屋も排除されていたが、グリニッジで学校を経営し、詐欺と異性装で告発されたイライザ・ロバートソンとシャーロット・シャープの入居を妨げることはできなかった。

　ブラックヒースは何世紀にもわたって、英仏海峡を越えてこの地を訪れる人々を歓迎し華やかに彩る場所だった。1540年1月、ドイツ出身のアン・オブ・クレーヴズは、ブラックヒースでの華やかな宴で国王ヘンリー8世やロンドン市長、市会議員、市民に迎えられ、グリニッジの王宮に送られて、国王の4番目の妻となった。一方、1660年5月

ブラックヒースの《ザ・パラゴン》。列柱廊でつながったジョージアン様式の優雅な半独立住宅（2軒連続住宅）が、三日月形に建つ。コナン・ドイルの2人目の妻ジーン・レッキーは、ブラックヒースに住んでいた。南イングランドにある海峡港からの途上にあるため、歴史上の人物の出入りが多い。

29日には、亡命先から帰還したチャールズ2世が歓喜に包まれる中、ここで祝宴を開いた。この日ほど忘れがたい日はないだろう。チャールズ2世もかつての王立天文台も、今はない。

2009年の映画『シャーロック・ホームズ』でワトスンを演じたジュード・ロウは、このブラックヒースで育ち、地元のジョン・ボール小学校に通った。この学校名は、1381年に起きた《ワット・タイラーの乱》のときブラックヒースの結集地で参加者に説教した、ロラード派の司祭ジョン・ボールにちなんでいる。「束縛のくびきを捨て、自由を取り戻せ」と説教したボールは、その年の暮れ、リチャード2世の面前で処刑された。

休日や祭日のブラックヒース村はいつも賑やかだが、「トランキル・ヴェール」［静かな谷間の意味］という素敵な名前の中央通りに個人商店やカフェが並び、紛れもなく「村」と言えるだろう。ストラディヴァリウスの修理が必要なら、バイオリン工房もある。

◉高くて低いノーウッド

ロンドン南東部には、サウス、アッパー、ウェストの3つのノーウッドがあり、それぞれに鉄道駅（ノーウッド・ジャンクション、クリスタル・パレス、ウェスト・ノーウッド）があってロンドン・ブリッジとヴィクトリアから列車が出ているが、地下鉄駅はない。コナン・ドイルは1891年から1894年までサウス・ノーウッドのテニスン・ロード12番地に住み、地元のクリケット・チームでプレーした。〈四つの署名〉のアセルニー・ジョーンズは、ノーウッド警察署へ出張中に事件に出会った。

アッパー・ノーウッドの一部である、現在"クリスタ

ル・パレス"とも呼ばれるエリアから出発しよう。1851年にハイド・パークで開催された万国博覧会でこの地につくられた、水晶宮(クリスタル・パレス)からとられた名称だ。万博後、ジョゼフ・パクストンによる不思議なガラスハウスは解体され、1852年から1854年にかけてシドナム・ヒルのそば、ペンジ・コモンに再建された。1936年11月、この"人民の宮殿"が全焼し、夜空が真紅に染まったのを覚えている人は、まだいるかもしれない。その後1960年代には取り壊しなどの問題もあったが、アッパー・ノーウッドのチャーチ・ロードと周辺の通りには、19世紀に建てられた宝物のような建物がいくつか残っており、〈四つの署名〉でインドから帰っ

アナーリー・ヒルを登ると、クリスタル・パレスへ、そして〈四つの署名〉に出てくるショルトー少佐のポンディシェリ荘のあった、アッパー・ノーウッドへと続く。パレスは1936年に焼失したが、公園内にはそのロマンを感じさせる名残が残っている。

て優雅に暮らしていたショルトー少佐のポンディシェリ荘を想像する助けとなってくれる。

一方、**クリスタル・パレス・パーク**に残る石造りの欄干やアーチ、テラスにも、スフィンクスや頭部のない像など、ロマンを感じさせるものがある。〈黄色い顔〉のグラント・マンロウが心に不安を抱きながら敷地内を1時間ほど歩いたとき、パレスはまだ建っていた。今は取り壊されて久しいハイ・レベル駅（クリスタル・パレス駅）へと続いていた、シャンデリアに照らされた豪華なタイル張りの地下道は、一般公開される日が来るかもしれない［2024年に修復が終わり、公開されることが決まった］。巨大な迷路も改修されたが、森や池、草原からなるこの公園のユニークなアトラクションは、ベンジャミン・ウォーターハウス・ホーキンズによって1853年につくられたコンクリート製の「恐竜」である。ハンター博物館の学芸員リチャード・オーウェンが“恐竜”という名称を考案してから、わずか10年後のことだ。グレードIの英国指定建造物であるこの実物大の彫刻は、30体以上あり、当時の知識を反映した世界初のものである。

アッパー・ノーウッドをあとにする前に、あるすばらしい“犬の探偵”についてひと言。1966年のFIFAワールドカップを前にして、ジュール・リメ・トロフィーが陳列棚から盗まれたとき、ピクルスという名の犬が、〈スリー・クォーターの失踪〉のポンピーよろしく、ビューラー・ヒル［クリスタル・パレス・パークの西を走るアッパー・ノーウッドの通り］に駐車した車のそばで見つけたのだ。

ウェスト・ノーウッドは以前、“ロウア・ノーウッド”と呼ばれ、〈ノーウッドの建築業者〉のジョナス・オウルデイカーが住んでいた。だが、彼の《ディープ・ディーン・ハウス》が「シドナムという名の通りのシドナム・エン

ド」に見つかる望みはない（この表記では地図で見つけられない）。住んでいる人たちには失礼かもしれないが、この地域の名物は墓地である。ノーウッド・ロードにあるこの墓地は、いわゆる"マグニフィセント・セブン"（176ページのブロンプトン墓地参照）の2番目だ。1836年から1837年にかけてゴシック・リバイバル様式で建設され、ロンドンで最もすばらしい墓碑のコレクションがあると言われている。葬儀芸術［死者の遺骨の保管場所を形成または配置する芸術作品］の愛好家なら、きっと一日中楽しめるだろう。もちろん、ホームズとのつながりもある。ここにはイザベラ・ビートン（料理と家政に関する著書で名声を博し、28歳で出産により死去）が眠る、素朴な墓があるのだ。ビートン夫人とその夫、サミュエル・オーチャート・ビートンを記

クリスタル・パレスの"恐竜"は、絶滅した15種類の生物を30体以上の実物大彫刻で復元している。先史時代の広い範囲にまたがっており、ヴィクトリア朝時代の威勢の良さと相まって、その正確性は千差万別だ。

念する石碑も建てられている。サミュエルは、あの年刊誌《ビートンズ・クリスマス・アニュアル》の創刊者だった（1887年に〈緋色の研究〉が掲載されたときは亡くなっていたが）。

　ウェスト・ノーウッドから北へ進み、ブロックウェル・パークを横切ってその水泳プールを過ぎれば、もっとトレンディなブリクストンに到着する。〈ブラック・ピーター〉のスタンリー・ホプキンズや〈海軍条約文書〉のタンギー夫妻が住んでいたところだ。〈三人のガリデブ〉では、夢破れたネイサン・ガリデブがショックから立ち直れずに、ここの老人ホームに入った。ホームズがここに立ち寄ったころ、その一部は田園地帯だった。また、〈青いガーネット〉に登場するブリクストン・ロード117番地のオークショット夫人は、卵と家禽の業者であった。だから、街なかであるブリクストン・ヒルの近く、ブリクストン刑務所から見えるブレナム・ガーデンズに19世紀初頭の風車があっても、別に驚きではないだろう。

ホームズとワトスン。BBCテレビの「感動のジェットコースター・ドラマ」、『SHERLOCK／シャーロック』の第1シリーズから。

あとがき
不滅のシャーロック・ホームズ

「わが変幻自在の才は、歳月にも枯れず、習慣にも朽ちず」
　　　　　——シャーロック・ホームズ【〈空き家の冒険〉より】

読者の皆さんはすでにご存じと思うが、1893年12月に発表された〈最後の事件〉においてコナン・ドイルは、ホームズが宿敵モリアーティ教授との死闘の末、ライヘンバッハの滝で命を落とすように仕向けた。それは作者による「巧みに練り上げられた、血も涙もない殺人」【〈バスカヴィル家の犬〉12章】であり、ジャック・ステイプルトン（本名ロジャー・バスカヴィル）にこそふさわしいような行為であった。「ホームズを殺した」と、ドイルはノートに冷徹なほど淡々と書き留めた。彼はのちに、正当防衛を主張している。「もし私がシャーロック・ホームズを殺さなかったら、彼は間違いなく私を殺していただろう」と。

　忠実なる読者たちは、この行為に動揺した。ホームズ物語を掲載していた《ストランド・マガジン》のオフィスには、大量の手紙が殺到した。復活を求めるものもあれば、編集者や作家を脅迫するものもあった。「この人でなし！」と、ある女性はドイルに書き送った。約2万人の読者が購読を解約したのだ。

　当の作家は後悔していなかったが、彼は自分の生み出した探偵の命を助けてほしいという、愛する母親の懇願を無視したのだった。ホームズにはもううんざりしていた、と彼は語った。彼には、より文学性の高い作品を書きたいという野心があった。そうでない作品を書き続けるつもりはなかったのだ。

　だが、現代の私たちは幸せと言えよう。私たちは今、すべての正典をいつでも読むことができる。ホームズがこの世から消え去ったかのように思われた、不毛な9年間が当時の人たちにとってどんなに辛かったか、想像するしかないのである。

　その後1899年になって、ようやく活気の戻るような出来事が起きた。アメリカの俳優兼脚本家のウィリアム・ジ

滝から落ちる、ホームズ（グラナダTVシリーズのジェレミー・ブレット）とモリアーティ。ワトスンは、2人がライヘンバッハの滝から落ちて完全に死んだと思いこんだ。

あとがき　249

レットが、ホームズを舞台劇に登場させたのだ。ドイルは
このプロジェクトに大きな可能性を見出していたが、自分
の生み出したキャラクターにあまり関心がなかったよう
で、ジレットが「劇中でシャーロック・ホームズを結婚
させてもいいでしょうか」と尋ねたとき、「結婚させても
殺しても、好きなようにしてかまわない」と答えたのだっ
た。それでも、彼は多少のためらいを見せた。ジレットの
脚本を読んだとき、「あの男が戻ってきてくれてうれしい
よ」とつぶやいのだ。

　ジレットの戯曲『シャーロック・ホームズ──4幕物の
ドラマ』は、1899年10月にニューヨーク州バッファロー
で初演され、その後ブロードウェイで大成功を収めたが、
ロンドンでは賛否両論の評価を受けた（153ページ参照）。
ジレットは30年間ものあいだ、このタイトルロールを1,300
回以上も演じることになる。

　舞台初演から2年後、ドイルは後悔したというより、妥
協することになった。ホームズに新たな命を吹き込むよう
という、世間の圧力に屈したのだ。彼の最も有名な長編小
説〈バスカヴィル家の犬〉は、1901年に雑誌連載が開始さ
れ、1902年に単行本として出版された。ただ、これは過去
を振り返る形で語られた作品であり、ホームズは依然とし
て公式には行方不明で、死亡したものとされていたのであ
る。

　しかし1903年に、1894年の出来事として発表された短編
〈空き家の冒険〉により、すべてが変わることになった。
ホームズは再び元気な姿で登場し、ベイカー・ストリート
に戻ってきた。そして《ストランド・マガジン》の購読数
は3万部増加した。

　1886年に〈緋色の研究〉を執筆し、世界初のコンサル
ティング探偵を生み出したとき、この若い作家は、自分が

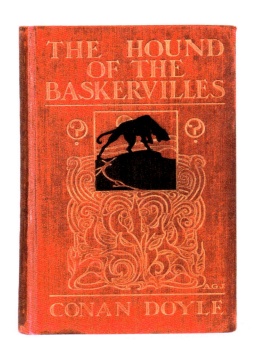

死後の物語。〈バスカヴィル家の犬〉の単行本初版。ファンはありがたくこの作品を受け入れたが、物語は過去のものであり、彼らのヒーローは公式には依然として死んだままだった。読者はドイルがホームズを復活させるまで、さらに1年待たなければならなかった。

文学史上最も息の長い主人公を生み出し、それが最も頻繁に描かれるキャラクターとなるとは、夢にも思っていなかっただろう。現在までにホームズは300本以上の映画に、そして数えきれないほどのラジオドラマ、テレビ番組、舞台劇に登場している。人形劇やマンガ、アニメ映画にも登場した。大成功を収めたBBCの『SHERLOCK／シャーロック』や、ガイ・リッチー監督の映画、CBSテレビの『エレメンタリー ホームズ&ワトソン in NY』、ミッチ・カリンの小説を原作とした、イアン・マッケランが老境のホームズを演じた映画『Mr.ホームズ 名探偵最後の事件』などは、記憶に新しいところだ。次は一体何が待ち受けているのだろうか。発表から140年近く経った今でも、ホームズの魅力はまったく衰えていない。衰えるどころか、色あせることなく、無限の多様性を保ち続けているのである。

◉無敵で不変の存在として

　ホームズ物語を本格的に映画化しようという試みは、1890年の長編〈四つの署名〉を原作とするサイレント映画『シャーロック・ホームズの冒険』が、1905年に制作されたことに始まる。その後10年間で、主にデンマーク、ドイツ、フランス、あるいは英仏共同制作によるサイレント映画が、50本以上制作された。

　1914年には、原作にかなり自由な脚色を加えて映画化

した『バスカヴィル家の犬』がドイツで公開された。一方英国では、ホームズのイメージに似ているということだけで起用されたジェイムズ・ブラギントンという制作スタッフが主演した『緋色の研究』が、英国初のホームズもの長編映画となった。その2年後には、それまで舞台でホームズを演じていた俳優ハリー・アーサー・セインツベリがブラギントンと交代し、『恐怖の谷』で主演を務めた。

　同じ年には、60代になっていたウィリアム・ジレットもサイレント映画『シャーロック・ホームズ』でホームズ役を演じている。当時、この役には高齢すぎるとの意見が大勢を占めたが、2014年、長らく行方不明になっていたその映画のフィルムが発見されると、まるでファイリングキャビネットの奥底からアグラの宝物が発見されたような騒ぎとなった。

　もうひとりの年配俳優、エイル・ノーウッドは、59歳のときにホームズのドレッシングガウンとペルシャ風スリッパを身につけ、1921年からロンドン北部に新設されたクリクルウッド・スタジオで撮影されたストール社の映画シリーズに主演した。ユーモアのセンスに富んだノーウッドは、変装によってほかの出演者やスタッフを欺いて楽しむこともあったという。ノーウッド（本名アンソニー・エドワード・ブレット）は、3年間にわたり45本の短編映画と2本の長編映画で47回もホームズを演じ、これはほかのどの俳優よりも多い回数であった。ドイルは彼のホームズ役を「名人芸」と褒めている。

　ホームズ映画で初めてのトーキーは、ドイルが亡くなる前年の1929年に公開された。パラマウントの『シャーロック・ホームズの生還』だが、主演を務めたクライヴ・ブルックの二枚目俳優のような美貌は、現代の感覚ではまったくそぐわないと言えよう。

1929年のパラマウント映画『シャーロック・ホームズの生還』で主役を務めた英国生まれの洗練された俳優、クライヴ・ブルック。ワトスン役のH・リーヴス＝スミスと並んでいる。ホームズ同様、ブルックも熟練のバイオリニストであった。

　その後のホームズ俳優で特に多くの人の印象に残るのは、1939年から1946年までにナイジェル・ブルースをワトスン役にして14本のホームズ映画に主演した、バジル・ラスボーンだろう。ただし、20世紀フォックス（当時）が制作した最初の2作のみがヴィクトリア朝時代を舞台としており、残りは1940年代に設定が変更されている。制作会社のユニバーサル・スタジオは、この変更について「アーサー・コナン・ドイルが創造したシャーロック・ホームズ

のキャラクターは、時代を超え、無敵で、不変である。現代の重大な問題を解決するにあたり、彼は依然として、これまで通り、最高の演繹的推論の達人である」と説明している。

1964年には、BBC制作の『まだらの紐』で、ダグラス・ウィルマーがテレビ版シャーロック・ホームズとして鹿撃帽をかぶる番が回ってきた。翌年には、さらに12本の作品で主演を務めている。

1984年から10年間にわたってグラナダTVのシリーズ『シャーロック・ホームズの冒険』の41エピソードで主演したジェレミー・ブレットのことは、多くのファンが鮮明に覚えているだろう。ブレットはホームズの人物像を忠実に体現しようと努力したが、のちに「ホームズは私にとって月の裏側のような存在になってしまった。あまりにも危険すぎる」と告白している。

ブレットは2014年に行われた「最も偉大なシャーロック・ホームズ」の投票で、ベネディクト・カンバーバッチやロバート・ダウニー・Jrを抑えてトップになった。しかし、比較的新しいスターたちにも時間を与えてほしい。

◉ホームズは心の中にいる

コナン・ドイルは自伝の中で、「人は死んで初めて正当に評価されるものだと言われるが、私がホームズを早々と葬り去ったことに対する一般からの抗議の声は、彼がいかに多くの愛好者をもっていたかを私に教えてくれた」と書いている。その数は当時も多かったが、今では数えきれぬほどいるのだ。

世界中の誰もが、シャーロック・ホームズを愛している。彼の冒険はほとんどすべての言語に翻訳され、その物

あとがき 255

我々がホームズを連想するキャラバッシュ・パイプを吸う、ジェレミー・ブレット。彼は1984年から1994年にかけてグラナダTVシリーズの41エピソードに主演した。ドイルがホームズを「心のない人間、つまり頭脳だけの人間」(〈ギリシャ語通訳〉)と表現したため、マクベスやハムレットを演じるよりも難しい役だったと告白している。

語が載った本が絶版になることは一度もなかった。地位の高いファンは、エジプト総督やオスマン帝国最後の君主だけでなかったし、旧ソビエト連邦でホームズは「壮大な強さと偉大な文化」の典型として、赤軍に推奨されていた。ホームズ物語は膨大な数の二次創作や、模倣小説、パロディ、スピンオフ、前日譚・後日譚、学術論文や学位論文、百科、注釈付き全集、作者の伝記、そしてホームズのロンドンを案内するガイドブックまでも生み出してきたのである。

　ファン・クラブや愛好会も、文字通り何百とある。《ロンドン・シャーロック・ホームズ協会》のほか、ニューヨークを拠点とする《ベイカー・ストリート・イレギュラーズ》(1934年設立) と、その支部である《プロヴィ

デンスの踊る人形たち》、《ボストンのまだらの紐》、《ボルチモアの六つのナポレオン》……さらには《デラウェア・ディアストーカーズ》、《クリーヴランドの這う男たち》、《ミネアポリスの瀕死の探偵たち》、《グルーナー男爵の友人たち》、《サクス・コウバーグ・スクウェアズ》、スウェーデンの《バスカヴィル屋敷クラブ》、フランスの《青いガーネット文学サークル》、コペンハーゲンの《まだらのギャング》、《ブルース・パーティントン設計者たち》、イタリアの《シャーロック・ホームズの仲間たち》、《役立たず連盟》、《シルバー・ブレイザーズ》、《アグラの財宝協会》、《ライヘンバッハの滝のレミングたち》、《犯罪界のナポレオンたち》など、枚挙に暇がない。

　BBCテレビの『SHERLOCK／シャーロック』は、中国でも何百万人もの熱狂的なファンを獲得しており、ホームズは「巻き髪男」（ベネディクト・カンバーバッチの髪型に由来）、ワトスンは「ピーナッツ」（マーティン・フリーマンの中国語訳名 Hua Sheng（華盛）がナッツを意味するマンダリン語に聞こえることから）と呼ばれている。

　上海にはシャーロック・ホームズをテーマにしたカフェがあり、エジプトのラムゼス・ヒルトン・ホテルにはシャーロック・ホームズ・パブ、スウェーデンのマルメにも同様のカクテルバーがある。日本でもホームズは昔から人気があり、1894年には〈唇のねじれた男〉の翻案が雑誌掲載され、1899年には〈緋色の研究〉の翻案が新聞連載された。1977年に設立された日本シャーロック・ホームズ・クラブは、11年後に軽井沢町にホームズの銅像を建立し、現在では600人以上の会員を擁している。

　スイスにあるライヘンバッハの滝では、ケーブルカーの駅に〈最後の事件〉の記念プレートが設置されている。近くのマイリンゲンにある英国教会には、1991年にロンド

ホームズ役のベネディクト・カンバーバッチとワトスン役のマーティン・フリーマンは、名探偵とその相棒を21世紀に蘇らせ、新たな世代のファンを獲得した。

ン・シャーロック・ホームズ協会の支援によってシャーロック・ホームズ博物館が開館した。ここにもベイカー・ストリート221Bの居心地のいい居間を再現した部屋がある（ディアストーカーと拡大鏡も売店で販売されている）。世界中の男女が愛好会を結成し、ヴィクトリア朝の衣装に身を包み、海外の同好の士と会うために旅をし、ある人物を祝うために集まり、その人物について彼らが得た洞察や研究結果を延々と共有しようとする意欲、いやむしろ熱意には、深い感動をおぼえる。その人物は、まず活気あふれる作家の頭の中に生まれ、その作家は彼を嫌うようになったが、その後も世界中の人々の想像力の中で生き続けているのだ。

　シャーロック・ホームズは時代を経ても色あせることはないばかりか、時代が経つにつれ、その多様性はますます

豊かになり、世界中の人々を楽しませてくれている。

●現実世界の"シャーロック・ホームズ"

ホームズは〈緋色の研究〉の中で、先人である作家とその探偵をけなしているが、これは裏を返せば、ドイルが彼らへの負債を認めていることになる。「エドガー・アラン・ポーのデュパンを思い出すよ。あんな人物が現実にいるとは思わなかったね」と言うワトスンに、ホームズは「もちろん褒めたつもりでぼくとデュパンを比べたんだろうが、ぼくに言わせればデュパンはずっと落ちるね。15分も黙り込んでおいて、おもむろに鋭い意見を吐いて友人を驚かすなんてやり方は、薄っぺらでわざとらしいことこのうえない」と言い返すのである。

これはドイルの茶目っ気のある一面をあらわしているとも言えるが、彼自身がロバート・ルイス・スティーヴンスンに打ち明けているように、ホームズにはデュパンの面影が確かにある。ただ、やはりホームズというキャラクターの主なインスピレーションの源は、ドイルが学生時代に師事したエディンバラ大学医学部のジョゼフ・ベル博士だろう。法医病理学の父のひとりであるベルは、外来患者用の助手としてドイルを「抜擢」したのだった。

ベルは病気を診断する才能だけでなく、見た目の情報から患者の背景、職

ホームズはジョゼフ・ベル博士を「文学的に体現したもの」だとコナン・ドイルは評した。「ベル博士は、まるでレッドインディアンのような顔で患者の待合室に座り、やってくる患者が口を開く前に、どんな人物なのかを分析していた」

業、性格を言い当てるという才能もあった。ある患者が来たときは、ちらりと見ただけで、軍隊を除隊してそれほど経っていないこと、ハイランド連隊の下士官だったこと、バルバドスにいたことなどを言い当てた。そして、不思議がっている学生たちを振り向いた。「いいかね、諸君。この人は礼儀正しいのに帽子を取らなかった。軍隊では帽子を取らないが、除隊してしばらく経っていれば一般人の作法を学ぶはずだ。彼は威厳があって、明らかにスコットランド人である。バルバドスについては、病気は象皮病で、英国でなく西インド諸島のものだ。スコットランドの連隊はこの島に駐屯している」

そう、初歩的なことなのだ。

「シャーロック・ホームズは、エディンバラ大学の医学博士の思い出を文学的に体現したものだ」と、ドイルは書いている。そしてベル自身に対しては、「シャーロック・ホームズを生み出せたのは、あなたのおかげなのです」と書き送った。

ベルの返事はどうだったか？「君自身がシャーロック・ホームズだ。そのことを君はよく知っているだろう」というものだった。

訳者あとがき

　そもそもシャーロッキアーナ（シャーロッキアンの活動
やその研究内容）の始まりは、ホームズ物語における（ワ
トスンの記述の）矛盾点の指摘、ホームズのプロフィール
の推理、事件発生年月日の特定（年代学）、事件の場所の
特定（候補地、モデル探し）などであった。

　事件の場所の特定は、ホームズの足跡をたどる行為であ
り、現代では「聖地巡礼」などとも言われる。昔のもので
はマイケル・ハリスンの著書 *In the Footsteps of Sherlock Holmes*
（1971年）が有名だが、これまで刊行された「足跡巡り
本」は、30冊を超えているはずだ（いずれも英米の刊）。

　そうした中でも、本書はロンドン市内に特化していると
いう特徴をもつ。現代のロンドンを巡るだけでなく、ホー
ムズの時代のロンドンにまつわるコラム（と当時の写真）
を各章に廃したところも特徴的だろう。やはり（ドイルは
ともかく）ホームズの活躍のホームグラウンドはロンドン
であり、ホームズはロンドンの申し子であるということ
を、実感できるのではないだろうか。

　鉄道ファンは乗り鉄、撮り鉄、食べ鉄、時刻表マニアな
どいろいろに分類されるが、シャーロッキアンの足跡巡り
は乗り鉄に相当すると言えるだろう。コアなシャーロッキ
アンでなくとも、本書を読んでいると実際にロンドンに行
きたくなるのではないかと思う。そんな気に少しでもなっ
てくれれば、訳者としてはうれしいかぎりだ。

　なお、冒頭の「訳者注記」にも書いたが、今回の訳出に

訳者あとがき

あたって、特に新規の現地取材はしていない。ある程度の調べはしてあるが（訳注として附した）、最近は現地にいる人や旅行をした人たちが最新情報をネットに上げてくれるケースが多いので、実際に行く場合はそうしたものや、施設自体のWebサイトを確認することをお勧めする。

　そもそも、ホームズ物語における架空の場所や建物の候補地やモデルがどこかという説はさまざまにあるし、これまでの研究書でもいろいろと違いがある。ご自分で現地を訪れ、自分なりの新説をつくるのも、愉しみ方のひとつであろう。

2025年2月

参考文献

The Man Who Created Sherlock Holmes—The life and times of Sir Arthur Conan Doyle, Andrew Lycett, Free Press.

Arthur Conan Doyle— A life in letters, Jon Lellenberg, Daniel Stashower, Charles Foley (editors), Harper Perennial. 『コナン・ドイル書簡集』

Toilers in London; or Inquiries Concerning Female Labor in the Metropolis, anon, 1889, through The Dictionary of Victorian London.

London Fogs, Hon. R Russell, Dodo Press.

London, a Pilgrimage, Blanchard Jerrold with Gustave Doré (illustrator), Anthem Press.

The Horse-World of Victorian London, WJ Gordon, Long Riders' Guild Press (also online).

The Great Stink of London: Sir Joseph Bazalgette and the Cleansing of the Victorian Metropolis, Stephen Halliday, The History Press.

A Visit to Newgate, Charles Dickens, "Sketches by Boz", online.

William Gillette: America's Sherlock Holmes, Henry Zecher, Xlibris

Edward Linley Sambourne's diaries, online via the Royal Borough of Kensington and Chelsea (RBKC) website.

A Victorian Household: Based on the Diaries of Marion Sambourne, Shirley Nicholson, Sutton Illustrated History Paperbacks.

The Wanderings of a Spiritualist, Sir Arthur Conan Doyle, online.

The Charles Booth online archive, http://booth.lse.ac.uk/

Dr Joseph Bell: The Original Sherlock Holmes, Robert Hume, Stone Publishing House.

プリンターズ・デヴィル

本文中に隠れているホームズ物語のタイトルや登場人物の参照箇所は、以下のとおり。すべて見つけられただろうか？

32ページ：**シルヴァー・ブレイズ**でなく「ブレイズ（火焔）」だけだった。47ページ：**ボヘミア王**は《ヘンリー・プール》でマントを買ったかもしれないし、買わなかったかもしれない。60ページ：ざくろ石も**ガーネット**も青くない。63ページ：健康と安全上の懸念から、**ライオンのたてがみ**によじ登ることは推奨されない。66ページ：チャールズ・ピースのバイオリンは彼の遺品に含まれているが、彼の最後の弓はないし、**最後の挨拶**もない。68ページ：ラッフルズは**曲がった男**でなくアマチュア泥棒と呼ばれた。73ページ：確かに同一性の問題だが、**花婿の正体**事件ではない。76ページ：チャールズ・ピースは**唇のねじれた男**であっただけでなく、顔全体が歪んでいた。81ページ：**アグラの財宝**は大英博物館を探しても無駄【〈四つの署名〉】。90ページ：コレクションには**技師の親指**も悪魔の足もない。113ページ：タイムカプセルに**金縁の鼻眼鏡**や緑柱石の宝冠があるかどうかは、時が経てばわかるだろう。114ページ：**まだらの紐**がエンバンクメント・ガーデンで演奏したことはない。134ページ：**赤い輪**は、マルクスの加入していた《ケルン・サークル》の間違い。158ページ：**ぶな屋敷**はブナの木立の間違い、太陽は**黄色い顔**でない。166ペー

ジ：ここに**ハーディング・ブラザーズ商会**はない【〈六つのナポレオン像〉】。171ページ：**スマトラの大ネズミ**は「アメリカ大陸の巨大ナマケモノ」の間違い【〈サセックスの吸血鬼〉】。176ページ：ベンジャミン・ボードは**ブルース・パーティントン設計書**を使っていない。同ページ：**チャールズ・オーガスタス・ミルヴァートン**は「ヘンリー・オーガスタス・ミアズ」の間違い。182ページ：**5つのオレンジの種**はアポートにはなかった。同ページ：**ボール箱、レディ・フランシス・カーファクス、ブラック・ピーター**は関係ない。198ページのジョン・ソーンは**ギリシャ語通訳**ではない。199ページの**株式仲買店人**は間違い。202ページ：**マザリンの宝石**は「賢者の石」の間違い。204ページ：**ストラウベンジーの工房**は存在しない。227ページ：**3人の学生（スチューデント）**は「3人学生（スクールボーイ）の間違い。231ページ：ウォレン・ハウスは**三破風館**でなく、3つ以上の破風がある。237ページ：ネルソン像は**海軍条約文書**を持っていないし、右手もない。

「現場」リスト

Admiralty（海軍本部）
WC2N 5DS

Bank of England（イングランド銀行）
ECR2 8AH
bankofengland.co.uk

Berkeley Square（バークリー・スクウェア）
W1J 5AX

Berry Bros & Rudd（ベリー・ブラザーズ・アンド・ラッド）
SW1A 1EG
bbr.com

Bow Street（ボウ・ストリート）
WC2E 7AH

Bow Street Magistrates' Court（ボウ・ストリート治安判事裁判所）
WC2E 7AS

British Academy（英国学士院）
SW1Y 5AH
britac.ac.uk

British Museum（大英博物館）
WC1B 3DG
britishmuseum.org

Brompton Cemetery（ブロンプトン墓地）
SW10 9UG
royalparks.org.uk/parks/brompton-cemetery

Buckingham Palace（バッキンガム宮殿）
SW1A 1AA
royal.gov.uk/theroyalresidences/
buckinghampalace/buckinghampalace.aspx

Cafe Royal（カフェ・ロイヤル）
W1B 4DY
hotelcaferoyal.com

Charing Cross Station（チャリングクロス駅）
WC2 5HS

Charterhouse Square（チャーターハウス・スクウェア）
EC1M 6AN
thecharterhouse.org

Chinatown（チャイナタウン）
W1D 6JN
chinatownlondon.org

Christie's（クリスティーズ）
SW1Y 6QT
christies.com

Coal Hole, The（コール・ホール）
WC2R 0DW
nicholsonspubs.co.uk/
thecoalholestrandlondon/

College of Psychic Studies, The（心霊研究
カレッジ）
SW7 2EB
collegeofpsychicstudies.co.uk

Criterion（クライテリオン）
W1J 9HP
criterionrestaurant.com

Crystal Palace Park（クリスタル・パレ
ス・パーク）
SE19 2GA

Downing Street（ダウニング・ストリー
ト）
SW1A
gov.uk/government/organisations/
primeministers-office-10-downingstreet

Duke of York Steps（ヨーク公記念塔の
階段）
SW1Y 5AJ
royalparks.org.uk/parks/st-jamess-park/
things-to-seeand-do/monumentsfountains-
and-statues/dukeof-york-statue

Endell Street（エンデル・ストリート）
WC2H 9AJ

Fenton House（フェントン・ハウス）
NW3 6SP
nationaltrust.org.uk/fentonhouse

Fortnum & Mason（フォートナム・ア
ンド・メイソン）
W1A 1ER
fortnumandmason.com

Freemasons' Hall（フリーメイスン・ホー
ル）
WC2B 5AZ
freemasons-hall.co.uk

George Inn, The（ジョージ・イン）
SE1 1NH
www.george-southwark.co.uk

Gieves & Hawkes（ギーヴズ・アンド・
ホークス）
W1S 3JR
gievesandhawkes.com

Great Scotland Yard（グレイト・スコッ
トランド・ヤード）
SW1A

Grosvenor Square（グロヴナー・スクウェア）
W1K 2HP
grosvenor.com/featuredlocations-and-properties/asset/grosvenor-square

Hampstead Heath（ハムステッド・ヒース）
N6 4JH

Henry Poole & Co.（ヘンリー・プール・アンド・カンパニー）
W1S 3PJ
henrypoole.com

Hunterian Museum（ハンタリアン博物館）
WC2A 3PE
rcseng.ac.uk/museums/hunterian

Hyde Park（ハイド・パーク）
W2 2UH
royalparks.org.uk/parks/hyde-park

Inner Temple（インナー・テンプル）
EC4Y

James J Fox（ジェイムズ・J・フォックス）
SW1A 1ES
jjfoxpipes.co.uk

James Lock（ジェイムズ・ロック）
SW1A 1EF
lockhatters.co.uk

John Lobb（ジョン・ロブ）
SW1A 1EF
johnlobbltd.co.uk

Langham Hotel（ランガム・ホテル）
W1B 1JA
langhamhotels.com/en/thelangham/London

Leadenhall Market（レドンホール・マーケット）
EC3V 1LT

Lincoln's Inn Fields（リンカーンズ・イン・フィールズ）
WC2A 3TL

London Bridge Station（ロンドン・ブリッジ駅）
SE1 9SP
www.networkrail.co.uk/london-bridge-station

London Zoo（ロンドン動物園）
NW1 4RY
www.zsl.org/zsl-london-zoo

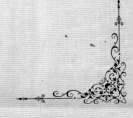

Lyceum Theatre（ライシーアム劇場）
WC2E 7RQ
lyceumtheatrelondon.org

Marylebone Station（マールボン駅）
NW1 6JJ
Middle Temple Lane
EC4Y

Museum Tavern（ミュージアム・タ
ヴァーン）
WC1B 3BA
taylor-walker.co.uk/pub/museum-
tavernbloomsbury

National Gallery（ナショナル・ギャラ
リー）
WC2N 5DN
nationalgallery.org.uk

Natural History Museum（自然史博物館）
SW7 5BD
nhm.ac.uk

Nelson's Column（ネルソン記念柱）
WC2N 5DU
london.gov.uk/priorities/artsculture/
trafalgar-square/visiting-trafalgar-square/
statues-and-fountains

Norman Shaw Buildings(formerly New
Scotland Yard)（ノーマン・ショー・ビル）
SW1A 2HZ

Old Bailey (Central Criminal Court of
England and Wales)（オールド・ベイリー）
EC4M 7EH
cityoflondon.gov.uk/aboutthe-city/about-us/
buildingswe-manage/Pages/centralcriminal-
court.aspx

Old Royal Naval College（旧王立海軍大学）
SE10 9NN
ornc.org

Palace of Westminster（ウェストミンス
ター宮殿）
SW1A 0AA
parliament.uk/about/livingheritage/
building/palace

Pall Mall（パルマル）
SW1Y

Reform Club（ザ・リフォーム）
SW1Y 5EW
reformclub.com

Regent's Park（リージェンツ・パーク）
NW1 4NR
royalparks.org.uk/parks/the-regents-park

「現場」リスト　269

Royal Albert Hall（ロイヤル・アルバート・ホール）
SW7 2AP
royalalberthall.com

Royal Courts of Justice（王立裁判所）
WC2A 2LL
justice.gov.uk/courts/rcj-rolls-building

Royal Exchange（王立取引所）
EC3V 3DG

Royal Observatory（王立天文台）
SE10 8XJ
rmg.co.uk/royal-observatory

Royal Opera House（ロイヤル・オペラ・ハウス）
WC2E 9DD
roh.org.uk

Rules（ルールズ）
WC2E 7LB
rules.co.uk

Russell Square（ラッセル・スクウェア）
WC1B

St Bartholomew's Hospital and Museum（セント・バーソロミュー病院、バーツ）
EC1A 7BE
bartshealth.nhs.uk

St James's Park（セント・ジェイムズ・パーク）
SW1A
royalparks.org.uk/parks/st-jamess-park

St James's Street（セント・ジェイムズ・ストリート）
SW1A

St Mary-le-Bow（セント・マリルボウ教会）
EC2V 6AU
stmarylebow.co.uk

St Pancras Renaissance London Hotel（セント・パンクラス・ルネッサンス・ロンドン）
NW1 2AR
marriott.co.uk/hotels/travel/lonpr-st-pancras-renaissancelondon-hotel

St Pancras Station（セント・パンクラス駅）
N1C 4QP
stpancras.com

St Paul's Cathedral（セント・ポール大聖堂）
EC4M 8AD
stpauls.co.uk

St Sepulchre-without-Newgate（セント・セパルカー・ウィズアウト・ニューゲイト教会）
EC1A 2DQ
stsepulchres.org

Sambourne House（サンボーン・ハウス）
18 Stafford Terrace W8 7BH
https://www.rbkc.gov.uk/museums/sambourne-house
Savile Row（サヴィル・ロウ）
W1S

Savoy Theatre（サヴォイ劇場）
WC2R 0ET
savoytheatre.org

Science Museum（科学博物館）
SW7 2DD
sciencemuseum.org.uk

Shaftesbury Avenue（シャフツベリー・アヴェニュー）
W1D

Sherlock Holmes Museum（シャーロック・ホームズ博物館）
NW1 6XE
sherlock-holmes.co.uk

Sherlock Holmes, The(pub)（シャーロック・ホームズ［パブ］）
WC2N 5DB
sherlockholmespub.com

Simpson's-in-the-Strand（シンプスンズ・イン・ザ・ストランド）
WC2R 0EW
simpsonsinthestrand.co.uk

Somerset House（サマセット・ハウス）
WC2R 1LA
somersethouse.org.uk

Speedy's Sandwich Bar & Cafe（スピーディーズ）
NW1 2NJ
speedyscafe.co.uk

Stanfords（スタンフォード）
WC2E 9LP
stanfords.co.uk

Sweetings（スウィーティングズ）
EC4N 4SF

Tapas Brindisa（ブリンディサ・タパス）
W1F 7AF
brindisa.com

Temple（テンプル）
EC4Y

Tower Bridge（タワー・ブリッジ）
SE1 2UP
towerbridge.org.uk

Tower of London（ロンドン塔）
EC3N 4AB
hrp.org.uk/TowerOfLondon

Trafalgar Square（トラファルガー広場）
WC2N 5DN
london.gov.uk/priorities/artsculture/trafalgar-square

Trafalgar Tavern（トラファルガー・タヴァーン）
SE10 9NW
trafalgartavern.co.uk

Warren House（ウォレン・ハウス）
KT2 7HY
warrenhouse.com

Waterloo Station（ウォータールー駅）
SE1 8SW

Westminster Bridge（ウェストミンスター・ブリッジ）
SW1A 2JH

Whitechapel Bell Foundry（ホワイトチャペル鐘鋳造所）
E1 1DY
whitechapelbellfoundry.co.uk

Whitehall（ホワイトホール）
SW1A

William Evans（ウィリアム・エヴァンズ）
SW1A 1PH
williamevans.com

Wilton's Music Hall（ウィルトンズ・ミュージック・ホール）
E1 8JB
wiltons.org.uk

索引

【あ】

アイル・オブ・ドッグズ ……234

アーヴィング、ヘンリー ……40, 47, 143, 144, 145, 182

「青いガーネット」 ……43, 53, 81, 136, 138, 145, 245, 256

「赤い輪団」 ……140

「赤毛組合」 ……15, 46, 116, 138, 146, 147, 192, 222

「空き家の冒険」 ……67, 158, 250

アッパー・ウィンポール・ストリート ……15

アッパー・ノーウッド ……241, 242, 243

アドミラルティ・アーチ ……59

「アビィ屋敷」 ……55

アヘン ……71, 95, 189, 190

アメリカ大使館 ……159

アルスター ……46

アルバート記念碑 ……162, 166, 168

アン・オブ・クレーヴズ ……240

アンダーショー ……112

【い】

イースト・エンド ……3, 26, 136, 187, 189, 190, 191, 193, 260

「隠居した画材屋」 ……108, 122, 138, 166, 212, 216, 239

イングランド銀行 ……197, 198

インナー・テンプル ……116

【う】

ヴァイアダクト・タヴァーン ……120

ヴァンブラ、サー・ジョン ……165

ヴィクトリア・エンバンクメント ……66, 112, 113, 187

ウィグモア・ストリート ……43

「ウィステリア荘」 ……81

ウィッティントン、ディック ……194

ウィリアム・エヴァンズ ……52

ウィルトンズ・ミュージック・ホール ……204

ウィンポール・ストリート ……15, 44

ウェインライト、トーマス・グリフィス ……60, 61

ウェスト・ノーウッド ……241, 243, 245

ウェストミンスター宮殿 ……10, 22, 57, 68, 69

ウェストミンスター・ブリッジ ……68

ウェッブ、サー・アストン ……59, 114

ウェルズ、H・G ……57, 144

ヴェルネ、エミール＝ジャン＝ホレス ……166, 224

「ヴェールの下宿人」 ……54

ウェルベック・ストリート ……44

ヴィア・ストリート　……44

ウォーターハウス、アルフレッド
　……170, 243

ウォータールー　……28, 111, 113, 142,
230

ウォーレン、サー・チャールズ　……

ウォーレン・ハウス　……

ウッドワード、アーサー・スミス
　……171, 173

占い師　……180

ウルフ・クラブ　……108

【え】

映画　……46, 56, 69, 104, 111, 112, 116,
118, 137, 138, 148, 165, 176, 177, 197,
204, 235, 236, 241, 251, 252, 253

英国学士院　……57

エリナー・クロス　……103

エンデル・ストリート　……138

【お】

王立外科医師会　……85, 86

王立裁判所　……85, 111, 115, 186

王立天文台　……238, 240

王立取引所　……195, 196, 197, 199

オズボーン・レナード、グラディス
　……179

「踊る人形」　……83, 170, 256

オペラ　……8, 107, 108, 132, 140, 146,
149

オランジェリー　……165

オール・ハロウズ・バイ・ザ・タワー
　……210

オールド・ベイリー（中央刑事裁判所）
　……118

「オレンジの種五つ」　……71, 113

「海軍条約文書」　……66, 133, 237,
245

【か】

海軍本部　……64, 65

解剖　……86, 87, 90, 92, 95, 172

科学博物館　……170

ガス灯　……8, 13

カティ・サーク　……234

カーティング・レイン　……114

カフェ・ロイヤル　……48, 150

カールトン・ハウス・テラス　……57,
58, 158

ガワー・ストリート　……82, 83

カンバーバッチ、ベネディクト　……
17, 83, 99, 170, 201, 226, 227, 254, 256,
257

【き】

「黄色い顔」　……49, 154, 158, 243

ギーヴ、ジェイムズ　……48

キーツ、ジョン　……229

ギーブズ・アンド・ホークス　……47

キャヴェンディッシュ・スクウェア ……44

キャブマンズ・シェルター ……83, 84

キャンベル、パトリック夫人 ……149

旧王立海軍大学 ……234, 235

『恐怖の谷』 ……170, 221, 238, 252

恐竜、クリスタル・パレスの ……243, 245

切り裂きジャック ……14, 66, 70, 71, 72, 76, 95, 203

「ギリシャ語通訳」 ……52, 131, 198, 212, 224, 238, 255

ギルバート・アンド・サリヴァン ……67, 107, 109, 176

キーン、エドモンド ……108

キングストン・アポン・テムズ ……230

【く】

クイーン・ヴィクトリア・ストリート ……195, 216

グウィン、ネル ……85

「唇のねじれた男」 ……71, 103, 142, 165, 189, 211, 256

靴屋 ……56

クーム・ウッド・ナーサリー ……231

クライテリオン ……49, 50

クリスタル・パレス・パーク ……242, 243

クリスティーズ ……53

グリニッジ ……76, 234, 235, 236, 237, 238, 239, 240

グリニッジ・フット・トンネル ……235

グレイト・スコットランド・ヤード ……64, 105

クレオパトラの針 ……113

グロヴナー・スクウェア ……159

「グロリア・スコット号」 ……66, 160, 170

【け】

ゲイエティ・ガールズ ……105, 106

警察 ……9, 13, 27, 34, 64, 66, 67, 70, 71, 72, 73, 74, 76, 77, 92, 95, 97, 98, 105, 125, 142, 143, 209, 213, 234, 237, 241

ゲイティス、マーク ……48, 201

劇場 ……24, 40, 49, 85, 87, 102, 105, 106, 107, 132, 136, 140, 143, 144, 145, 147, 148, 149, 150, 153, 158, 168, 175, 176, 199

下水道 ……112, 114, 115

血液分析 ……70

ケンジントン・ハイ・ストリート ……166, 174

【こ】

コヴェント・ガーデン ……13, 36, 87, 131, 138, 139, 140, 145

「高名な依頼人」 ……48, 52, 60, 108, 125, 126, 159, 230, 231, 232

コティングリーの妖精たち ……218

ゴードン、W・J ……28, 30, 32

コール・ホール ……108, 176

ゴルトン、サー・フランシス ……74

コーンウォール・ガーデンズ …… 218

コーンヒル ……193, 199, 200, 201

コンラン、サー・テレンス ……208

【さ】

「最後の挨拶」 ……55, 57, 65, 170

「最後の事件」 ……34, 44, 152, 153, 223, 248, 251, 256

サヴィル・ロウ ……45, 47, 48

サヴォイ・コート ……107

サヴォイ・ホテル ……23, 25, 107, 108, 111

サヴォイ劇場 ……107, 149

サウス・ノーウッド ……15, 241

「サセックスの吸血鬼」 ……178, 193

サブライム・ソサエティ・オブ・ビーフステーキ ……144

サーペンタイン池 ……160, 161

サマセット・ハウス ……111

「三人のガリデブ」 ……53, 197, 245

「三の兆候」（BBC『SHERLOCK／シャーロック』） ……17, 58, 159

「三破風館」 ……159, 226

サンボーン、エドワード・リンレー ……174, 175

【し】

ジ・オウルド・コック・タヴァーン ……115

ジ・オウルド・チェシャー・チーズ ……115

ジェイムズ・J・フォックス ……52

ジェイムズ・ロック ……52, 54

ジェローム、ジェローム・K ……68, 230

ジェロルド、ブランチ ……26

市街掃除人 ……34

鹿撃ち帽 ……46

自然史博物館 ……170, 171, 173

シティ・オブ・ロンドン ……32

自動車 ……34, 35, 36, 201, 226

指紋 ……74, 75, 77

シャド・テムズ ……208

シャード ……213

シャフツベリー・アヴェニュー …… 131, 132, 135, 136

ジャマイカ・ワイン・ハウス …… 199

『SHERLOCK／シャーロック』……
17, 18, 47, 48, 57, 58, 61, 64, 82, 88, 90,
99, 119, 132, 135, 136, 159, 197, 213,
227, 247, 251, 256

『シャーロック・ホームズ　シャド
ウ・ゲーム』（映画、2011年）……
165

『シャーロック・ホームズ』（映画、
2009年）……56, 69, 111, 112, 116,
118, 138, 176, 236, 241

シャーロック・ホームズ・パブ……
103, 104

『シャーロック・ホームズの回想』
……66

『シャーロック・ホームズの冒険』（映
画、1970年）……111

シャーロック・ホームズ博物館……
40, 42, 43, 158, 257

首都圏警察……27, 64, 105, 142

ジュール・リメ・トロフィー……
243

ショー、ジョージ・バーナード……
109, 149

ジョージ・イン……213

ジョン・ロブ……54, 56

ジョーンズ、イニゴー……63, 85,
145

ジョーンズ、ホレス……187, 201,
206, 211

ジョンソン、サミュエル……115,
116, 165

ジレット、ウィリアム……46, 152,
153, 175, 248, 250, 252

「死を呼ぶ暗号」『SHERLOCK／
シャーロック』……61, 132, 136

紳士クラブ……8, 205

シンプスンズ・イン・ザ・ストランド
……180

シンプソンズ・タヴァーン……199

心霊研究カレッジ……172

心霊主義……172, 178-183

【す】

水晶宮……40, 161, 241

スウィーティングズ……195

スコット、ジョージ・ギルバート
……162, 168, 199, 225, 227

スコットランド・ヤード犯罪博物館
……66, 77

スタッフォード・テラス……174

スタンフォーズ……137

スティーヴンスン、ロバート・ルイス
……14, 258

ストーカー、ブラム……47, 81, 143

ストランド・マガジン……174, 248,
250

スパニアーズ・イン……229

スピーカーズ・コーナー……159

スピーディーズ・サンドイッチ・
　バー・アンド・カフェ　……82
スピード違反の罰金　……36
スモッグ　……24, 25, 26
「スリー・クォーターの失踪」　……
　95, 243
スレッドニードル・ストリート　……
　197, 198

【せ】
「背中のまがった男」　……230
セント・キャサリン・ドック　……
　205
セント・ジェイムズ・ストリート
　……51, 52, 54, 56
セント・ジェイムズ・パーク　……58,
　159, 160
セント・セパルカー・ウィズアウト・
　ニューゲート教会　……120
セント・バーソロミュー・ザ・レス教
　会　……89
セント・バーソロミュー病院　……17,
　88, 90, 92
セント・バーソロミュー病院病理学博
　物館　……90
セント・パンクラス駅　……223, 224,
　225
セント・パンクラス・ルネッサンス・
　ロンドン　……225

セント・ピーター＝アポン＝コーンヒ
　ル教会　……199
セント・ポール大聖堂　……17, 18,
　101, 115, 116, 118, 121, 176, 185, 186,
　187, 193, 208, 210, 229
セント・マイケルズ・コーンヒル教会
　……199
セント・マーティン・イン・ザ・
　フィールズ　……60, 63, 89
セント・メアリ・アクス（「ガーキ
　ン」）　……188
セント・メアリ教会　……226

【そ】
ソーホー　……131, 132, 134, 135
ソーン、サー・ジョン　……198

【た】
大英博物館　……15, 79, 80, 81, 182
英国郵便博物館　……218
タイプライター　……96, 97
ダーウィン、チャールズ　……82
ダウニー、ロバート・ジュニア　……
　56, 111, 177, 204, 254
ダウニング・ストリート　……60, 66
タクシー　……35, 36, 83, 84
タワー・ブリッジ　……2, 206
タワー地下道　……206

【ち】

チープサイド ……193, 195

チャイナタウン ……132, 135, 136

チャーターハウス・スクウェア ……192

チャーチル、ウィンストン ……57, 66, 87, 159, 227

チャリング・クロス・ホテル ……103, 114

チャリング・クロス・ロード ……132, 136, 137

チャリング・クロス駅 ……102, 103

チャリング・クロス橋 ……23

「チャールズ・オーガスタス・ミルヴァートン」 ……156, 176, 227

チャールズ1世 ……63, 159, 217

チャールズ2世 ……63, 85, 217, 238, 240

チューリング、アラン ……170

【つ】

ツリー、ハーバート・ビアボーム ……151, 152

【て】

ディオゲネス・クラブ ……56, 57, 64, 111

ディケンズ、チャールズ ……26, 47, 51, 109, 122, 144, 148, 207, 236

ティリー、ヴェスタ ……204

テキサス公使館 ……55, 56

鉄道網 ……222

テニスン卿、アルフレッド ……109

テルフォード、トーマス ……205

電信機 ……214

テンプル ……116, 119, 186, 187, 201

テンプル・バー・メモリアル ……186, 187

電話 ……10, 90, 174, 214, 215, 216

【と】

ドイリー・カート、オペラ ……107

ドイル，メアリー・ルイーズ（娘） ……15

ドイル、ルイーザ夫人（最初の妻、トゥーイー） ……15

ドイル、アーサー・アレイン・キングズリー（息子） ……15

ドイル、ジーン夫人（2番目の妻） ……16, 239

ドイル、デニス（息子） ……16

トイレ ……14, 44, 161

毒殺 ……60, 61, 71

「独身の貴族」 ……49, 103, 160

毒物学 ……71, 93, 95

ドーソン、アーサー・チャールズ ……171, 172, 173

トトテナム・コート・ロード ……136

トラファルガー・タヴァーン ……
236
トラファルガー広場 ……10, 59, 61,
63, 160
ドレ、ギュスターヴ ……26
トロロープ、アンソニー ……217,
218

【な－の】
ナショナル・ギャラリー ……60, 61,
63
ナショナル・ポートレート・ギャラ
リー ……60
ナッシュ、ジョン ……158
ナポレオン3世 ……47, 56
二次創作 ……255
「入院患者」 ……44, 101
ニューゲイト監獄 ……119, 120, 121
二輪辻馬車 ……8, 26, 45
ネルソン記念柱 ……10, 61, 63
ノーウッド ……213, 241
ノーウッド、エイル ……252
「ノーウッドの建築業者」 ……95,
215, 239, 243
ノーマン＝ネルーダ、ウィルヘルミナ
……146, 147
ノーマン・ショー・ビル（オールド・
ニュー・スコットランド・ヤード）
……66
乗合馬車 ……24, 28, 29, 32, 33, 222

【は】
ハイドパーク ……35
パイプ ……42, 46, 51, 52, 59, 113, 255
バイロン卿 ……55, 226, 227
パーク・レイン ……158
バザルジェット、ジョセフ ……112,
114, 132
パジット，シドニー ……46, 231, 232
『バスカヴィル家の犬』 ……24, 28,
33, 45, 59, 80, 97, 103, 137, 140, 146,
212, 213, 248, 250, 251, 252
バッキンガム宮殿 ……58
パティ、アデリーナ ……166
バトラー、サミュエル ……195, 208
バトラーズ・ワーフ ……208
バートン、デシマス ……157, 158
馬糞 ……34, 36
ハムステッド ……162, 227
ハムステッド・ヒース ……228, 229
バーモンジー ……208
パラゴン、ブラックヒースの ……
239, 240
バラ・マーケット ……213
バリー、E・M ……103, 114, 116, 140
バリー、J・M ……57, 149, 164
バリー、ジョン・ウルフ ……206
バリー、チャールズ …… 61, 63, 68,
8557
ハーリー・ストリート ……44
ハロウ ……225

ハロウ・スクール ……227

ハロッズ ……166

バンクロフト、スクウェア ……84, 176

バンケティング・ハウス ……63

万国博覧会（1851年） ……160

犯罪捜査 ……70, 98, 99, 140

ハンター博物館 ……243

ハンプトン・コート・パレス …… 232, 233

【ひ】

ビアズリー、オーブリー ……144, 150

ピアッツァ ……144

『緋色の研究』 ……7, 21, 23, 39, 49, 64, 70, 84, 88, 92, 93, 94, 95, 138, 146, 147, 152, 153, 191, 238, 244, 250, 252, 256, 258

ピクルス、犬の ……243

ビショップズゲイト ……200, 201

ピース、チャールズ ……66, 77, 125

ヒ素 ……71, 72

ピーター・パン像 ……164

ピッカリング・プレイス ……55, 56

ビッグ・ベン ……22, 68, 203

筆跡鑑定 ……77

ビートン、イザベラ ……94, 244

ピープス、サミュエル ……115, 199, 210

ピュージン、オーガスタス・ウェルビー ……68

ビリングズゲイト魚市場 ……202, 211

ピルグリム・ファーザーズ ……208

ピルトダウン人 ……172

「ピンク色の研究」（BBC『SHERLOCK／シャーロック』） ……47

「瀕死の探偵」 ……71, 108, 136, 195, 208, 256

【ふ】

フィールディング，ヘンリー …… 140

フェンチャーチ・ストリート（ウォーキー・トーキー） ……188, 201, 208

フェンチャーチ・ストリート駅 …… 201

フェントン・ハウス ……229

フォイルズ ……137

フォード、フォード・マドックス ……83

フォートナム・アンド・メイソン ……51

フォールズ、ヘンリー ……74

ブース、チャールズ ……189, 190, 191

「ぶな屋敷」 ……158, 217

「プライアリ・スクール」 ……57, 65, 95

「ブラック・ピーター」……183, 245

ブラックヒース ……76, 212, 239, 240, 241

『ブラッドショー鉄道案内』……222

フラムスティード、ジョン ……238

ブランメル、ジョージ・ビュー ……55

ブリクストン ……245

フリート・ストリート ……3, 101, 102, 111, 115, 116, 119, 187, 217

フリーマン、マーティン ……82, 256, 257

プリムローズ・ヒル ……158

フリーメイスン・ホール ……138, 144

ブリンディサ・タパス ……135

「ブルース・パーティントン型設計書」……24, 64, 135, 203, 204, 212

ブルック、クライヴ ……252, 253

ブルームズベリー ……79, 83

フレッシュ・ワーフ ……7

ブレット、ジェレミー ……3, 248, 254, 255

フレディ・フォックス博物館 ……52

フローラル・ホール ……140, 213

フローリン・コート ……192

フローレンス ……135

ブロンプトン墓地 ……176, 177, 244

【ヘ】

ベイカー・ストリート ……15, 17, 18, 22, 33, 39, 40, 42, 43, 46, 52, 64, 82, 154, 158, 213, 216, 222, 250, 255, 257, 260

ベイカー・ストリート221B ……17, 22, 42, 156, 257, 260

ベイカー・ストリート・イレギュラーズ ……255

ベチェマン、サー・ジョン ……144, 226

ベドフォード公爵夫人アナ・ラッセル ……45

ベリー・ブラザーズ・アンド・ラッド ……55, 56

ベリンガム、ジョン ……90

ベル、アレクサンダー・グラハム ……214, 215

ベル、ジョセフ博士 ……258

「ベルグレービアの醜聞」（BBC『SHERLOCK／シャーロック』）……58

ベルティヨナージ ……74-77, 97

ベルティヨン、アルフォンス ……74, 75, 97, 98

ペンフォールドの郵便ポスト ……12

ヘンリー・プール・アンド・カンパニー ……47

【ほ】

ホイッスラー、ジェイムズ・マクニール ……25

ボウ・ストリート ……138, 140, 142, 143

ボウ・ストリート治安判事裁判所 ……143

ボウ・ストリート・ランナーズ …… 140, 142

法医学 ……93, 95, 98

帽子職人 ……48

法曹院 ……87, 116, 119

ボウの鐘 ……193, 203

ホガース、ウィリアム ……89

ホークスムア、サー・ニコラス …… 165

「ボスコム谷の謎」……64, 151, 215

ホーソーン、ナサニエル ……25

ポター、ビアトリクス ……176

ホテル・ラッセル ……83

ホーナング、ウィリアム ……68

「ボヘミアの醜聞」……44, 58, 103, 116, 146, 152, 153, 174

ホームズ、マイクロフト ……47, 48, 51, 52, 64, 204

ホリングズヘッド、ジョン ……105, 107

ボール、ジョン ……241

ボールドウィン、サムリ ……182, 183

「ボール箱」……55, 136, 183

ホワイトチャペル ……14, 22, 70, 76, 77, 95, 203

ホワイトチャペルの鐘鋳造所 ……22, 203

ホワイトホール ……63, 64, 66, 103, 105

ホワイトホール・プレイス ……64, 105

【ま】

「マスグレイヴ家の儀式書」……46, 79, 238

マダム・タッソー蠟人形館 ……40

「まだらの紐」……105, 157, 225, 254, 256

マーブル・アーチ ……159

マル、ザ ……58

マルクス、カール ……52, 81, 134

マールボン駅 ……225

【み】

ミッドランド・グランド・ホテル ……225, 227

ミドル・テンプル ……116

ミュージアム・タヴァーン ……81

ミュージックホール ……105, 204

【む】

「六つのナポレオン像」……215

【め】

メイフラワー・パブ　……208
メイプルトン、パーシー・ルフロイ
　……73
メトロポリタン線　……42

【も】

モネ、クロード　……23, 25
モリアーティ教授　……67, 222, 238,
　248
モリス、ウィリアム　……72, 174
モンタギュー・プレイス　……15, 83

【や・ゆ・よ】

郵便サービス　……217
ヨーク公、コラム　……58
ヨーク公記念塔の階段　……57, 58
ヨーク水門　……112
『四つの署名』　……15, 23, 45, 51, 94,
　95, 143, 145, 169, 185, 200, 209, 234,
　237, 241, 242, 251

【ら】

「ライゲイトの大地主」　……95
ライシーアム劇場　……40, 143, 153,
　175
「ライヘンバッハ・ヒーロー」（BBC
　『SHERLOCK ／ シャーロック 』）
　……90, 119, 197
ラスキン、ジョン　……25

ラスボーン、ベイジル　……197, 253
ラッセル・スクウェア　……18, 83, 84
ラッチェンス、サー・エドウィン
　……63
ラッフルズ、サー・スタンフォード
　……68
ラティガン、テレンス　……227
ラドゲイト・サーカス　……118, 187
ラム、チャールズ　……116
ラルストン、クロード　……151
ランガム・ホテル　……44, 45, 129
ラングトリー、リリー　……58
ランドシーア、サー・エドウィン
　……61
ランベス・ブリッジ　……68

【り】

リージェント運河　……158
リージェント・ストリート　……33,
　45, 48, 132, 158, 180
リフォーム・クラブ　……57, 175
リンカーンズ・イン　……85, 87
リンカーンズ・イン・フィールズ
　……85, 87
リンジー・ハウス　……85

【れ】

レストレード警部　……204, 215
レッキオーニ、エミディオ　……134

レディ・フランシス・カーファクスの
　失踪　……68
レドンホール・ストリート　……188,
　201, 202, 216
レドンホール・マーケット　……202
レノ、ダン　……204
レン、サー・クリストファー　……
　115, 118, 162, 187, 235, 238

【ろ】
ロウ、ジュード　……177, 204, 241
ロイド、マリー　……204
ロイヤル・アルバート・ホール　……
　166, 168, 169
ロイヤル・オペラハウス　……140
ロザーハイズ　……208
ロットン・ロウ　……165

ローマ時代の壁　……211
ロンドン・アンド・グリニッジ鉄道
　……234
ロンドン大火（1666年）　……10, 115,
　145, 194, 196
ロンドン塔　……40, 185, 197, 208, 209,
　211
ロンドン・ブリッジ　……187, 189,
　211, 212, 213, 234, 239
ロンドン・ブリッジ駅　……212, 213,
　234, 239
ロンドン動物園　……40, 43, 156, 157

【わ】
ワイルド、オスカー　……44, 49, 52,
　61, 81, 127, 128, 129, 135, 150, 168

図版クレジット

Page 2 Getty Images/Photo by FJ Mortimer; 2/3 Getty Images/Photo by FJ Mortimer; 3 Rex Features/ITV; 3 Getty Images/The LIFE Picture Collection;3 Getty Images/Topical Press Agency; 5 Getty Images/General Photographic Agency; 8 Getty Images/Popperfoto; 9 Getty Images/SSPL; 11 GettyImages/Guildhall Library & Art Gallery/Heritage Images; 13 Alamy/(c) The Keasbury-Gordon Photograph Archive; 12 GettyImages/Nichola Sarah; 16 Getty Images/Ann Ronan Pictures/Print Collector; 17 Mirrorpix/Brian Mackness ; 20 Getty Images/ Photo byFJ Mortimer;23 Alamy/(c)Heritage Image Partnership Ltd ; 27 Getty Images/ Bob Thomas/Popperfoto; 29 Getty Images/ Popperfoto; 31 Getty Images/SSPL; 33Getty Images/Bob Thomas/Popperfoto; 36 Getty Images/Photo by FJ Mortimer; 37 Alamy/ INTERFOTO; 40 Getty Images/Dan Kitwood; 41 Mary EvansPicture Library/ Antiquarian Images; 43 Alamy/John Kellerman; 45 Alamy/ Chronicle; 48(c)PHOTOGRAPH BY Pacific Coast News / Barcroft Media;50 Corbis/Peter Aprahamian; 53 Alamy/age fotostock; 56 left Alamy/ age fotostock; 56 right Alamy/Peter Wheeler; 57 Corbis/Peter Aprahamian;59 Corbis/ Bob Krist; 62 Getty Images/London Stereoscopic Company; 65 Alamy/ David South; 67 Getty Images/Keystone/Hulton Archive; 68/69 Getty Images/London Stereoscopic Company/Hulton Archive; 71 Alamy/ INTERFOTO; 72(c)Museum of London; 74 Corbis; 75 left Corbis/ adocphotos;75 right The Evans Skinner Crime Archive; 80 Alamy/Classic Image ; 82 Mirrorpix/Brian Mackness; 84 Alamy/Marcin S. Sadurski; 86 GettyImages/Guildhall Library & Art Gallery/ Heritage Images; 88 Alamy/WENN Ltd ; 89 top Mirrorpix; 90 bottom Scott Grummett; 93 Alamy/Mary EvansPicture Library; 94 Wellcome Library, London; 96 Getty Images/SSPL; 98 left Corbis/ adoc-photos; 99 right Alamy/Photos 12 ; 102 Alamy/ LebrechtMusic and Arts Photo Library; 104 Alamy/ Visions of America, LLC; 106 Alamy/ Lordprice Collection; 109 Alamy/ The Art Archive ; 110 Alamy/AmoretTanner; 114 Getty Images/Hulton Archive; 117 Getty Images/LL/Roger Viollet; 119 Alamy; 121 Getty Images/Graham Barclay/Bloomberg; 123 Getty Images/Museum of London/Heritage images; 124 Getty Images/ Museum of London/ Heritage images; 126 Getty Images/Imagno; 127 Getty Images/Time Life Pictures/Mansell/The LIFE Picture Collection; 128 Alamy/Pictorial Press; 132/133 Alamy/The Print Collector; 135 Mary Evans Picture Library/TheWentworth Collection; 139 Getty Images/Culture Club; 141 right Corbis/Hulton-Deutsch; 142 Topfoto; 143 Getty Images/ English Heritage/HeritageImages; 147 Mary Evans Picture Library; 148 Getty Images/London Stereoscopic Company; 150 Alamy/Lordprice Collection; 152 Getty Images/ GeorgeDe Keerle; 156 Alamy/Liszt collection; 160 Alamy/Chronicle; 161 Getty Images/Edward Gooch; 163 Alamy/Chronicle; 164 Alamy/ Stephan Morris;167 Getty Images/Last Refuge; 169 Alamy/Pictorial Press Ltd; 173 Alamy/ The Natural History Museum; 175 Alamy/

Arcaid Images; 177 Alamy/AFArchive; 178 TopFoto; 179 Alamy/Chronicle; 180 TopFoto; 181 Getty Images/Paul Popper/Popperfoto; 183 Mary Evans Picture Library/EverettCollection; 186 Getty Images/Science & Society Picture Library; 188 Getty Images/Topical Press Agency; 190 Getty Images/Hulton Archive; 191 (c) Museum of London; 194 Getty Images/Science & Society Picture Library; 196 Getty Images/ Science & Society Picture Library; 200 Alamy/ MS Bretherton;202 Getty Images/Latitude Stock/David Williams; 205 Picture Desk/ Silver Pictures/The Kobal Collection; 207 Getty Images/Heritage Images;209 Getty Images/ John Lawson, Belhaven; 210 Getty Images/ND/ Roger Viollet; 212 right Alamy/Heritage Image Partnership Ltd; 214 Alamy/picturelibrary; 215 Alamy; 216 Getty Images/Hutlon Archive; 218 Getty Images/Imagno; 219 Getty Images/FPG/ Hulton Archive; 220 Science& Society Picture Library/National Railway Museum; 224 Getty Images/Science & Society Picture Library; 226 Alamy/VintagePostCards; 228 Alamy/Tricia de Courcy Ling; 233 Alamy/Mick Sinclair; 234 Getty Images/Science & Society Picture Library; 235 Alamy/TA Images;237 Alamy/Atomic; 240 Mary Evans Picture Library; 242 Alamy/ The Keasbury-Gordon Photograph Archive; 244 Getty Images/Science & SocietyPicture Library; 246 Alamy/Photos 12; 249 Rex Features/ITV; 251 Alamy/Rod Collins; 253 Alamy/AF Archive; 255 Rex Features/ITV; 257 Alamy/Photos12; 258 Mary Evans Picture Library/Photo Researchers

【著者】ローズ・シェパード（Rose Shepherd）

　作家。本書のほか、『ヘンリー8世と我が家で』など、イギリスの歴史や王室ゆかりの施設や邸宅、ロンドンに関する書籍を刊行している。英国ケント州ラムズゲートを拠点に活動。

【訳者】日暮雅通（ひぐらし・まさみち）

　1954年生まれ。青山学院大学卒。主な著書に『シャーロッキアン翻訳家　最初の挨拶』（原書房）、『シャーロック・ホームズ・バイブル』（早川書房）、訳書に『シャーロック・ホームズ全集』（光文社文庫版）、『コナン・ドイル伝』、『コナン・ドイル書簡集』（以上、東洋書林）、『僧正殺人事件』（東京創元社）、『写真で見るヴィクトリア朝ロンドンとシャーロック・ホームズ』（原書房）など多数。

SHERLOCK HOLMES'S LONDON
by Rose Shepherd

text © Rose Shepherd 2015
All rights reserved.
First published in the United Kingdom in 2015
under the title Sherlock Holmes's London by CICO,
an imprint of Ryland Peters & Small Limited 20-21 Jockey's Fields London WC1R 4BW"
Japanese translation rights arranged with
RYLAND PETERS & SMALL
through Japan UNI Agency, Inc., Tokyo

ヴィジュアル版

シャーロック・ホームズのロンドン探究

ヴィクトリア朝時代から現代まで

●

2025 年 3 月 31 日　第 1 刷

著者…………ローズ・シェパード

訳者…………日暮雅通

装幀…………岡孝治

発行者…………成瀬雅人

発行所…………株式会社原書房

〒 160-0022 東京都新宿区新宿 1-25-13
電話・代表 03 （3354） 0685
http://www.harashobo.co.jp
振替・00150-6-151594

印刷…………シナノ印刷株式会社
製本…………東京美術紙工協業組合

©Masamichi Higurashi, 2025
ISBN978-4-562-07520-1, Printed in Japan